F. M. Dostojewski

Der Traum eines lächerlichen Menschen

und andere Erzählungen

dearbooks

F. M. Dostojewski

Der Traum eines lächerlichen Menschen

und andere Erzählungen

ISBN/EAN: 9783954559220

F. M. Dostojewski: »Der Traum eines lächerlichen Menschen - und andere Erzählungen«. Übersetzung: Hermann Röhl. Die Orthografie dieser Ausgabe wurde der neuen deutschen Rechtschreibung angepasst und die Interpunktion behutsam modernisiert.

Auflage: 1

Erscheinungsjahr: 2017

Erscheinungsort: Berlin, Deutschland

Dearbooks Verlag in Europäischer Literaturverlag GmbH, Beymestr. 13 a, 12167 Berlin.

Printed in Germany

Cover: Félix Trutat: »Kopf eines schlafenden Mannes«, Ausschnitt, 19. Jahrhundert. Yelkrokoyade CC BY-SA 4.0

Inhalt

Der Traum eines lächerlichen Menschen

Fantastische Erzählung

1

Ich bin ein lächerlicher Mensch. Man nennt mich jetzt einen Verrückten. Das wäre eine Rangerhöhung, wenn ich nicht für die Leute immer noch ebenso lächerlich bliebe wie vorher. Aber jetzt ärgere ich mich nicht mehr darüber; jetzt sind mir alle lieb, sogar wenn sie über mich lachen – dann sind sie mir eigentümlicherweise sogar besonders lieb. Ich würde selbst mit ihnen lachen; nicht unbedingt über mich, sondern aus Liebe zu ihnen, wenn mir nicht bei ihrem Anblick so traurig ums Herz würde. Traurig deswegen, weil sie die Wahrheit nicht kennen; ich aber kenne die Wahrheit. Ach, was für ein drückendes Gefühl ist es, der Einzige zu sein, der die Wahrheit kennt! Aber sie haben dafür kein Verständnis. Nein, sie haben dafür kein Verständnis.

Früher grämte ich mich sehr darüber, dass ich ein lächerlicher Mensch zu sein schien. Oder vielmehr nicht schien, sondern war. Ich bin immer lächerlich gewesen und weiß das; vielleicht war ich es schon von meiner Geburt an. Vielleicht wusste ich schon als Siebenjähriger, dass ich lächerlich war. Dann besuchte ich die Schule, die Universität, und merkwürdig: Je mehr ich lernte, umso besser erkannte ich, dass ich lächerlich bin. So hatte schließlich mein ganzes Universitätsstudium für mich gewissermaßen nur eine Bedeutung: In dem Maße, wie ich mich darein vertiefte, machte es mir klar und bewies mir, dass ich lächerlich bin. Ähnlich wie in der Wissenschaft ging es mir auch im Leben. Mit jedem Jahr wuchs und festigte sich bei mir in jeder Beziehung das Bewusstsein meiner lächerlichen Erscheinung. Immer lachten alle über mich. Aber keiner wusste oder ahnte: Wenn einer auf der Welt mehr als alle anderen meine Lächerlichkeit erkannte, so war ich es selbst, und eben das war für mich das Kränkendste, dass sie das nicht wussten. Aber daran trug ich allein die Schuld: Ich war immer so stolz, dass ich das nie und um keinen Preis jemandem gestehen wollte. Dieser Stolz wuchs in mir mit den Jahren, und wenn ich mir zufällig doch erlaubt hätte, irgendjemandem, ganz gleich, wem, zu gestehen, dass ich lächerlich sei, so hätte ich mir, glaube ich, gleich am selben Abend noch eine Kugel durch den Kopf geschossen. Oh, wie litt ich als Junge bei dem Gedanken, ich könnte mich nicht beherrschen und würde es auf einmal meinen Kameraden gestehen! Aber als ich allmählich ein junger Mann wurde, änderte sich das: Obgleich ich mit jedem Jahr meine schreckliche Eigenschaft immer deutlicher erkannte, wurde ich doch aus irgendwelchem Grund etwas ruhiger. Ich sage: aus irgendwelchem Grund, weil ich bis heute nicht imstande bin anzugeben, woher es eigentlich kam. Vielleicht daher, dass mich mit der Zeit immer stärker ein Umstand bekümmerte, der unendlich viel höher stand als mein Ich: Es bildete sich nämlich bei mir die Überzeugung, dass überall auf der Welt alles ganz egal sei. Ich hätte das schon vor sehr langer Zeit geahnt; aber die volle Überzeugung kam mir im letzten Jahr ganz plötzlich. Ich fühlte auf einmal, dass es mir ganz egal wäre, ob die Welt existierte oder nicht. Ich begann mit meinem ganzen Wesen zu merken und zu spüren, dass es um mich herum nichts gab. Anfangs schien mir immer, es habe wenigstens vorher vieles gegeben; aber dann kam ich zu dem Schluss, es sei auch vorher nichts da gewesen, sondern das sei mir nur so vorgekommen. Allmählich gelangte ich zu der Überzeugung, dass es auch niemals etwas geben werde. Damals hörte ich schlagartig auf, mich über die Menschen zu ärgern, und begann, sie fast gar nicht mehr zu bemerken. Wirklich, das äußerte sich sogar in den geringsten Kleinigkeiten; es kam zum Beispiel nicht selten vor, dass ich auf der Straße lief und mit den Leuten zusammenstieß. Und nicht etwa, weil ich in Gedanken versunken war; worüber hätte ich auch nachdenken sollen? Ich hatte damals ganz aufgehört nachzudenken: Mir war alles egal. Wenn ich wenigstens schwierige Fragen zu lösen versucht hätte! Nein, kein einziges Problem beschäftigte mich, und wie viele gab es doch! Aber mir war alles egal, und die Fragen verschwanden alle aus meinem Gesichtskreis.

Und siehe da, nach diesen Vorgängen erkannte ich die Wahrheit. Ich erkannte die Wahrheit im vergangenen November, genau am dritten November, und seit der Zeit erinnere ich mich an jeden Augenblick meines Lebens. Es war an einem trüben, ganz trüben Abend; er war so trübe, wie er überhaupt nur sein kann. Ich kehrte damals zwischen zehn und elf Uhr abends nach Hause zurück, und wie ich mich erinnere, ging mir gerade der Gedanke durch den Kopf, dass es gar nicht trüber sein könne. Selbst in rein physischer Hinsicht. Es hatte den ganzen Tag über geregnet, und das war ein kalter, hässlicher Regen gewesen, ein Regen, der sogar, wie ich mich erinnere, ausgesprochen feindselig und unbarmherzig gegen die Menschen war; aber da hörte er nach zehn Uhr mit einem Mal auf, und unangenehme Feuchtigkeit verbreitete sich, es wurde feuchter und kälter als zur Zeit des Regens, und von allen Gegenständen stieg eine Art Dampf auf, von jedem Stein auf der Straße und aus jeder Quergasse, wenn man von der Straße aus ganz tief, so weit wie möglich, hineinblickte. Ich hatte auf einmal die Idee, dass es ganz angenehm wäre, wenn überall das Gas ausginge; bei der Gasbeleuchtung fühlte sich das Herz nur noch trauriger, weil alles zu sehen war. Ich hatte an diesem Tag fast nichts zu Mittag gegessen und hatte vom Abend an bei einem Ingenieur gesessen, und bei ihm waren noch zwei Freunde gewesen. Ich hatte immerzu geschwiegen und war ihnen wohl recht langweilig vorgekommen. Sie redeten über irgendeine

strittige Sache und wurden dabei sogar hitzig. Aber eigentlich war ihnen die Angelegenheit egal, das sah ich, und sie waren nur unvermittelt hitzig geworden. Ich
sprach das ihnen gegenüber auch prompt aus:»Meine Herren«, sagte ich,»die
Sache ist Ihnen ja doch egal.« Sie fühlten sich nicht beleidigt, sondern lachten alle
über mich. Das kam daher, dass ich es ohne jeden, Vorwurf gesagt hatte, einfach
weil es mir selbst gleichgültig war. Sie sahen nun ein, dass es mir gleichgültig war,
und wurden ganz vergnügt.

Als ich auf der Straße an das Gas dachte, blickte ich zum Himmel hinauf. Der
Himmel war furchtbar dunkel; aber man konnte deutlich Wolkenfetzen unterscheiden und zwischen ihnen abgrundtiefe schwarze Flecke. Auf einmal bemerkte
ich in einem dieser Flecke ein Sternchen und begann es aufmerksam zu betrachten. Das tat ich deshalb, weil dieses Sternchen mir einen Gedanken eingab: Ich
beschloss, mir in dieser Nacht das Leben zu nehmen. Dasselbe hatte ich schon
zwei Monate vorher fest beschlossen, mir trotz meiner Armut einen schönen Revolver gekauft und ihn gleich an jenem Tag geladen. Aber nun waren zwei Monate vergangen, und er lag immer noch im Kasten; doch alles war mir so egal, dass
ich mir schließlich vornahm, einen Augenblick abzuwarten, wo mir nicht alles
egal sein würde – warum ich das tat, weiß ich nicht. Und auf diese Weise hatte
ich zwei Monate hindurch jede Nacht, wenn ich nach Hause kam, gedacht, dass
ich mich erschießen müsste. Ich wartete immer auf einen günstigen Augenblick.
Und da gab mir nun dieses Sternchen den Gedanken ein, und ich beschloss, dass
es unbedingt in dieser Nacht geschehen solle. Aber warum mich das Sternchen
darauf brachte, weiß ich nicht.

Und siehe da, als ich zum Himmel aufblickte, da fasste mich plötzlich ein kleines Mädchen am Ellbogen. Die Straße war schon leer und kaum ein Mensch zu
sehen. In der Ferne schlief ein Droschkenkutscher auf seinem Gefährt. Das kleine
Mädchen war etwa acht Jahre alt; sie hatte keinen Mantel, sondern nur ein dürftiges Kleidchen und ein kleines Tüchlein und war ganz durchnässt; besonders aber
fielen mir ihre nassen, zerrissenen Schuhe auf; und ich erinnere mich ihrer auch
jetzt. Sie stachen mir besonders in die Augen. Sie begann mich auf einmal am Ellbogen zu zupfen und anzurufen. Sie weinte nicht, sondern stieß nur abgerissene
Worte hervor, die sie nicht ordentlich aussprechen konnte, da sie am ganzen Körper wie im Fieberschauer zitterte. Sie war in Angst und schrie verzweifelt:»Mein
Mamachen! Mein Mamachen!« Ich wendete mich einen Augenblick nach ihr um,
sagte jedoch kein Wort und setzte meinen Weg fort; sie aber lief mir nach und
zupfte mich, und in ihrer Stimme lag jener Klang, der bei geängstigten Kindern
die höchste Verzweiflung bedeutet. Ich kenne diesen Klang. Obgleich sie die
Worte nicht zu Ende sprach, verstand ich doch, dass ihre Mutter irgendwo im
Sterben lag oder sich mit ihnen dort etwas anderes Schreckliches zugetragen hatte
und sie aus dem Haus gelaufen war, um jemanden zu rufen, irgendwelche Hilfe

für ihre Mutter zu finden. Aber ich folgte ihr nicht; im Gegenteil, mir kam auf einmal der Gedanke, sie wegzujagen. Zuerst sagte ich ihr, sie solle sich einen Schutzmann suchen. Aber sie faltete bittend die Händchen, lief schluchzend und atemlos immer neben mir her und wich nicht von mir. Und da stampfte ich mit den Füßen und schrie sie an. Sie rief nur: »Ach, Herr, ach, Herr!«, aber plötzlich verließ sie mich und rannte, so schnell sie konnte, über die Straße; dort war ein anderer Passant sichtbar geworden, und sie lief offenbar zu ihm hin.

Ich stieg in meinen fünften Stock hinauf. Ich wohne bei Leuten, die möblierte Zimmer vermieten. Ich habe ein ärmliches, kleines Zimmer mit einem halbrunden Dachfenster.

Darin stehen ein mit Wachstuch bezogenes Sofa, ein Tisch, auf dem meine Bücher liegen, zwei Stühle und ein bequemer Lehnstuhl, alt, sehr alt, aber ein richtiger Großvaterstuhl. Ich setzte mich hin, zündete eine Kerze an und überließ mich meinen Gedanken. Nebenan, im Nachbarraum, der von meinem Zimmer nur durch eine dünne Zwischenwand getrennt ist, dauerte ein wüstes Treiben an. Es war schon seit mehr als zwei Tagen im Gange. Dort wohnte ein pensionierter Hauptmann, und bei ihm war Besuch, etwa sechs Gestalten; sie tranken Branntwein und spielten mit alten Karten Stoß. In der vorhergehenden Nacht hatte es eine Prügelei gegeben, und ich weiß, dass zwei von ihnen sich längere Zeit gegenseitig die Haare gerauft hatten. Die Wirtin wollte sich schon beklagen; aber sie fürchtete sich gewaltig vor dem Hauptmann. Sonst haben wir als Untermieter noch eine kleine, hagere Dame von auswärts mit drei kleinen Kindern, die schon bei uns krank geworden sind. Sie und die Kinder fürchten sich bis zum Umfallen vor dem Hauptmann und zittern und bekreuzigen sich die ganze Nacht über; ja, das kleinste Kind hat vor Angst sogar schon einen Krampfanfall bekommen. Dieser Hauptmann hält, wie ich genau weiß, manchmal die Passanten auf dem Newski-Prospekt an und bittet um Almosen. Zum Militärdienst wird er nicht wieder angenommen; aber merkwürdigerweise (und deshalb erzähle ich das auch) hat er in dem Monat, seit er bei uns wohnt, bei mir keinerlei Gefühl des Ärgers erregt. Einer näheren Bekanntschaft mit ihm bin ich allerdings von vornherein ausgewichen, und auch ihm wurde die Unterhaltung mit mir schon beim ersten Mal langweilig; aber mochten sie hinter der Zwischenwand noch so herumschreien und mochten auch noch so viele dort sein – mir war das immer gleichgültig. Ich bin die ganze Nacht wach und höre diese Leute wirklich nicht; bis zu dem Grade vergesse ich sie. Ich durchwache ja jede Nacht bis zum Morgengrauen, und das geht schon ein Jahr lang. Ich sitze nachts am Tisch im Lehnstuhl und tue nichts. Bücher lese ich nur am Tag. Ich sitze da und denke nicht einmal über etwas nach; ich sitze eben bloß; allerlei Gedanken gehen mir durch den Kopf, und ich lasse sie nach Belieben gewähren. Die Kerze brennt in der Nacht vollständig herunter. Ich setzte mich also still an den Tisch, nahm den Revolver heraus und legte ihn vor mich hin. Ich erinnere mich, dass ich mich fragte, als ich ihn hinlegte: »Ja?«, und mir mit aller Bestimmtheit antwortete: »Ja.« Das hieß also: Ich werde mich erschießen. Ich wusste, dass ich mich in dieser Nacht bestimmt erschießen würde; aber wie lange ich bis dahin noch am Tisch sitzen würde, das wusste ich nicht. Und ich hätte mich sicherlich erschossen, wäre nicht jenes kleine Mädchen gewesen.

2

Sehen Sie, wenn mir auch alles egal war, so fühlte ich doch zum Beispiel den Schmerz. Hätte mich jemand geschlagen, so hätte ich Schmerz empfunden. Ebenso auch in geistiger Hinsicht: Hätte sich etwas sehr Trauriges ereignet, so wäre das Mitleid da, ebenso wie früher, als mir noch nicht alles egal war. Ich hatte auch jetzt Mitleid empfunden; einem Kind würde ich doch unbedingt helfen. Warum hatte ich denn aber dem kleinen Mädchen nicht geholfen? Wegen eines Gedankens, der mir gerade gekommen war: Als sie mich zupfte und anrief, da trat mir auf einmal eine Frage entgegen, und ich konnte sie – nicht beantworten. Es war eine müßige Frage, aber ich ärgerte mich. Ich ärgerte mich über die Schlussfolgerung, dass mir eigentlich alles in der Welt jetzt in höherem Grade als sonst egal sein müsse, da doch mein Entschluss feststehe, meinem Leben in dieser Nacht ein Ende zu setzen. Warum fühlte ich denn nun auf einmal, dass mir nicht alles egal war und ich das kleine Mädchen bemitleidete? Ich erinnere mich, dass ich großes Mitleid mit ihr hatte; ich empfand davon sogar einen seltsamen, zu meiner Lage ganz und gar nicht passenden Schmerz. Ich verstehe es allerdings nicht, meine damalige momentane Empfindung besser wiederzugeben; aber die Empfindung dauerte auch zu Hause fort, als ich mich schon an den Tisch gesetzt hatte, und ich war in einer so gereizten Stimmung wie seit langem nicht. Eine Überlegung knüpfte sich an die andere. Mir war klar: Wenn ich ein Mensch und noch keine Null war und mich einstweilen noch nicht in eine Null verwandelt hatte, dass ich dann lebte und folglich imstande war, zu leiden, mich zu ärgern und über meine Handlungen Scham zu empfinden. Nun gut. Aber wenn ich mich zum Beispiel nach zwei Stunden tötete, was hatte ich dann mit diesem kleinen Mädchen zu tun und was ging mich dann das Schamgefühl und überhaupt alles in der Welt an? Ich verwandle mich in eine Null, in eine absolute Null. Und musste denn das Bewusstsein, dass ich bald völlig aufhören würde zu existieren und somit auch nichts anderes mehr existieren würde, musste nicht dieses Bewusstsein die Wirkung haben, das Gefühl des Mitleids mit dem kleinen Mädchen und das Gefühl der Scham über die begangene Gemeinheit aufzuheben? Ebendeshalb hatte ich ja mit den Füßen gestampft und das unglückliche Kind mit scharfer Stimme angeschrien, weil ich mir sagte: Ich empfinde nicht nur kein Mitleid, sondern ich kann

jetzt sogar eine unmenschliche Gemeinheit begehen, da in zwei Stunden alles erloschen sein wird. Können Sie es glauben, dass ich sie darum anschrie? Ich bin
jetzt beinahe überzeugt davon. Mir war klar, dass das Leben und die Welt gleichsam von mir abhingen. Ich kann es auch so ausdrücken: Die Welt war jetzt einzig
und allein für mich gemacht; wenn ich mich erschoss, so hörte, wenigstens für
mich, die Welt auf zu existieren. Ganz zu schweigen davon, dass es vielleicht wirklich nach meinem Tod für niemanden mehr etwas gab und die Welt, sobald mein
Bewusstsein erlosch, wie eine Vision, wie ein bloßes Attribut meines Bewusstseins
sogleich mit erlosch und verschwand; denn vielleicht bestand diese Welt und alle
diese Menschen nur aus mir allein. Ich erinnere mich, dass ich, während ich so
dasaß und nachdachte, alle diese neuen Fragen, die nacheinander auf mich ein-
stürmten, von einer anderen Seite zu betrachten begann und mir etwas ganz
Neues ausdachte. So zum Beispiel kam mir ein seltsamer Gedanke: Wenn ich früher auf dem Mond oder auf dem Mars gelebt und dort die schmählichste, ehrlo-
seste Tat begangen hätte, die man sich nur vorstellen kann, und dort für diese Tat
in einer Weise beschimpft und entehrt worden wäre, die man höchstens manchmal in einem Albtraum zu empfinden und sich vorzustellen vermag, und wenn
ich dann, auf die Erde versetzt, die Erinnerung an das auf dem andern Himmels-
körper Getane bewahrte und außerdem wüsste, dass ich dorthin niemals und unter keinen Umständen zurückkehren werde: Wäre mir dann, wenn ich von der
Erde auf den Mond blickte, alles egal oder nicht? Würde ich über meine Tat Scham
empfinden oder nicht? Die Fragen waren müßig und überflüssig, da der Revolver
schon vor mir lag und ich genau wusste, dass »es« bestimmt geschehen werde;
aber sie machten mir den Kopf heiß, und ich wurde ganz wütend. Ich hatte die
seltsame Vorstellung, ich könnte jetzt nicht eher sterben, ehe ich mir nicht über
dies und das klar geworden sei. Kurz, das kleine Mädchen rettete mich; denn infolge der Fragen verschob ich das Erschießen. Bei dem Hauptmann war unterdessen auch alles ruhig geworden: Sie hatten mit dem Kartenspiel aufgehört, schickten sich zum Schlafen an, brummten aber einstweilen noch und beschimpften einander in müder, lässiger Weise. Und da schlief ich plötzlich ein, was mir vorher
noch nie vorgekommen war; ich schlief am Tisch, im Lehnstuhl ein. Ich schlief ein,
ohne es zu merken. Die Träume sind bekanntlich ein seltsames Ding: manches tritt
einem mit erschreckender Deutlichkeit vor Augen, mit kunstvoll feiner Ausarbei-
tung der Einzelheiten, während man über anderes hinwegspringt, als bemerke
man es gar nicht, zum Beispiel über Raum und Zeit. Die Träume lenkt, glaube ich,
nicht der Verstand, sondern der Wille, nicht der Kopf, sondern das Herz; aber
doch, was für komische Dinge hat manchmal mein Verstand im Traum hervorge-
bracht! Es gehen mitunter mit ihm im Traum ganz unbegreifliche Dinge vor. Mein
Bruder ist zum Beispiel vor fünf Jahren gestorben. Ich sehe ihn mitunter im

Traum: Er nimmt an meinen Angelegenheiten lebhaften Anteil, wir führen darüber eifrige Gespräche; aber dabei weiß ich und erinnere ich mich während der ganzen Dauer des Traumes vollkommen, dass mein Bruder gestorben und begraben ist. Wie geht es nun zu, dass ich mich nicht darüber wundere, dass er, obwohl er tot ist, sich doch neben mir befindet und eifrig mit mir redet? Warum erhebt mein Verstand dagegen keinerlei Einspruch? Aber genug davon! Ich komme jetzt zu meinem Traum. Ja, ich hatte einen Traum, damals, am dritten November! Die Leute necken mich jetzt damit, dass es nur ein Traum gewesen sei. Aber ist es denn nicht gleichgültig, ob es ein Traum war oder nicht, wenn dieser Traum mir die Wahrheit verkündet hat? Denn wenn man einmal die Wahrheit erkannt und gesehen hat, so weiß man, dass sie die Wahrheit ist und dass es keine andere gibt und keine andere geben kann, ob man nun schläft oder wacht. Na, mag es auch nur ein Traum gewesen sein, meinetwegen; aber dieses Leben, das Sie so lobpreisen, wollte ich durch Selbstmord auslöschen, und mein Traum, mein Traum – oh, er hat mir ein neues, großes, erneuertes, starkes Leben offenbart! Hören Sie nun!

3

Ich habe gesagt, dass ich einschlief, ohne es zu merken, und ich hatte sogar die Empfindung, als dächte ich weiter über dieselben Gegenstände nach. Auf einmal träumte mir, dass ich den Revolver nahm und ihn im Sitzen gerade auf mein Herz richtete – auf das Herz, nicht auf den Kopf; und doch hatte ich mir eigentlich vorgenommen, mir unbedingt in den Kopf zu schießen, und zwar speziell in die rechte Schläfe. Nachdem ich die Waffe gegen meine Brust gerichtet hatte, wartete ich eine oder zwei Sekunden, und meine Kerze, der Tisch und die Wand gerieten auf einmal vor meinen Augen in Bewegung und begannen zu schwanken. Ich gab so schnell wie möglich den Schuss ab.

Im Traum fällt man manchmal von einer Höhe hinab, oder man wird ermordet oder geschlagen; aber man fühlt niemals einen Schmerz, es sei denn, dass man sich tatsächlich irgendwie am Bett stößt; dann fühlt man einen Schmerz und erwacht fast immer davon. So war es auch in meinem Traum: Einen Schmerz fühlte ich nicht; aber ich hatte die Empfindung, als sei mit meinem Schuss alles in mir erschüttert und erloschen, und auf einmal wurde es schrecklich dunkel. Ich war wie geblendet und stumm, und dann lag ich lang ausgestreckt mit dem Rücken auf etwas Hartem, konnte nichts sehen und mich nicht rühren. Neben mir gingen, Leute und schrien, der Hauptmann mit der Bassstimme, die Wirtin in den höchsten Tönen, und plötzlich kam wieder eine Unterbrechung – und da trug man mich schon im geschlossenen Sarg. Ich fühlte, wie der Sarg schaukelte, und dachte darüber nach, und plötzlich überraschte mich zum ersten Mal der Gedanke, dass ich ja gestorben war, richtig gestorben, dass ich das wusste und nicht bezweifelte, dass ich nicht sah und mich nicht bewegte, aber dabei doch fühlte und dachte. Indessen söhnte ich mich bald damit aus und nahm, wie das meistens im Traum ist, die Wirklichkeit ohne Widerspruch hin.

Und siehe, da ließ man mich in eine Gruft hinab und schüttete Erde darauf. Alle gingen weg; ich war allein, ganz allein. Ich bewegte mich nicht. Wenn ich mir früher im Wachen vorgestellt hatte, wie ich begraben werden würde, so hatte ich mit dem Begriff des Grabes immer nur die Empfindung der Feuchtigkeit und Kälte verbunden. So auch jetzt: Ich fühlte, dass mir sehr kalt war, besonders an den Zehenspitzen; aber weiter fühlte ich nichts.

Ich lag, und merkwürdig: Ich erwartete nichts, sondern nahm es ohne Widerspruch hin, dass ein Toter nichts zu erwarten hat. Aber es war feucht. Ich weiß nicht, wie viel Zeit verging – eine Stunde oder einige Tage oder viele Tage. Aber da fiel plötzlich auf mein linkes geschlossenes Auge ein durch den Sargdeckel gesickerter Wassertropfen; ihm folgte nach einer Minute ein anderer, darauf nach einer Minute ein dritter und so weiter und so weiter, immer in Abständen von einer Minute. Ein starker Widerwille entbrannte plötzlich in meinem Herzen, und auf einmal fühlte ich in ihm einen physischen Schmerz. Das ist meine Wunde, dachte ich. Das ist von dem Schuss; da sitzt die Kugel ... Die Tropfen aber fielen immer noch jede Minute, und gerade auf mein geschlossenes Auge.

Ich rief auf einmal, nicht mit der Stimme (denn ich konnte mich nicht bewegen), sondern mit meinem ganzen Wesen zu dem, nach dessen Herrscherwillen das alles mit mir vorging: »Wer du auch sein magst, aber wenn du bist und wenn etwas Vernünftigeres existiert als das, was sich jetzt vollzieht, so lass dieses Vernünftigere auch hier stattfinden. Wenn du mich aber für meinen unvernünftigen Selbstmord durch die Garstigkeit und Sinnlosigkeit eines weiteren Daseins strafst, so wisse, dass keine Qual, die mir zuteilwerden mag, jemals der Geringschätzung gleichkommt, die ich schweigend empfinden werde, und sollte die Qual auch Millionen Jahre dauern.«

So rief ich und verstummte dann. Fast eine Minute lang dauerte das tiefe Schweigen, und es fiel sogar noch ein Tropfen herunter; aber ich wusste, ich wusste und glaubte fest und unerschütterlich, dass sich jetzt gleich alles ändern werde. Und siehe da, auf einmal tat sich mein Grab auf. Das heißt, ich weiß nicht, ob es durch Aufgraben geöffnet wurde. Ein dunkles, mir unbekanntes Wesen ergriff mich, und wir befanden uns plötzlich im Weltenraum. Ich wurde wieder sehend: Es war tiefe Nacht, und noch niemals, noch niemals hatte es eine solche Dunkelheit gegeben! Wir flogen im Weltenraum schon fern von der Erde dahin. Ich stellte keine Frage an den, der mich trug; ich wartete und war stolz. Ich gab mir selbst die Versicherung, dass ich mich nicht fürchtete, und verging fast vor Entzücken bei dem Gedanken an meine Furchtlosigkeit. Ich erinnere mich nicht, wie lange wir flogen, und habe keine Vorstellung davon: Es geschah alles so wie immer im Traum, wenn man sich über Raum und Zeit und über die Gesetze des Daseins und der Vernunft hinwegsetzt und nur bei solchen Punkten verweilt, von denen das Herz träumt. Ich erinnere mich, dass ich auf einmal in der Dunkelheit einen kleinen Stern erblickte. »Ist das der Sirius?«, fragte ich; ich konnte mich nicht beherrschen, obgleich ich eigentlich nach nichts fragen wollte. »Nein, das ist jener selbe Stern, den du zwischen den Wolken sahst, als du nach Hause zurückkehrtest«, antwortete mir das Wesen, das mich trug. Ich wusste, dass es eine Art Menschenantlitz hatte. Seltsamerweise liebte ich dieses Wesen nicht; ja, ich empfand sogar ihm gegenüber eine tiefe Abneigung. Ich hatte völliges Nichtsein erwartet und mir in dieser Voraussetzung ins Herz geschossen. Und nun befand ich mich in den Händen eines Wesens, das allerdings kein menschliches Wesen war, aber doch war, existierte. Also gibt es auch jenseits des Grabes ein Leben, dachte ich mit der seltsamen Leichtfertigkeit des Traums; aber das eigentliche Wesen meines Herzens blieb im tiefsten Grunde unverändert. Und wenn ich von neuem sein und wieder nach jemandes unwiderstehlichem Willen leben muss, so will ich mich nicht besiegen und erniedrigen lassen, dachte ich. »Du weißt, dass ich mich vor dir fürchte, und verachtest mich wohl deswegen?«, sagte ich auf einmal zu meinem Gefährten; ich vermochte diese erniedrigende Frage, die ein Bekenntnis einschloss, nicht zurückzuhalten und fühlte im Herzen meine Erniedrigung wie einen Nadelstich. Er antwortete nicht auf meine Frage; aber ich fühlte plötzlich, dass ich nicht verachtet, nicht verlacht und nicht einmal bemitleidet wurde und dass unser Weg ein unbekanntes, geheimnisvolles Ziel hatte, das zu mir allein in Beziehung stand. Meine Angst wuchs. Stumm, aber Unter Qualen teilte sich mir etwas von meinem schweigsamen Gefährten mit und durchdrang mich gewissermaßen. Wir flogen in dunklen, unbekannten Räumen. Schon längst sah ich die dem Auge bekannten Gestirne nicht mehr. Ich wusste, dass es in den himmlischen Räumen Sterne gibt, deren Strahlen erst in Tausenden, ja Millionen von Jahren zur Erde gelangen. Vielleicht durchflogen wir schon diese Räume. Ich erwartete etwas mit einer furchtbaren Unruhe, die mein Herz quälte. Und plötzlich erschütterte mich ein bekanntes und im höchsten Grade angenehmes Gefühl; ich erblickte auf einmal unsere Sonne! Ich wusste, dass das nicht unsere Sonne sein konnte, von der unsere Erde geboren ist, und dass wir uns unendlich entfernt von unserer Sonne befanden; aber ich erkannte mit meinem ganzen Wesen, dass dies eine ebensolche Sonne war wie die unsrige, ihre Wiederholung, ihre Doppelgängerin. Ein angenehmes, wonniges Gefühl rief Begeisterung in mir hervor: Das war die Kraft des Lichtes, jenes Lichtes, das mich geboren hatte, es fand seinen Widerhall in meinem Herzen und erweckte mich, und ich spürte zum ersten Mal nach meinem Begräbnis in mir wieder Leben, das frühere Leben.

»Aber wenn das die Sonne ist, wenn das ebensolche Sonne ist wie die unsrige«, rief ich, »wo ist dann die Erde?« Mein Gefährte wies auf einen kleinen Stern, der in der Dunkelheit in smaragdenem Glanz schimmerte. Wir flogen gerade auf ihn zu.

»Sind solche Wiederholungen im Universum wirklich möglich, ist das ein Naturgesetz? Und wenn das dort die Erde ist, ist es dann wirklich eine ebensolche Erde wie die unsrige ... eine ebenso unglückliche, arme, aber doch teure und ewig geliebte Erde, die qualvolle Liebe sogar bei ihren undankbarsten Kindern erweckt?«, rief ich, zitternd vor unbezwinglicher, enthusiastischer Liebe zu jener heimischen früheren Erde, die ich verlassen hatte. Das Bild der armen Kleinen, gegen die ich mich so hässlich benommen hatte, schimmerte vor meinen geistigen Augen auf.

»Du wirst alles sehen«, antwortete mein Gefährte, und eine gewisse Traurigkeit war aus dem Klang seiner Stimme herauszuhören. Aber wir näherten uns schnell dem Planeten. Er wuchs vor meinen Augen; ich unterschied schon den Ozean, die Umrisse Europas, und auf einmal flammte das seltsame Gefühl einer großen, heiligen Eifersucht in meinem Herzen auf: Wie kann es nur eine derartige Wiederholung geben, und wozu? Ich liebe nur jene Erde, die ich verlassen habe und auf der Spritzflecken meines Blutes zurückgeblieben sind, als ich Undankbarer durch einen Schuss ins Herz mein Leben auslöschte; und ich kann nur sie lieben. Niemals, niemals habe ich aufgehört, sie zu lieben, und sogar in jener Nacht, als ich mich von ihr trennte, habe ich sie vielleicht mit größerer Qual geliebt als je. Gibt es auch auf dieser neuen Erde Qualen? Auf unserer Erde können wir nur mit Qualen und nur durch Qualen lieben! Wir verstehen nicht anders zu lieben und kennen keine andere Liebe. Mich verlangt nach Qual, um zu lieben. Es verlangt mich, ich dürste in diesem Augenblick danach, nur jene Erde, die ich verlassen habe, unter Tränenströmen zu küssen; ich will kein Leben auf einer andern Erde; ich lehne es ab!

Aber mein Gefährte hatte mich schon verlassen. Ganz unmerklich war ich mit einem Mal auf dieser andern Erde im hellen Licht eines paradiesisch schönen, sonnigen Tages gelandet. Ich glaube, ich stand auf einer jener Inseln, die auf unserer Erde den griechischen Archipel bilden, oder irgendwo am Gestade des Festlands, das an diesem Archipel liegt. Oh, alles war ganz so wie bei uns; aber alles schien zu strahlen wie an einem Feiertag, als wäre endlich ein großer, heiliger Triumph erreicht. Das freundliche, smaragdgrüne Meer plätscherte leise an den Ufern und küsste sie mit offensichtlicher, beinahe bewusster Liebe. Hohe, schöne Bäume standen da im vollen Schmuck ihrer Blüte, und die zahllosen Blättchen mit ihrem leisen, freundlichen Rauschen hießen mich willkommen (davon bin ich überzeugt) und schienen Worte der Liebe zu sprechen. Der Rasen leuchtete von bunten, duftenden Blumen. Kleine Vögel flogen scharenweise in der Luft umher, setzten sich mir ohne Furcht auf die Schultern und auf die Hände und schlugen mich fröhlich mit ihren allerliebsten, flatternden Flügelchen. Und endlich erblickte und erkannte ich die Menschen dieser glücklichen Erde. Sie kamen von selbst zu mir, umringten mich und küssten mich. Diese Kinder der Sonne, diese Kinder ihrer Sonne, oh wie schön waren sie! Niemals hatte ich auf unserer Erde bei Menschen solche Schönheit gesehen. Höchstens bei unseren Kindern in ihren ersten Lebensjahren könnte man einen entfernten, allerdings nur schwachen Schimmer dieser Schönheit finden. Die Augen der glücklichen Menschen leuchteten in klarem Glanz. Ihre Gesichter strahlten von Verstand und abgeklärter Erkenntnis; diese Gesichter waren heiter; aus den Stimmen und Worten der Menschen klang eine kindliche Freude heraus. Oh, sofort, beim ersten Blick auf ihre Gesichter, verstand ich alles, alles! Das war nicht die durch den Sündenfall entweihte Erde; auf ihr lebten sündlose Menschen; sie lebten in einem solchen Paradies, in dem nach den Überlieferungen der Menschheit auch unsere sündigen Ureltern ursprünglich gelebt hatten, nur mit dem Unterschied, dass die Erde hier überall ein Paradies war. Diese Menschen umdrängten mich mit fröhlichem Lachen und liebkosten mich: Sie führten mich in ihre Wohnungen, und jeder von ihnen wollte mich besänftigen. Oh, sie befragten mich nach nichts, sondern wussten, wie mir schien, schon alles und wünschten so schnell wie möglich den Ausdruck des Leidens von meinem Gesicht zu verscheuchen.

4

Ich sage noch einmal: Na, mag es auch nur ein Traum gewesen sein! Aber die Empfindung der Liebe dieser unschuldigen Menschen ist mir für alle Zeit geblieben, und ich fühle, dass ihre Liebe sich auch jetzt von dort auf mich ergießt. Ich selbst habe diese Menschen gesehen, sie kennengelernt, mich von ihrem Wesen überzeugt, sie lieb gewonnen und nachher um sie gelitten. Oh, ich begriff sofort, sogar damals schon, dass ich sie in vieler Hinsicht überhaupt nicht verstehen würde; mir als modernem russischem Fortschrittler und garstigem Petersburger schien es zum Beispiel unerklärlich, dass sie, die doch so viel wussten, unsere Wissenschaft nicht besaßen. Aber ich begriff bald, dass ihr Wissen durch andere Einsichten genährt und zur Vollkommenheit gebracht wurde als bei uns auf der Erde und dass auch ihre Bestrebungen ganz andere waren. Sie wünschten nichts und waren in ihrer Seele ruhig; sie strebten nicht nach Erkenntnis des Lebens in der Weise, wie wir es tun; denn ihr Leben hatte bereits einen vollen Inhalt. Aber ihr Wissen war tiefer und größer als unsere Wissenschaft; denn unsere Wissenschaft sucht zu erklären, was das Leben eigentlich ist; sie strebt danach, es zu erkennen, um andere zu lehren, wie sie leben sollen; jene aber wussten auch ohne Wissenschaft, wie sie zu leben hatten, und das begriff ich; aber ihr Wissen konnte ich nicht begreifen. Sie wiesen auf ihre Bäume, und ich vermochte den Grad von Liebe, mit dem sie sie betrachteten, nicht zu begreifen: Sie redeten von ihnen, als wären es ihnen ähnliche Wesen. Und wissen Sie, vielleicht irre ich mich nicht, wenn ich sage, dass sie mit ihnen sprachen! Ja, sie kannten die Sprache der Bäume, und ich bin überzeugt, dass auch diese die Sprache der Menschen verstanden. Von der gleichen Art war auch ihr Verhältnis zur übrigen Natur, zu den Tieren, die friedlich mit ihnen zusammenlebten, sie nicht anfielen und sie liebten, da sie von der Liebe der Menschen überwunden waren. Sie wiesen auf die Sterne und sagten mir etwas darüber, was ich nicht begreifen konnte; aber ich bin überzeugt, dass sie auf irgendeine Weise mit den himmlischen Sternen in Verbindung standen, nicht nur durch ihre Gedanken, sondern auf lebendigem Wege. Oh, diese Menschen trachteten nicht danach, dass ich sie verstehen möchte; sie liebten mich auch ohnedies; aber andrerseits wusste ich, dass auch sie mich niemals verstehen würden, und darum redete ich mit ihnen fast gar nicht von unserer Erde. Ich küsste nur vor ihren Augen jene Erde, die sie bewohnten, und bezeigte ihnen damit ohne Worte meine hohe Verehrung, und sie sahen das und ließen es geschehen, dass ich es tat, und schämten sich nicht darüber, dass ich sie deswegen verehrte, weil sie mich so sehr liebten. Sie grämten sich nicht um meinetwillen, wenn ich ihnen manchmal unter Tränen die Füße küsste und mir dabei freudig bewusst war, mit welch starker Liebe sie die meinige erwiderten. Mitunter fragte ich mich erstaunt, wie es zuging, dass sie während der ganzen Zeit einen Menschen wie mich nicht kränkten und kein einziges Mal in einem Menschen wie mir das Gefühl der Eifersucht und des Neids weckten. Oftmals fragte ich mich, wie es zuging, dass ich, ein Prahler und Lügner, ihnen nicht von meinen Kenntnissen erzählte, von denen sie sicher keine Vorstellung hatten, und nicht den Wunsch hatte, sie in Erstaunen zu versetzen, sei es auch nur aus Liebe zu ihnen. Sie waren ausgelassen und fröhlich wie Kinder. Sie schweiften in ihren schönen Hainen und Wäldern umher; sie sangen ihre schönen Lieder; sie nährten sich von leichter Kost, von den Früchten ihrer Bäume, dem Honig ihrer Wälder und der Milch der sie liebenden Tiere. Für ihre Nahrung und Kleidung wendeten sie nur wenig Mühe auf. Es gab bei ihnen Liebe, und es wurden Kinder geboren; aber niemals sah ich Ausbrüche jener grausamen Wollust, die fast allen Menschen auf unserer Erde eigen ist, allen und jedem, und die die Quelle fast aller Sünden unserer Menschheit ist. Sie freuten sich über die Kinder, die sich bei ihnen einstellten, wie über neue Teilnehmer an ihrer Glückseligkeit. Es gab unter ihnen keine Streitigkeiten und keine Eifersucht, und sie begriffen nicht einmal, was das war. Ihre Kinder waren die Kinder aller, da alle eine einzige Familie bildeten. Sie kannten fast gar keine Krankheiten, obgleich es den Tod bei ihnen gab; aber ihre Greise verschieden so sanft, als ob sie einschliefen, umringt von Menschen, die ihnen Lebewohl sagten, sie segneten, ihnen zulächelten und deren heiteres Lächeln sie geleitete. Trauer und Tränen habe ich dabei nicht gesehen; man spürte nur eine bis zum Entzücken gesteigerte Liebe; aber dieses Entzücken war ein, ruhiges, vollbefriedigtes, kontemplatives. Man konnte denken, dass sie mit ihren Verstorbenen sogar noch nach deren Tod in Verbindung standen und dass die Gemeinschaft, in der sie mit ihnen während des Erdenlebens gestanden hatten, durch den Tod nicht aufgehoben wurde. Sie begriffen mich kaum, als ich sie nach dem ewigen Leben fragte, waren aber von diesem offenbar so fest überzeugt, dass es für sie keine Streitfrage bildete. Sie hatten keine Tempel, standen aber in einer Art steter, lebendiger, ununterbrochener Gemeinschaft mit dem Universum; sie hatten keinen Glauben, aber dafür das feste Wissen, dass für sie noch engere Beziehungen zum Universum einträten, sobald ihre irdische Freude an die Grenzen der irdischen Natur gelangt sei. Sie erwarteten diesen Augenblick mit Freude, aber ohne Ungeduld, ohne sich mit Schmerz nach ihm zu sehnen, sondern sie schienen ihn schon in ihren Herzen zu ahnen und machten einander von diesen Ahnungen Mitteilung. Abends vor dem Schlafen sangen sie gern harmonische, wohlklingende Chorlieder. In diese Liedern gaben sie ihre Gefühle wieder, die der scheidende Tag in ihnen erregte, priesen ihn und nahmen von ihm Abschied. Sie priesen die Natur, die Erde, das Meer, die Wälder. Sie verfassten gern Lieder und lobten einander wie Kinder; das waren ganz einfache Lieder; aber sie kamen aus dem Herzen und fanden den Weg zum Herzen. Und nicht nur in den Liedern priesen sie sich gegenseitig, sondern auch ihr ganzes Leben füllten sie, wie es schien, damit aus, dass sie einander liebten und bewunderten. Es war eine Art wechselseitiger, allgemeiner, gemeinschaftlicher Verliebtheit. Manche ihrer triumphierenden, begeisterten Lieder blieben mir fast unverständlich. Obwohl ich die Worte verstand, konnte ich doch nie richtig in ihren Sinn eindringen. Der Sinn blieb für meinen Verstand unfassbar; dafür drang er mir tief ins Herz, und zwar immer mehr und mehr. Ich sagte ihnen oft, ich hätte das alles früher schon längst geahnt; diese ganze Freude und Herrlichkeit habe sich mir schon auf unserer Erde durch eine süße Sehnsucht kundgetan, die sich zeitweilig bis zu unerträglichem Leid gesteigert habe; ich hätte sie und ihre Herrlichkeit in den Träumen meines Herzens und in den Fantasien meines Verstandes geahnt; ich hätte auf unserer Erde oft nicht ohne Tränen in die untergehende Sonne blicken können. Mit meinem Hass gegen die Menschen unserer Erde sei immer ein Gefühl des Grams verbunden gewesen: Ich hätte mich gefragt, warum ich sie nicht hassen könne, ohne sie zu lieben; warum ich ihnen immer verzeihe, aber bei meiner Liebe zu ihnen doch Gram empfände; warum ich sie nicht hassend lieben könne. Sie hörten mich an, und ich sah, dass sie sich das, was ich sagte, nicht vorstellen konnten; aber ich bedauerte nicht, es ihnen gesagt zu haben; ich wusste, dass sie meinen Gram um diejenigen, die ich verlassen hatte, in seiner ganzen Größe begriffen. Ja, wenn sie mich mit ihrem freundlichen, liebevollen Blick ansahen, wenn ich fühlte, dass im Verkehr mit ihnen auch mein Herz unschuldig und rechtschaffen wurde, dann bedauerte ich nicht, dass ich sie nicht verstand. Die Empfindung der Fülle des Lebens erdrückte mich fast, und ich betete schweigend für sie.

Oh, alle lachen mir jetzt ins Gesicht und versichern mir, solche Einzelheiten, wie ich sie wiedergäbe, könne man nicht einmal träumen; ich hätte in meinem Traum nur eine einzige Empfindung gehabt, die durch mein eigenes Herz in seinem irren Fantasieren hervorgerufen worden sei; die Einzelheiten aber hätte ich erst nach dem Erwachen erdacht. Und als ich ihnen gestand, dass es vielleicht wirklich so zugegangen sei – oh Gott, in was für ein Gelächter brachen sie da aus, und in welche Heiterkeit versetzte ich sie! Oh ja, allerdings hatte mich nur die eine Empfindung jenes Traums überwältigt, und nur sie allein hatte sich in meinem wunden, blutenden Herzen erhalten; die wirklichen Bilder und Formen meines Traums aber, das heißt diejenigen, die ich tatsächlich während des Träumens sah, waren von so vollkommener Harmonie, von so bezaubernder. Schönheit und Wahrheit, dass ich nach dem Erwachen nicht imstande war, sie durch unsere schwachen Worte zu verkörpern; sie vergingen und verschwanden deshalb notwendigerweise in meinem Geist, und ich war unbewusst daher vielleicht gezwungen, die Einzelheiten später dichterisch zu rekonstruieren, wobei ich sie allerdings entstellte, besonders da ich leidenschaftlich wünschte, sie so schnell wie möglich wenigstens einigermaßen wiederzugeben. Aber andrerseits, wie kann man sich weigern, mir zu glauben, dass sich alles so verhielt? Vielleicht war es noch tausendmal besser, schöner, freudevoller, als ich es schildere? Mag es ein Traum gewesen sein; aber es war doch nicht möglich, dass das alles nicht gewesen sein sollte. Wissen Sie, ich werde Ihnen ein Geheimnis sagen: Vielleicht war das alles überhaupt kein Traum? Denn dort begab sich etwas Derartiges, etwas so erschreckend Wahrhaftiges, dass man es gar nicht hätte bloß träumen können. Mag auch mein Herz den Traum erzeugt haben; aber war denn mein Herz allein imstande, jenen schrecklichen wahren Vorgang zu erzeugen, der sich dann mit mir zutrug? Wie hätte ich ihn ausdenken oder träumen können? Konnten etwa mein kindliches Herz und mein launenhafter, wertloser Verstand sich zu einer solchen Offenbarung der Wahrheit emporschwingen? Oh, urteilen Sie selbst: Ich habe es bisher verschwiegen; aber jetzt will ich auch diese Wahrheit aussprechen: Die Sache ist die, dass ich ... sie alle verdarb!

5

Ja, ja, es endete damit, dass ich sie alle verdarb! Wie das geschehen konnte, weiß ich nicht; aber an die Sache selbst erinnere ich mich deutlich. Der Traum durchflog Jahrtausende und hinterließ in mir nur eine Gesamtempfindung. Ich weiß nur, dass ich die Ursache des Sündenfalls war. Wie eine garstige Trichine, wie ein Pestatom das Reich infiziert, so infizierte auch ich diese vor meiner Ankunft so glückliche, sündlose Erde. Sie lernten lügen und gewannen die Lüge lieb und erkannten die Schönheit der Lüge. Oh, das begann vielleicht ganz harmlos, mit Scherz, mit Koketterie, mit verliebtem Spiel, wirklich vielleicht mit einem Atom; aber dieses Atom Lüge drang in ihre Herzen ein und gefiel ihnen. Darauf entstand schnell Sinnlichkeit; die Sinnlichkeit erzeugte Eifersucht, die Eifersucht Grausamkeit ... Oh, ich weiß nicht, ich erinnere mich nicht; aber bald, sehr bald floß das erste Blut: Sie staunten und erschraken und begannen sich voneinander zu trennen und abzusondern. Es bildeten sich Vereinigungen; aber diese richteten nun schon ihre Spitze gegeneinander. Es begannen Vorwürfe und Beschuldigungen. Sie lernten die Scham kennen und erhoben die Scham zu einer Tugend. Es bildete sich der Begriff der Ehre heraus und entrollte in jeder Vereinigung seine Fahne. Sie begannen die Tiere zu quälen, und die Tiere entfernten sich von ihnen in die Wälder und wurden ihre Feinde. Es begann der Streit um die Trennung, um die Absonderung, um die Persönlichkeit, um das Mein und Dein. Sie fingen an, in verschiedenen Sprachen zu reden. Sie lernten, das Leid kennen und gewannen das Leid lieb; sie dürsteten nach Qual und sagten, die Wahrheit lasse sich nur durch Qual erreichen. Damals erschien bei ihnen auch die Wissenschaft. Als sie böse geworden waren, redeten sie von Brüderlichkeit und Humanität und verstanden diese Ideen. Als sie Verbrecher geworden waren, erfanden sie die Gerechtigkeit und schrieben sich ganze Gesetzbücher, um die Gerechtigkeit aufrechtzuerhalten, und stellten, um die Gesetzbücher zu sichern, die Guillotine auf. Sie erinnerten sich kaum noch an das, was sie verloren hatten, und wollten nicht einmal glauben, dass sie jemals unschuldig und glücklich gewesen seien. Sie spotteten sogar über die Vorstellung von diesem ihrem früheren Glück und nannten sie ein Hirngespinst. Sie konnten sich von der Art und Weise dieses Glücks kein Bild mehr machen; aber es begab sich etwas Seltsames und Wunderliches; obwohl sie jeden Glauben an das frühere Glück verloren hatten und es ein Märchen nannten, begehrten sie doch in solchem Maße, wieder unschuldig und glücklich zu sein, dass sie sich vor dem Wunsch ihres Herzens wie Kinder niederwarfen, diesen Wunsch vergötterten, ihm Tempel erbauten und anfingen, zu ihrer eigenen Idee, zu ihrem eigenen »Wunsch« zu beten; und während sie von der Unmöglichkeit der Erfüllung und Verwirklichung dieses Wunsches vollkommen überzeugt waren, vergötterten sie ihn doch gleichzeitig unter Tränen und beugten die Knie vor ihm. Und doch, wenn es möglich gewesen wäre, dass sie zu dem verlorenen Zustand der Unschuld und des Glücks zurückgekehrt wären, und wenn sie jemand von neuem darauf hingewiesen und sie gefragt hätte, ob sie zu ihm zurückkehren wollten, so hätten sie diese Frage bestimmt verneint. Sie antworteten mir: »Mögen wir auch Lügner, Bösewichte und Ungerechte sein, wir wissen das und weinen darüber und quälen uns deswegen selbst, und wir martern und bestrafen uns vielleicht sogar mehr als jener barmherzige Richter, der uns richten wird und dessen

Namen wir nicht kennen. Aber wir haben die Wissenschaft, und durch sie werden wir die Wahrheit von neuem finden; aber dann werden wir sie mit Bewusstsein aufnehmen. Das Wissen steht höher als das Gefühl, die Erkenntnis des Lebens höher als das Leben. Die Wissenschaft wird uns Weisheit geben; die Weisheit wird die Gesetze aufdecken; die Kenntnis der Gesetze des Glücks aber steht höher als das Glück.« So redeten sie zu mir, und nach solchen Worten liebte jeder sich selbst mehr als alle andern, und sie konnten überhaupt nicht anders handeln. Jeder war mit solcher Eifersucht auf die Wahrung seiner Persönlichkeit bedacht, dass er sich mit aller Kraft bemühte, die Persönlichkeit der andern zu erniedrigen und klein zu machen; und darein setzte er seine Lebensaufgabe. Es kam die Sklaverei auf; sogar eine freiwillige Sklaverei kam auf, die Schwachen ordneten sich willig den Stärksten unter und bedangen sich dabei nur aus, dass diese ihnen helfen sollten, die noch Schwächeren zu unterdrücken. Es traten Gerechte auf, die zu diesen Menschen kamen und mit Tränen zu ihnen von ihrem Stolz, von dem Verlust des rechten Maßes und der Harmonie und von dem Verlust der Scham redeten. Man spottete über sie oder steinigte sie. Heiliges Blut floß auf den Schwellen der Tempel. Dafür aber erschienen Leute, die sich eine Art und Weise auszudenken versuchten, wie sich alle wieder so vereinigen könnten, dass jeder, ohne dass er aufhören musste, sich selbst mehr als alle andern zu lieben, gleichzeitig keinen andern störte und auf diese Art alle wie in einer einträchtigen Gesellschaft zusammenlebten. Ganze Kriege entstanden als Folge dieser Idee. Alle Kriegführenden glaubten zu gleicher Zeit fest, dass die Wissenschaft, die Weisheit und der Selbsterhaltungstrieb die Menschen endlich zwingen würden, sich zu einer einträchtigen, vernünftigen Gesellschaft zu vereinigen; und darum bemühten sich einstweilen zur Beschleunigung der Sache die »Weisen«, möglichst schnell alle »Unweisen«, die ihre Idee nicht begriffen, auszurotten, damit sie dem Triumph der Idee nicht hinderlich wären. Aber der Selbsterhaltungstrieb wurde bald schwächer; es traten stolze, sinnliche Männer auf, die alles oder nichts forderten. Um alles zu erlangen, griffen sie zur Übeltat, und wenn es ihnen nicht glückte, zum Selbstmord. Es entstanden Religionen mit dem Kultus des Nichtseins und der Selbstvernichtung zum Zweck der ewigen Ruhe im Nichts. Endlich wurden diese Menschen müde bei ihrem sinnlosen Bemühen, und auf ihren Gesichtern erschien der Ausdruck des Leidens, und diese Leute verkündeten, das Leiden sei Schönheit; denn nur im Leiden liege Sinn. Sie besangen das Leiden in ihren Liedern. Ich ging händeringend umher und weinte über sie; aber ich liebte sie vielleicht noch mehr als früher, da auf ihren Gesichtern noch kein Ausdruck des Leidens lag und sie so unschuldig und so schön waren. Ich liebte ihre von ihnen entweihte Erde noch mehr als zu der Zeit, wo sie ein Paradies war, nur darum, weil auf ihr das Leid erschienen war. Ach, ich hatte immer Leid und Gram geliebt, aber nur insgeheim, für mich allein; aber über sie weinte ich, weil ich sie bemitleidete. Die Arme nach ihnen ausstreckend, beschuldigte, verfluchte und verachtete ich in meiner Verzweiflung mich selbst. Ich sägte ihnen, ich sei es, der dies alles angerichtet habe, nur ich; Sittenverderbnis, Ansteckung und Lüge hätte ich gebracht! Ich flehte sie an, mich ans Kreuz zu schlagen; ich unterwies sie, wie man ein Kreuz macht. Ich vermochte nicht, ich hatte nicht die Kraft, mich selbst zu töten; aber ich wollte von ihnen Qualen empfangen; ich dürstete nach Qualen; ich dürstete danach, in diesen Qualen mein Blut bis auf den letzten Tropfen zu vergießen. Aber sie lachten nur über mich und hielten mich schließlich für einen Halbverrückten. Sie verteidigten mich, indem sie sagten, sie hätten nur das empfangen, was sie sich selbst gewünscht hätten, und alles, was jetzt bestände, habe sich mit innerer Notwendigkeit so gestaltet. Zuletzt erklärten sie mir, ich würde ihnen gefährlich und sie würden mich ins Irrenhaus setzen, wenn ich nicht schwiege. Da wurde ich so vom Kummer übermannt, dass mein Herz sich zusammenzog und ich sterben zu müssen glaubte ... nun, und da erwachte ich.

Es war schon Morgen; das heißt, hell geworden war es noch nicht; aber es war zwischen fünf und sechs Uhr. Ich saß noch immer im Lehnstuhl, meine Kerze war ganz heruntergebrannt, beim Hauptmann schliefen alle, und ringsum herrschte eine Stille, wie sie in unserer Wohnung nur selten vorkam. Das erste, was ich tat, war, dass ich höchst erstaunt aufsprang; noch nie war mir etwas Ähnliches begegnet, nicht einmal, was unbedeutende Einzelheiten betraf: Zum Beispiel war ich noch nie so in meinem Lehnstuhl eingeschlafen. Dann, während ich dastand und meine Gedanken sammelte, sah ich plötzlich vor mir meinen geladenen, schussfertigen Revolver schimmern; aber im nächsten Augenblick stieß ich ihn von, mir! Oh, jetzt hatte ich das Leben nötig, das Leben! Ich hob die Arme und rief die ewige Wahrheit an; aber Tränen erstickten meine Stimme; Begeisterung, unermessliche Begeisterung beseelte mein ganzes Wesen. Ja, leben und – verkündigen! Oh, ein Verkündiger zu werden, beschloss ich gleich in jenem Augenblick, und zwar natürlich fürs ganze Leben! Ich werde hingehen, um zu verkündigen; ich will verkündigen – was? Die Wahrheit; denn ich habe sie gesehen; ich habe sie mit meinen Augen gesehen; ich habe ihre ganze Herrlichkeit gesehen!

Und seitdem verkündige ich nun! Ich füge hinzu: Ich liebe alle, die über mich lachen, mehr als alle Übrigen. Warum ich das tue, weiß ich nicht und kann ich nicht erklären; aber mag es meinetwegen so sein! Sie sagen, ich ginge auch jetzt schon fehl, und wenn ich jetzt schon so fehlginge, was werde dann erst in Zukunft geschehen? Um die reine Wahrheit zu sagen: Ich gehe fehl, und vielleicht wird es in Zukunft noch schlimmer werden. Sicherlich werde ich noch mehrmals fehlgehen, bis ich gefunden haben werde, wie man verkündigen muss, das heißt mit welchen Worten und mit welchen Taten; denn das richtig auszuführen ist sehr schwer. Ich sehe ja auch jetzt das alles sonnenklar; aber hören Sie: wer geht denn nicht fehl? Und dabei gehen doch alle zu ein und demselben Ziel; wenigstens streben alle nach ein und demselben Ziel, von dem Weisen bis zu dem gemeinsten Räuber, nur auf verschiedenen Wegen. Das ist eine alte Wahrheit; aber neu ist dabei dies: Ich kann gar nicht so sehr fehlgehen. Denn ich habe die Wahrheit gesehen; ich habe sie gesehen und weiß, dass die Menschen schön und glücklich sein können, ohne dass sie darum die Fähigkeit, auf der Erde zu leben, verloren zu haben brauchen. Ich will und kann nicht glauben, dass das Böse der normale Zustand der Menschen sei. Alle lachen jedoch nur über meinen Glauben. Aber wie kann sich jemand weigern, mir zu glauben: Ich habe ja die Wahrheit gesehen – nicht, dass ich sie erfunden hätte, sondern ich habe sie gesehen, wirklich gesehen, und ihre lebende Gestalt hat mich auf ewig erfüllt. Ich habe sie in solcher Vollkommenheit gesehen, dass ich nicht glauben kann, sie wäre bei den Menschen ein Ding der Unmöglichkeit. Und Wie soll ich denn eigentlich fehlgehen? Ich werde ein wenig abweichen, gewiss, sogar öfters, und werde vielleicht sogar mit ungeeigneten Worten reden, aber nicht lange: Die lebende Gestalt dessen, was ich gesehen habe, wird mich immer begleiten und mich immer wieder auf den richtigen Weg bringen und meine Schritte lenken. Oh, ich bin mutig, ich habe frische Kraft; ich werde hingehen, ich werde hingehen, und wäre es auch auf tausend Jahre. Wissen Sie, ich wollte es sogar anfangs verheimlichen, dass ich sie alle verdorben habe; doch das wäre ein Fehler gewesen – gleich der erste Fehler! Aber die Wahrheit flüsterte mir zu, dass ich im Begriff sei zu lügen, und bewahrte mich und hielt mich auf rechter Bahn. Aber wie das Paradies herzustellen sei, das weiß ich nicht, weil ich nicht verstehe, es mit Worten auszudrücken. Nach meinem Traum sind mir die rechten Worte verloren gegangen. Wenigstens die wichtigsten Worte, die notwendigsten. Aber mag das auch sein, ich werde hingehen und werde immer reden, unermüdlich, denn ich habe es doch mit meinen Augen gesehen, wenn ich auch nicht verstehe, das Geschehene mit Worten wiederzugeben. Aber gerade das können die Spötter nicht begreifen: »Er hat geträumt«, sagen sie, »hat fantasiert, eine Halluzination gehabt.« Ach, so ein Gerede! Ist denn das klug? Und sie sind so stolz! Ein Traum? Was ist denn ein Traum? Ist nicht unser Leben ein Traum? Ja, ich will noch mehr sagen: Angenommen, dass sich das nie verwirklichen wird und das Paradies unmöglich ist (das sehe ich ja auch schon selbst ein!) – nun, so werde ich trotzdem meine Lehre verkündigen. Aber dabei wäre es doch so einfach: An einem einzigen Tag, in einer einzigen Stunde könnte alles mit einem Mal in Ordnung kommen! Die Hauptsache ist: Liebe die andern wie dich selbst; das ist die Hauptsache, das ist alles, weiter ist nichts mehr nötig: Dann wirst du sofort wissen, was du zu tun hast. Und dabei ist das ja nur eine alte Wahrheit, die billionenmal wiederholt und gelesen, aber doch den Menschen nicht in Fleisch und Blut übergegangen ist! »Die Erkenntnis des Lebens steht höher als das Glück«, das ist die Anschauung, die bekämpft werden muss! Und ich werde sie bekämpfen. Wenn nur jeder will, dann wird alles sogleich in Ordnung kommen.

Aber jenes kleine Mädchen habe ich ausfindig gemacht … Und ich werde hingehen! Ich werde hingehen!

Eine dumme Geschichte

Diese dumme Geschichte passierte gerade in der Zeit, als sich mit so unwiderstehlicher Gewalt und mit so rührend naivem Drang die Wiedergeburt unseres lieben Vaterlandes zu vollziehen begann und alle seine wackeren Söhne neuen Zielen zustrebten und sich neuen Hoffnungen hingaben.

Damals saßen an einem klaren, kalten Winterabend (es war schon elf Uhr vorbei) drei sehr ehrenwerte Herren zusammen in einem behaglich, ja luxuriös eingerichteten Zimmer eines schönen zweistöckigen Hauses auf der Petersburger Seite und führten ein ernstes, verständiges Gespräch über ein sehr interessantes Thema. Diese drei hohen Zivilbeamten besaßen sämtlich Generalsrang. Sie saßen um ein kleines Tischchen, jeder in einem schönen, weichen Lehnstuhl, und tranken während des Gesprächs ruhig und mit Genuss Champagner. Die Flasche stand vor ihnen auf dem Tischchen in einem silbernen Kübel mit Eis. Der Anlass ihres Zusammenseins war, dass der Hausherr, der Geheimrat Stepan Nikiforowitsch Nikiforow, ein alter Junggeselle von fünfundsechzig Jahren, seinen Einzug in das Haus feierte, das er sich vor kurzem gekauft hatte, und, da es sich so traf, gleichzeitig auch seinen Geburtstag festlich beging, der gerade auf diesen Tag fiel und den er sonst nie gefeiert hatte. Übrigens hielt sich die Feier in sehr mäßigen Grenzen; wie wir bereits gesehen haben, waren nur zwei Gäste da, beides frühere Amtsgenossen des Herrn Nikiforow und frühere Untergebene von ihm, nämlich erstens der Wirkliche Staatsrat Semjon Iwanowitsch Schipulenko und zweitens Iwan Iljitsch Pralinski, gleichfalls Wirklicher Staatsrat. Sie waren um neun Uhr gekommen, hatten Tee getrunken, waren dann zum Wein übergegangen und wussten, dass sie sich pünktlich um halb zwölf auf den Heimweg machen mussten. Der Hausherr war sein Leben lang ein großer Freund der Regelmäßigkeit gewesen. Hier ein paar Worte über seine Vergangenheit: Er hatte seine Laufbahn als kleiner Beamter ohne Protektion begonnen, hatte ruhig fünfundvierzig Jahre lang seinen Dienst getan, war sich völlig klar darüber, bis zu welcher Rangstufe er es bringen werde, hasste nichts so sehr als das sogenannte »Greifen nach den Sternen« (trotzdem, zwei Orden besaß er schon) und hatte eine besondere Abneigung dagegen, bei jeder Gelegenheit seine persönliche Meinung zum Ausdruck zu bringen. Ferner war er ein ehrlicher Mann, das heißt, er war niemals in die Lage gekommen, etwas besonders Unehrenhaftes zu tun; er war Junggeselle, weil er ein Egoist war; er war recht klug, mochte aber sein Licht nicht gern leuchten lassen; besonders widerwärtig waren ihm Unordnung und Schwärmerei, Letztere hielt er für eine Art Unordnung der Seele, und in höherem Alter hatte er sich völlig in ein süßes, träges Genussleben und in absichtliche Einsamkeit versenkt. Zwar machte er mitunter bei seinen Bekannten, Leuten besseren Standes, Besuche; aber bei sich selbst Besuch zu empfangen, hatte er schon von jungen Jahren an nicht gemocht, und in letzter Zeit genügte ihm, wenn er nicht grande patience legte, die Gesellschaft seiner Standuhr; er konnte ganze Abende lang im Halbschlaf auf einem Lehnstuhl sitzen und ruhig auf ihr Ticken unter einer Glasglocke auf dem Kaminsims horchen. Sein Äußeres machte einen sehr anständigen Eindruck: Er war stets sauber rasiert, sah jünger aus, als es seinen Jahren entsprach, hatte sich gut gehalten, ließ erwarten, dass er noch lange leben werde, und benahm sich in jeder Hinsicht durchaus wie ein Gentleman. Das Amt, das er bekleidete, war ziemlich bequem: Er hatte irgendwo als Beisitzer zu fungieren und irgendwelche Papiere zu unterschreiben. Mit einem Wort: Er galt allgemein als vortrefflicher Mensch. Nur eine Leidenschaft oder, richtiger gesagt, nur einen glühenden Wunsch hatte er: ein eigenes Haus zu besitzen, und zwar ein herrschaftlich gebautes, nicht so ein auf Gelderwerb berechnetes. Dieser Wunsch war ihm nun endlich in Erfüllung gegangen: Er hatte sich nach längerem Suchen ein Haus auf der Petersburger Seite gekauft; es lag allerdings vom Mittelpunkt der Stadt etwas entfernt; aber dafür war es ein Haus mit Garten, ein elegantes Haus. Nach Auffassung des neuen Hausbesitzers war die weite Entfernung sogar als Vorzug anzusehen: denn Gäste bei sich zu empfangen war nicht sein Geschmack, und um zu einem Bekannten oder zum Dienst zu fahren, dazu hatte er einen schönen, zweisitzigen, schokoladenbraunen Wagen und seinen Kutscher Michej und zwei kleine, aber kräftige und hübsche Pferde. All das hatte er sich durch eine vierzigjährige sparsame Wirtschaft langsam und rechtlich erworben, und er hatte seine Freude daran. Das war der Grund, weshalb Stepan Nikiforowitsch, nachdem er das Haus gekauft und bezogen hatte, so heiter war und eine solche Befriedigung empfand, dass er sich sogar Gäste zu seinem Geburtstag einlud, den er früher selbst seinen nächsten Bekannten sorgfältig verschwiegen hatte. Mit einem der beiden Eingeladenen hatte er auch noch besondere Absichten. Er selbst bewohnte in seinem Haus die obere Etage; für die untere aber, die ebenso gebaut und eingerichtet war, hätte er gern einen Mieter gehabt. Stepan Nikiforowitsch spekulierte dabei auf Semjon Iwanowitsch Schipulenko und hatte an diesem Abend schon zweimal das Gespräch auf dieses Thema gelenkt. Aber Semjon Iwanowitsch war jedes Mal ausgewichen. Er war ein Mann, der sich ebenfalls durch seine Energie im Laufe der Zeit seinen Weg gebahnt hatte; er hatte schwarzes Haar, trug einen Backenbart, und der Farbton seines Teints ließ darauf schließen, dass er an chronischem Gallenerguss litt. Er war verheiratet, ein mürrischer Stubenhocker, hielt sein ganzes Haus in Furcht, zeigte im Dienst viel Selbstgefühl, wusste auch sehr genau, wie weit er es bringen würde und, noch genauer, was er niemals werde erreichen können, saß auf einem guten Posten, und zwar sehr fest. Die sich entwickelnde neue Ordnung der Dinge betrachtete er allerdings mit Missvergnügen, ohne sich jedoch darüber sonderlich aufzuregen; dazu besaß er zu viel Selbstvertrauen, und mit spöttischer Miene hörte er Iwan Iljitsch Pralinskis schwungvolle Reden über die neuen Ideen mit an. Übrigens hatte bei allen dreien der Wein zu wirken begonnen, sodass Stepan Nikiforowitsch sich dazu herbeiließ, mit Herrn Pralinski ein gelindes Wortgefecht über die neuen Einrichtungen zu beginnen. Und nun einige Sätze über Seine Exzellenz Herrn Pralinski, umso mehr, als er der Hauptheld der folgenden Erzählung ist:

Der Wirkliche Staatsrat Iwan Iljitsch Pralinski hieß erst seit vier Monaten Exzellenz, war also im Generalsrang einer der jüngsten Beamten. Auch sonst war er noch jung, er zählte erst dreiundvierzig Jahre; dabei sah er noch jünger aus und legte auch Wert darauf, jünger auszusehen. Er war ein hübscher, stattlicher Mann, verwandte viel Sorgfalt auf seine Kleidung, die stets von auserlesener Gediegenheit war, trug einen hohen Orden um den Hals, und zwar mit vollem Verständnis für dessen Bedeutung, hatte sich schon seit der Kindheit ein Benehmen zu eigen gemacht, wie es in der vornehmen Welt üblich ist, und da er noch Junggeselle war, dachte er jetzt im Stillen daran, ein reiches und womöglich vornehmes Mädchen zu heiraten. Er hing auch sonst noch mancherlei hochfliegenden Träumereien nach, obwohl er keineswegs dumm war. Zeitweilig war er redselig und gefiel sich sogar darin, die Art eines Parlamentsredners anzunehmen. Er stammte aus guter Familie (sein Vater war ein Beamter mit Generalsrang gewesen) und war in seiner Jugend sehr verwöhnt worden; als Junge war er in Samt und Batist gegangen. Dann war er in einem aristokratischen Institut erzogen worden, und obgleich er von dort nicht allzu viele Kenntnisse mitgebracht hatte, war seine dienstliche Tätigkeit doch für ihn erfolgreich gewesen, indem er den Rang eines Generals erreicht hatte. Seine Vorgesetzten hielten ihn für einen fähigen Kopf und setzten sogar für die Zukunft auf ihn noch größere Hoffnungen. Stepan Nikiforowitsch freilich, unter dem er seine dienstliche Laufbahn begonnen und fast bis zum Generalsrang fortgesetzt hatte, hielt ihn niemals für einen besonders tüchtigen Beamten und hatte keinerlei Hoffnungen auf ihn gesetzt. Aber es gefiel ihm, dass Iwan Iljitsch aus gutem Hause war, Vermögen besaß (nämlich ein großes Mietshaus mit einem Verwalter), mit vornehmen Leuten verwandt war und sich angemessen zu benehmen verstand. Im Stillen tadelte Stepan Nikiforowitsch ihn wegen seiner fantastischen, leichtfertigen Denkweise. Iwan Iljitsch selbst hatte mitunter den Eindruck, dass er zu viel Eigenliebe und Empfindlichkeit besitze. Es war merkwürdig: Manchmal bekam er Anfälle eines schmerzhaften Schamgefühls, das sogar an Reue grenzte. Mit geheimem Gram und Kummer wurde er sich dann innerlich bewusst, dass sein Geist doch nicht zu so hohem Flug befähigt sei, wie er sonst glaubte. In solchen Augenblicken verfiel er sogar in eine Art Trübsinn, besonders wenn ihm seine Hämorrhoiden zu schaffen machten, nannte sein Leben une existence manquée, hörte selbst auf (natürlich nur ganz im Stillen), an seine rednerische Begabung zu glauben, und nannte sich einen Schwätzer und Maulhelden. Das alles machte ihm gewiss viel Ehre, hinderte ihn aber keineswegs, eine halbe Stunde darauf den Kopf wieder hoch zu tragen, dreist und mutig zu sein und sich mit umso größerer Hartnäckigkeit und mit umso größerem Dünkel dem Glauben hinzugeben, es werde ihm doch noch gelingen, sich durchzusetzen, und er werde dann nicht nur ein hoher Würdenträger, sondern ein wirklicher großer Staatsmann sein, dessen Andenken in Russland lange fortleben werde. Er stellte sich manchmal sogar Denkmäler vor, die ihm würden errichtet werden. Man sieht daraus, dass Iwan Iljitsch hoch hinaus wollte, obwohl er seine schrankenlosen Träumereien und Hoffnungen tief in seinem Innern verbarg, sogar mit einer gewissen Ängstlichkeit. Kurz gesagt, er war ein guter Mensch und hatte sogar etwas von einem Dichter an sich. In den letzten Jahren hatten sich diese schmerzlichen Augenblicke der Ernüchterung und Enttäuschung bei ihm häufiger eingestellt. Er war in hohem Grade reizbar und argwöhnisch und neigte dazu, jeden Widerspruch als Beleidigung aufzufassen. Aber die Neugestaltung Russlands erweckte in ihm auf einmal wieder große Hoffnungen. Der Generalsrang, der ihm verliehen wurde, wirkte in derselben Richtung. Sein Gang wurde elastisch; er trug den Kopf aufrecht. Er begann, viel und mit kunstvoller Rhetorik zu sprechen, und redete über die neusten Ideen, die er sich zur Überraschung seiner Bekannten außerordentlich schnell angeeignet hatte und nun mit Fanatismus verfocht. Er suchte Gelegenheiten zum Reden, fuhr in der Stadt bei seinen Bekannten umher und galt bald vielerorts als engagierter Fortschrittler, was ihm sehr schmeichelte. An diesem Abend nun wurde er, nachdem er vier Gläser Champagner getrunken hatte, ganz besonders lebhaft. Er wünschte brennend, Stepan Nikiforowitsch, den er vor diesem Zusammensein lange Zeit nicht gesehen hatte, zu seinen neuen Ansichten zu bekehren; denn er zollte ihm noch immer Hochachtung und hatte vor seinen Auffassungen Respekt. Er hielt ihn, eigentlich ohne rechten Grund, für einen Reaktionär und redete nun, mit großer Wärme auf ihn ein. Stepan Nikiforowitsch erwiderte fast nichts, sondern hörte nur mit schlauer Miene zu, obgleich der Gegenstand ihn interessierte. Iwan Iljitsch wurde hitzig und nahm im Eifer des allerdings nur einseitig geführten Wortgefechts häufiger, als es gut war, einen Schluck aus seinem Glas. Dann ergriff Stepan Nikiforowitsch jedes Mal sofort die Flasche und goss das Glas wieder voll, ein Verfahren, durch das Iwan Iljitsch sich auf einmal beleidigt fühlte (er wusste selbst nicht, warum). Und seine Stimmung wurde dadurch noch mehr verdorben, dass Semjon Iwanowitseh Schipulenko, den er sehr gering schätzte und dazu noch wegen seines schonungslosen, boshaften Witzes fürchtete, sich bei diesem Streit ganz abseits hielt, schwieg und öfter, als es passend war, lächelte. Er hält mich, wie es scheint, für einen Grünschnabel, ging Iwan Iljitsch durch den Kopf.

»Nein, es ist Zeit; es hätte schon längst Wandel geschaffen werden müssen«, fuhr er mit großer Heftigkeit fort. »Wir Russen haben uns gar zu sehr verspätet, und nach meiner Ansicht ist das erste und wichtigste Humanität, Humanität gegen die Untergebenen; man darf nicht vergessen, dass sie auch Menschen sind. Die Humanität wird uns aus allen Nöten helfen und unsere Rettung sein ...«

»Hihihihi!«, erscholl von der Seite her Semjon Iwanowitschs Lachen.

»Aber warum schelten Sie uns denn eigentlich so?«, erwiderte nun endlich Stepan Nikiforowitsch mit liebenswürdigem Lächeln. »Ich muss gestehen, Iwan Iljitsch, ich bin bis jetzt noch nicht daraus klug geworden, worauf Ihre Erörterungen eigentlich hinauslaufen. Sie betonen Humanität. Damit ist wohl die Menschenliebe gemeint, nicht wahr?«

»Ja, meinetwegen, Sie können es auch Menschenliebe nennen. Ich ...«

»Erlauben Sie! Soweit ich es beurteilen kann, ist das aber nicht der einzige Punkt, um den es sich handelt. Menschenliebe hat immer als etwas Gutes und Notwendiges gegolten. Die Reformer aber beschränken sich nicht darauf. Es wurden da Fragen aufgeworfen, die die Stellung der Bauern betreffen und den Gerichtsapparat und die wirtschaftlichen Verhältnisse und das System der Branntweinpacht und die moralischen Anschauungen und ... und ... und unzählige andere Fragen; wenn das alles gleichzeitig, alles auf einmal kommt, dann können starke Erschütterungen unseres ganzen Staatswesens die Folge sein.

Das ist es, was unsere Besorgnis erregt hat, und nicht die bloße Humanität ...«

»Jawohl, das geht viel tiefer«, bemerkte Semjon Iwanowitsch.

»Ich weiß es sehr wohl, und gestatten Sie mir die Bemerkung, Semjon Iwanowitsch, dass ich, was Verständnis für diese Dinge anlangt, Ihnen in keiner Weise nachstehe«, erwiderte Iwan Iljitsch scharf und spöttisch. »Aber ich nehme mir die Freiheit, auch Ihnen gegenüber, Stepan Nikiforowitsch, zu bemerken, dass Sie mich ebenfalls nicht ganz verstanden haben ...«

»Nein, das habe ich wirklich nicht.«

»Die Idee, an der ich festhalte und für die ich überall eintrete, ist die, dass die Humanität, und speziell die Humanität gegen Niedrigerstehende, die Humanität des höheren Beamten gegen den Schreiber, des Schreibers gegen den Mann aus dem Volk – dass die Humanität, sage ich, uns für die bevorstehenden Reformen und überhaupt für die Neugestaltung der Dinge sozusagen als Eckstein dienen kann. Warum? Das will ich Ihnen erklären: Nehmen Sie den Syllogismus: Ich bin human, folglich liebt man mich. Man liebt mich, also hat man zu mir Vertrauen. Man hat zu mir Vertrauen, also glaubt man mir. Wenn man mir glaubt, so liebt man mich auch ... das heißt, nein, ich wollte sagen: Wenn man mir glaubt, so wird man auch an die Reformen glauben, sie begreifen dann alle den Kern der Sache, umarmen sich geistig, sozusagen, und führen das Ganze in aller Freundschaft aufs

Gründlichste durch. Weshalb lachen Sie, Semjon Iwanowitsch? Ist das so schwer zu verstehen?«

Stepan Nikiforowitsch zog schweigend die Brauen hoch, offenbar sehr verwundert über das, was er soeben gehört hatte.

»Mir scheint, ich habe ein bisschen viel getrunken«, bemerkte Semjon Iwanowitsch boshaft, »und das beeinträchtigt mein Auffassungsvermögen. Mir ist so wirr im Kopf.«

Iwan Iljitsch machte unwillkürlich eine krampfhafte Bewegung.

»Wir setzen es nicht durch«, sagte plötzlich nach kurzem Nachdenken Stepan Nikiforowitsch.

»Was meinen Sie damit, dass wir es nicht durchsetzen?«, fragte Iwan Iljitsch, der über Stepan Nikiforowitschs unerwartete Bemerkung sehr erstaunt war.

»Ganz einfach, wir setzen es nicht durch«, wiederholte Stepan Nikiforowitsch, der sich offenbar nicht weiter darüber auslassen wollte.

»Meinen Sie vielleicht, der neue Wein müsse in neue Schläuche gefüllt werden?«, erwiderte Iwan Iljitsch nicht ohne Ironie.

»Aber nicht doch; für meine Person möchte ich einstehen.«

In diesem Augenblick schlug die Uhr halb zwölf.

»Wir haben lange genug gesessen; nun ist's Zeit zum Aufbruch«, sagte Semjon Iwanowitsch und machte Anstalten, sich zu erheben. Aber Iwan Iljitsch war flinker als er, stand schnell vom Tisch auf und nahm seine Zobelmütze vom Kaminsims. Er machte ein Gesicht, als fühlte er sich beleidigt.

»Also, Semjon Iwanowitsch, überlegen Sie sich die Sache!«, sagte Stepan Nikiforowitsch, der seine Gäste hinausgeleitete.

»Sie meinen wegen der Wohnung? Gewiss, gewiss, ich will es mir überlegen.«

»Und, bitte, benachrichtigen Sie mich möglichst bald, wenn Sie zu einem Entschluss gekommen sind.«

»Immer Wirtschaftliches?«, bemerkte Herr Pralinski in liebenswürdigem, einschmeichelndem Ton, während er mit seiner Mütze spielte. Er hatte das Gefühl, man habe ihn bei diesem Gespräch vergessen.

Stepan Nikiforowitsch zog die Brauen hoch und schwieg, zum Zeichen, dass er seine Gäste nicht länger aufhalten wolle. Semjon Iwanowitsch verbeugte sich eiligst.

Na ... dann nicht ... meinetwegen! Wenn du dich nicht einmal auf die gewöhnliche Höflichkeit verstehst, dachte Herr Pralinski und streckte dem Hausherrn mit beabsichtigter Ungeniertheit die Hand hin.

Im Vorzimmer wickelte sich Iwan Iljitsch in seinen leichten, teuren Pelz, bemühte sich, Semjon Iwanowitschs abgetragenen Waschbärenpelz nicht zu bemerken, und beide stiegen die Treppe hinab.

»Unser alter Freund schien etwas übel genommen zu haben«, sagte Iwan Iljitsch zu Semjon Iwanowitsch, der sich schweigsam verhielt.

»Nicht doch; wieso?«, antwortete der Angeredete ruhig und kühl.

Du Flegel!, dachte Iwan Iljitsch bei sich.

Sie traten vor die Haustür. Semjon Iwanowitschs Schlitten fuhr vor; er war mit einem unansehnlichen grauen Hengst bespannt,

»Zum Kuckuck! Wo ist denn Trifon mit meinem Wagen geblieben?«, rief Iwan Iljitsch, da er seine Kutsche nicht erblickte.

Aber trotz allen Umschauens war die Kutsche nicht zu finden. Stepan Nikiforowitschs Diener wusste nichts über ihren Verbleib. Iwan Iljitsch wandte sich an Warlam, den Kutscher Semjon Iwanowitschs, und bekam zur Antwort, Trifon habe hier die ganze Zeit über gewartet, und die Kutsche sei auch da gewesen, aber nun auf einmal seien sie weg.

»Eine dumme Sache!«, sagte Herr Schipulenko. »Darf ich Sie in meinem Schlitten zu Ihrer Wohnung bringen?«

»So eine nichtswürdige Bande!«, rief Herr Pralinski wütend:

»Er hatte mich gebeten, diese Kanaille, ob er nicht in der Zwischenzeit auf eine Hochzeit gehen dürfe, hier auf der Petersburger Seite; irgendeine Bekannte von ihm verheiratet sich. Aber ich habe es ihm streng verboten, sich hier von der Haustür zu entfernen. Nun möchte ich wetten, dass er doch hingefahren ist!«

»Ja«, bemerkte Warlam, »er ist wirklich da irgendwohin gefahren; er sagte, er würde im Augenblick Wiederkommen und zur rechten Zeit wieder hier sein.«

»Na ja! Hatte ich es mir doch gedacht! Aber warte, ich will dich lehren!«

»Das Beste ist, Sie lassen ihn ein paar Mal auf der Polizei gehörig auspeitschen; dann wird er künftig tun, was ihm befohlen ist«, sagte Semjon Iwanowitsch, während er sich bereits die Schlittendecke über die Beine zog.

»Bitte, beunruhigen Sie sich darüber nicht, Semjon Iwanowitsch!«

»Also Sie möchten sich von mir nicht nach Hause bringen lassen?«

»Merci! Gute Fahrt!«

Semjon Iwanowitsch fuhr weg; Iwan Iljitsch aber ging zu Fuß über das Holzpflaster; er befand sich in ziemlich starker Erregung.

»Nein, so etwas! Aber ich will dich lehren, Schurke! Ich gehe absichtlich zu Fuß, damit du es empfindest, damit du einen Schreck bekommst! Wenn er nach Hause kommt, wird er hören, dass der Herr zu Fuß gegangen ist ... der Halunke!«

Iwan Iljitsch hatte noch nie so arg geschimpft wie jetzt; aber er war auch zu wütend, und außerdem war ihm der Wein zu Kopf gestiegen. Er war nicht gewohnt zu trinken, und daher wirkten bei ihm schon fünf bis sechs Gläser. Aber die Nacht war wunderschön. Es war kalt, doch ganz ruhig und windstill. Der Himmel war klar und voller Sterne. Der Vollmond übergoss die Erde mit mattem Silberschimmer. Es war so schön, dass Iwan Iljitsch schon nach fünfzig Schritten sein Missgeschick beinahe vergessen hatte. Eine besonders heitere Stimmung überkam ihn. Bei berauschten Menschen wechseln die Empfindungen sowieso häufig. Selbst an den unansehnlichen Holzhäuschen der menschenleeren Straße begann er Gefallen zu finden.

Es ist doch prächtig, dass ich zu Fuß gehe, dachte er. Für Trifon wird es eine gute Lehre sein, und mir macht es Vergnügen. Wirklich, ich sollte öfter zu Fuß gehen. Na, und auf dem Großen Prospekt finde ich sicher gleich eine Droschke. Eine prächtige Nacht! Wie nett hier diese Häuschen aussehen! Wahrscheinlich wohnt da lauter geringes Volk, Unterbeamte, kleine Kaufleute und so etwas ... Nein, dieser Stepan Nikiforowitsch! Was sind das doch alles für Reaktionäre, was für alte Schlafmützen, c'est le mot. Übrigens ist er ein verständiger Mensch; er hat diesen bon sens, eine nüchterne, praktische Auffassung der Dinge. Aber alt, gar zu alt sind er und seinesgleichen! Es fehlt ihnen dieses ... wie nennt man es doch gleich? Na ja, es fehlt ihnen so ein gewisses Etwas ... »Wir setzen es nicht durch!« Was wollte er damit sagen? Er hatte vorher noch besonders nachgedacht, als er es sagte. Übrigens hatte er mich gar nicht richtig verstanden. Was ist denn eigentlich daran zu verstehen? Schwerer ist doch, es nicht zu verstehen. Die Hauptsache, man ist überzeugt, innerlich überzeugt. Humanität ... Menschenliebe! Man muss den Menschen ihm selbst wiedergeben ... das Gefühl der eigenen Würde in ihm neu beleben, und dann ... dann wollen wir uns mit dem fertigen Material ans Werk machen. Das ist doch klar, sollte man meinen! Ja! Erlauben Sie einmal, Exzellenz; nehmen Sie folgenden Fall an: Wir treffen zum Beispiel einen Unterbeamten, einen armen, schüchternen Unterbeamten. »Nun ... was bist du?« Antwort: »Unterbeamter.« Gut, Unterbeamter; weiter: »Was bist du für ein Unterbeamter?« Antwort: »Von der und der Art«, sagt er. »Willst du glücklich sein?« – »Ja.« – »Was brauchst du zu deinem Glück?« – »Das und das.« – »Warum?« – »Weil ...« Und siehe da, der Mann ist mein; ich habe den Mann sozusagen in der Tasche und kann mit ihm alles machen, was ich will, das heißt natürlich, zu seinem eigenen Besten. Ein widerwärtiger Mensch, dieser Semjon Iwanowitsch! Und was er für eine widerwärtige Visage hat ... »Lassen Sie ihn auf der Polizei auspeitschen!« – das sagte er mir mit besonderer Absicht. Nein, dummes Zeug, lass du selbst deine Leute auspeitschen; ich tue so etwas nicht. Ich werde Trifon mit Worten belehren, mit einem Vorwurf werde ich ihn bestrafen; das wird ihn empfindlich genug treffen. Was die Prügelstrafe anlangt, hm! ... Das ist noch eine ungelöste Frage, hm! ... Ob ich wohl zu meiner kleinen Freundin Emérance mit herangehe? ... »Pfui Teufel, dieses verdammte Holzpflaster!«, rief er, da er plötzlich gestolpert war. »Und das ist nun eine Residenzstadt! So etwas nennt sich Zivilisation! Da kann man sich ja die Beine brechen! Hm! ... Ich hasse diesen Semjon Iwanowitsch; eine abscheuliche

Visage hat er. Wozu kicherte er da vorhin, als ich sagte: ›Sie umarmen sich geistig‹? Na, lass sie sich doch umarmen; was geht es dich an? Dich werde ich nicht umarmen; lieber einen gewöhnlichen Arbeiter ... Wenn mir jetzt ein Arbeiter begegnet, will ich ein paar Worte mit ihm sprechen. Übrigens war ich betrunken und drückte mich vielleicht nicht richtig aus. Auch jetzt drücke ich mich vielleicht nicht richtig aus ... hm! Ich will nie wieder trinken. Am Abend schwatzt man allerlei zusammen, und am andern Morgen bereut man's. Na, aber ich kann ja noch gerade gehen ... Und Kanaillen sind sie doch alle!«

Solche fragmentarischen, zusammenhanglosen Gedanken kamen Iwan Iljitsch, während er auf dem Fußweg dahinlief. Die frische Luft tat ihre Wirkung und rüttelte ihn auf. Nach weiteren fünf Minuten hätte er sich beruhigt und wäre schläfrig geworden; aber auf einmal (er war schon ganz nahe am Großen Prospekt) hörte er Musik. Er blickte um sich. Auf der anderen Straßenseite, in einem sehr alten, einstöckigen, aber langen Holzhaus, quiekten Geigen, ein Kontrabass brummte, eine Flöte piepste: Es wurde eine muntere Quadrille gespielt. Vor den Fenstern stand das Publikum, meist Frauen in wattierten Pelerinen und mit Tüchern um den Kopf; sie machten die größten Anstrengungen, um durch die Ritzen der Fensterläden hindurch etwas zu erblicken. Offenbar ging es drinnen sehr lustig zu. Der Lärm vom Stampfen der Tänzer war bis auf die andere Seite der Straße zu hören. Iwan Iljitsch bemerkte in seiner Nähe einen Polizisten und trat auf ihn zu.

»Wem gehört das Haus, lieber Freund?«, fragte er und schlug dabei seinen kostbaren Pelz ein wenig auseinander, gerade so viel, dass der Polizist den hohen Orden wahrnehmen konnte. »Dem Registrator Pseldonimow«, antwortete der Polizist, Haltung annehmend, da er augenblicklich die Auszeichnung erkannt hatte.

»Pseldonimow? Ei, sieh mal! Pseldonimow ... Was ist bei ihm los? Er macht wohl Hochzeit?«

»Jawohl, Euer Hochgeboren, mit der Tochter eines Titularrats. Titularrat Mlekopitajew; er ist beim Gericht angestellt gewesen. Dieses Haus bekommt die Braut mit.«

»Also gehört es jetzt schon Pseldonimow und nicht mehr Mlekopitajew?«

»Ganz recht, Euer Hochgeboren. Es gehörte bisher Mlekopitajew, und jetzt gehört es Pseldonimow.«

»Hm! Ich frage deswegen, lieber Freund, weil ich sein Vorgesetzter bin. Ich bin Direktor bei derselben Behörde, wo Pseldonimow angestellt ist.«

»Sehr wohl, Exzellenz.«

Der Polizist reckte sich so gerade wie möglich; Iwan Iljitsch aber schien nachdenklich zu werden. Er stand und überlegte ...

Ja, dieser Pseldonimow war tatsächlich aus seinem Ressort, aus seiner eigenen Kanzlei; daran erinnerte er sich ganz gut. Es war ein Beamter niedrigen Ranges, mit zehn Rubeln Gehalt monatlich. Da Herr Pralinski seine Kanzlei erst vor kurzem übernommen hatte, war es unmöglich, dass er alle seine Untergebenen genau im Gedächtnis gehabt hätte; aber auf Pseldonimow besann er sich allerdings, und zwar wegen des Familiennamens. Dieser Name war ihm gleich beim ersten Mal aufgefallen, sodass er sich schon damals den Träger dieses Namens aus Neugier mit besonderer Aufmerksamkeit angesehen hatte. Er erinnerte sich jetzt, dass es ein sehr junger Mann mit langer, gekrümmter Nase war, mit hellblondem Haar, das stellenweise in Büscheln vom Kopf abstand, er war schlecht genährt und kachektisch, in einem ganz unmöglichen Uniformrock und mit ganz unmöglichen, ja geradezu unanständigen Beinkleidern. Er erinnerte sich, dass ihm damals der Gedanke durch den Kopf gegangen war, ob er dem armen Kerl nicht eine Gratifikation von zehn Rubeln für die Festtage zur Wiederherstellung seiner Gesundheit anweisen solle. Aber da das Gesicht dieses armen Burschen etwas gar zu Ödes und sein Blick etwas äußerst Unsympathisches, ja Abstoßendes hatte, so war jener gute Gedanke von selbst wieder verschwunden, sodass Pseldonimow nichts bekommen hatte. Umso mehr hatte ihn vor weniger als einer Woche dieser selbe Pseldonimow durch ein Gesuch um Heiratsbewilligung in Erstaunen versetzt. Iwan Iljitsch erinnerte sich, dass er damals aus irgendwelchem Grund keine Zeit gehabt hatte, sich mit dieser Angelegenheit eingehender zu beschäftigen, sodass sie eilig kurzerhand erledigt werden musste. Aber dennoch hatte er ganz genau in Erinnerung, dass Pseldonimow mit seiner Braut als Mitgift ein hölzernes Haus und vierhundert Rubel bar bekommen sollte. Dieser Umstand war ihm damals gleich aufgefallen; er erinnerte sich, dass er sich sogar über das Zusammentreffen der wunderlichen Familiennamen Pseldonimow und Mlekopitajew ein bisschen amüsiert hatte: Auf all dies besann er sich ganz deutlich.

Bei diesen Erinnerungen versank er immer mehr in Nachdenken. Bekanntlich gehen uns manchmal Gedankenketten mit größter Geschwindigkeit durch den Kopf, und zwar als bloße Empfindungen, ohne dass sie sich in menschlicher Rede oder gar in der Schriftsprache wiedergeben ließen. Aber wir wollen trotzdem versuchen, alle diese Empfindungen unseres Helden wiederzugeben und dem Leser wenigstens ihren Kern vorzuführen, das heißt das, was an ihnen noch am ehesten gegenständlich und greifbar war. Denn freilich, viele unserer Empfindungen kommen bei der Wiedergabe durch die gewöhnliche Sprache ganz wunderlich heraus. Das ist auch der Grund, weswegen sie selten ans Licht gelangen, obgleich jeder solche Empfindungen hat. Natürlich waren Iwan Iljitschs Empfindungen und Gedanken etwas unzusammenhängend. Aber der Leser weiß ja die Ursache.

Na ja, dachte er in dieser eigentümlich schnellen Weise, da reden und reden wir nun alle; aber wenn es aufs Handeln ankommt, so wird nichts Rechtes. Nehmen wir zum Beispiel gleich diesen Pseldonimow: Er ist vorhin von der Trauung zurückgekommen, voller Aufregung, voller Hoffnung, in Erwartung der schönsten

Freuden ... Das ist einer der seligsten Tage seines Lebens ... Nun hat er alle Hände voll mit seinen Gästen zu tun und bewirtet sie, in bescheidener, ärmlicher Weise, aber heiter und fröhlich und von Herzen ... Also wenn der wüsste, dass gerade in diesem Augenblick ich, sein Vorgesetzter, sein höchster Vorgesetzter, hier bei seinem Haus stehe und seine Musik mit anhöre! Wahrhaftig, wie würde ihm da zumute sein? Und wie würde ihm nun gar zumute sein, wenn ich jetzt so unvermittelt hereinkäme? Hm ... Natürlich würde er zuerst einen großen Schreck bekommen, würde vor Verlegenheit kein Wort herausbringen ... Ich würde ihm sein Fest stören und vielleicht Unordnung stiften ... Ja, das wäre der Fall, wenn irgendein anderer Vorgesetzter zu seinem Untergebenen käme; aber mit mir ist das eine andere Sache ... Das ist es ja eben, dass es bei jedem so wäre, nur nicht bei mir ...

Ja, Stepan Nikiforowitsch! Sie haben mich vorhin nicht verstanden; nun wohlan, da haben Sie gleich ein Beispiel aus dem wirklichen Leben!

Ja, ja. Wir alle machen so viel Geschrei von der Notwendigkeit der Humanität; aber eine große Tat, eine heroische Tat auszuführen sind wir nicht imstande.

Was für eine heroische Tat? Das will ich Ihnen sagen. Urteilen Sie selbst: Bei diesen gegenwärtig zwischen den Mitgliedern der menschlichen Gesellschaft bestehenden Verhältnissen gehe ich, ich persönlich, nach Mitternacht auf die Hochzeit eines Untergebenen, eines Registrators mit zehn Rubeln Gehalt, das ist doch ein Umsturz aller Ordnung, ein Umkehren der herrschenden Anschauungen, der letzte Tag von Pompeji, der reinste Unsinn! Niemand wird dafür Verständnis haben. Stepan Nikiforowitsch wird es sein Lebtag nicht begreifen. Er hat ja gesagt: Wir setzen es nicht durch. Ja, ihr, ihr werdet es freilich nicht durchsetzen, ihr alten, gelähmten, trägen Menschen; aber ich, ich setze es durch! Ich verwandle den letzten Tag von Pompeji in den glücklichsten Tag für meinen Untergebenen und eine befremdliche Handlung in eine normale, patriarchalische, erhabene und edle. Wie ich das mache? Einfach so; hören. Sie nur zu!

Na ... also nehmen wir einmal an, ich trete ein: Sie werden sich wundern, den Tanz unterbrechen, mich scheu ansehen, vor mir zurückweichen. Gut; aber dann werde ich das Wort ergreifen; ich werde gerade auf den erschrockenen Pseldonimow zugehen und mit dem freundlichsten Lächeln ganz schlicht sagen: So und so, ich war bei seiner Exzellenz Stepan Nikiforowitsch. Ich glaube, du kennst ihn; er wohnt hier in der Nachbarschaft ... Nun, und da hörte ich Musik, erkundigte mich bei einem Polizisten und erfuhr, dass du, mein Lieber, Hochzeit machst. Na, dachte ich, ich will doch mal zu meinem Untergebenen herangehen und zusehen, wie meine Beamten sich amüsieren und ... Hochzeit machen. Ich hoffe, du wirst mich nicht hinauswerfen! Hinauswerfen! Welch ein Gedanke! Ein Untergebener seinen Vorgesetzten! Undenkbar! Ich denke, er wird ganz aus dem Häuschen sein, mich mit dem größten Eifer auf einen Lehnstuhl nötigen, vor Entzücken nur so zittern und es zuerst gar nicht fassen können ...

Nun, kann es etwas Einfacheres, Herrlicheres geben als eine solche Handlung? Warum ich hineingegangen bin? Das ist eine andere Frage. Das ist sozusagen die moralische Seite der Sache. Ja, das ist die Pointe!

Hm ... Woran dachte ich doch eben? Ja!

Na, also natürlich werden sie mir den Platz neben dem vornehmsten Gast anweisen, irgendeinem Titularrat oder rotnasigen Hauptmann a. D., wenn sie so einen in der Verwandtschaft haben. Wie prächtig hat Gogol solche Originale geschildert! Na, selbstverständlich lasse ich mir auch die junge Frau vorstellen und sage ihr ein paar Komplimente. Dann mache ich den Gästen Mut; ich bitte sie, sich nicht zu genieren, sondern fidel zu sein und weiterzutanzen; ich spasse und lache; mit einem Wort, ich zeige mich sehr nett und liebenswürdig. Ich bin immer sehr nett und liebenswürdig, sobald ich mit mir selbst zufrieden bin ... hm ... Aber das ist es ja eben, dass ich immer noch, wie es scheint, ein bisschen ... hm, das heißt, ich bin nicht betrunken, aber doch so ...

Selbstverständlich werde ich als Gentleman mich mit ihnen auf gleichen Fuß stellen und keine besonderen Rücksichten beanspruchen ... Aber in geistiger Hinsicht, in geistiger Hinsicht, da liegt die Sache anders: Sie werden für meinen Schritt Verständnis haben und ihn zu würdigen wissen ... Meine Handlung wird in ihnen edle Empfindungen wachrufen ... Na, ich werde also eine halbe Stunde dasitzen ... Es kann auch eine ganze Stunde werden. Natürlich werde ich vor dem eigentlichen Abendessen Weggehen. Sie werden sich wohl besondere Umstände machen und backen und braten und mich himmelhoch bitten dazubleiben; aber ich werde nur ein Glas Wein mit ihnen trinken und ihnen meinen Glückwunsch aussprechen, das Abendessen aber dankend ablehnen. Ich werde sagen, ich hätte noch dienstlich zu tun. Und sowie ich das Wort »dienstlich« ausspreche, werden alle sofort respektvolle, ernste Gesichter machen. Dadurch werde ich in zarter Form daran erinnern, dass zwischen mir und ihnen doch ein Unterschied besteht. Wie zwischen Himmel und Erde. Nicht, dass ich es betonen würde; aber sie müssen sich dessen doch bewusst sein, das ist nötig, sogar in moralischer Hinsicht; da kann man sagen, was man will. Übrigens werde ich sofort wieder lächeln, ja vielleicht sogar lachen, und dann werden alle wieder Mut fassen ... Ich werde noch einmal einen Scherz mit der jungen Frau machen; hm ... dass ich beispielsweise andeute, ich würde pünktlich in neun Monaten wiederkommen, als Pate, hehe! Zu der Zeit wird sie gewiss entbunden werden; diese Leute sind ja fruchtbar wie Kaninchen. Na, alle werden lachen, die junge Frau wird erröten; ich werde ihr einen herzlichen Kuss auf die Stirn drücken, sie sogar segnen ... und morgen wird in der Kanzlei meine schöne Tat schon bekannt sein. Morgen werde ich wieder streng und peinlich, ja unerbittlich sein; aber nun werden alle bereits wissen, was ich für ein Mann bin. Sie werden meine Seele kennen, mein wahres Wesen. »Er ist streng als Vorgesetzter«, werden sie sagen, »aber als Mensch geradezu ein Engel!«

So werde ich den Sieg davontragen; ich werde sie gewinnen durch eine einzige geringfügige Tat, die Ihnen überhaupt nicht in den Sinn kommt; von nun an werden sie mein sein: ich ihr Vater, sie meine Kinder ... Wohlan, Exzellenz Stepan Nikiforowitsch, gehen Sie hin, und tun Sie desgleichen ...

Und wissen Sie auch, begreifen Sie auch, dass Pseldonimow es seinen Kindern erzählen wird, dass der Direktor selbst auf ihrer Hochzeit gewesen ist und mitgetrunken hat? Und diese Kinder werden es wie eine hochheilige Sache ihren Kindern mitteilen und die wieder den ihren, dass ein hoher Würdenträger, ein großer Staatsmann (denn das alles werde ich dann geworden Sein) einstmals die Familie der Ehre gewürdigt hat und so weiter und so fort. Ich werde den Erniedrigten moralisch heben, ihn sozusagen sich selbst zurückgeben ... Er bekommt ja nur zehn Rubel Gehalt monatlich ... Und wenn ich das nun so fünf- oder zehnmal, oder wie oft es sein mag, wiederholt habe, dann werde ich mir dadurch allgemeine Popularität erwerben ... In aller Herzen wird mein Bild sein, und weiß der Teufel, was sich daraus später noch entwickeln kann, aus der Popularität ...

So oder wenigstens so ähnlich überlegte Iwan Iljitsch. (Was redet ein Mensch nicht alles manchmal vor sich hin, und noch dazu in einem Augenblick besonderer Erregung!) Alle diese Gedanken huschten ihm im Zeitraum von einer halben Minute durch den Kopf, und vielleicht hätte er sich mit diesen Fantasien begnügt, den alten Stepan Nikiforowitsch nur in Gedanken beschämt, sich ganz ruhig nach Hause begeben und schlafen gelegt. Und wie gut hätte er daran getan! Aber zum Unglück war er gerade so besonders aufgeregt.

Wie absichtlich stellte ihm seine überreizte Fantasie in dem Augenblick die selbstzufriedenen Gesichter Stepan Nikiforowitschs und Semjon Iwanowitschs vor Augen.

»Wir setzen es nicht durch!«, wiederholte Stepan Nikiforowitsch mit überlegenem Lächeln.

»Hihihi!«, stimmte ihm Semjon Iwanowitsch mit seinem widerwärtigen Grinsen bei.

»Das wollen wir doch einmal sehen, ob wir es nicht durchsetzen!«, sagte Iwan Iljitsch entschlossen, und dabei stieg ihm sogar die Röte ins Gesicht.

Er verließ den Fußweg und begab sich festen Schrittes geradewegs über die Straße hinüber zum Haus seines Untergebenen, des Registrators Pseldonimow.

Sein Schicksal riss ihn fort. Dreist trat er durch das offenstehende Pförtchen neben dem Torweg und stieß verächtlich mit dem Fuß einen kleinen, zottigen Köter beiseite, der mehr, um seiner Pflicht zu genügen, als in ernster Absicht ihm mit heiserem Bellen an die Beine fuhr. Über einen Holzsteg gelangte er zur Haustür, die nach dem Hof zu mit einem budenförmigen Vorbau versehen war, stieg drei alte Holzstufen hinauf und befand sich nun in einem winzig kleinen Hausflur. Hier brannte zwar irgendwo in einer Ecke der Stummel eines Talglichts oder eine Lampenfunzel; aber dadurch wurde nicht verhindert, dass Iwan Iljitsch, der Gummischuhe anhatte, mit dem linken Fuß in eine Schüssel mit Sülze trat, die zum Abkühlen dort hingestellt worden war. Iwan Iljitsch bückte sich, schaute neugierig am Boden umher und sah, dass dort noch zwei Schüsseln mit gallertartigem Inhalt und außerdem zwei Formen mit süßer Speise standen. Wegen der zertretenen Sülze geriet er einigermaßen in Verlegenheit, und einen Augenblick lang tauchte bei ihm der Gedanke auf: Soll ich mich nicht am besten wieder davonmachen? Aber ein solches Benehmen hielt er denn doch für unwürdig. Er überlegte, dass es ja niemand gesehen habe und man auf ihn als Täter gewiss nicht verfallen werde; so wischte er denn schnell den Gummischuh ab, um alle Spuren zu verbergen, betastete die mit Filz beschlagene Tür, öffnete sie und gelangte nun in einen ganz kleinen Vorraum. Dessen eine Hälfte war buchstäblich vollgestopft mit Mänteln, Überziehern, Pelerinen, Frauenmützen, Schals und Gummischuhen. In der andern Hälfte hatten die Musikanten ihre Plätze erhalten: zwei Geigen, eine Flöte und ein Kontrabass, im ganzen vier Mann, die natürlich von der Straße weg engagiert waren. Sie saßen an einem ungestrichenen hölzernen Tischchen bei einem einzigen Talglicht und spielten gerade aus Leibeskräften den letzten Teil einer Quadrille. Durch die offenstehende Tür konnte man in der guten Stube mitten in Staub, Tabaksqualm und Ofenrauch die Tanzenden sehen. Es herrschte rasende Heiterkeit. Man hörte Gelächter, laute Rufe und das Aufkreischen der Damen. Die Herren stampften wie eine ganze Schwadron. Aber allen Wirrwarr übertönte das Kommando des Festordners, eines anscheinend sehr ungezwungenen Herrn, der sich sogar die Weste aufgeknöpft hatte: »Les cavaliers en avant, chaîne des dames, balancez!« und so weiter. Iwan Iljitsch, der eine gewisse Aufregung nicht unterdrücken konnte, legte den Pelz und die Überschuhe ab und trat mit der Mütze in der Hand ins Zimmer. Überlegungen stellte er übrigens jetzt keine mehr an.

Im ersten Augenblick wurde er von niemandem bemerkt, alle waren zu eifrig mit dem Schluss des Tanzes beschäftigt. Iwan Iljitsch stand wie betäubt und war nicht imstande, in diesem Tumult etwas zu erkennen. Vor seinen Augen huschten Damenkleider vorüber und Herren mit Zigaretten zwischen den Zähnen. Für einen Moment tauchte eine hellblaue Damenschärpe auf und streifte ihn an der Nase. Hinter der Dame her jagte in rasender Verzückung ein Medizinstudent mit wild flatternden Haaren und versetzte ihm im Vorbeisausen einen starken Stoß. Ferner erblickte er flüchtig die vorüberfliegende Gestalt eines baumlangen Offiziers von irgendeinem Regiment. Einer, der wie die andern laut stampfend vorbeitanzte, rief mit wunderlich piepsender Stimme: »Ach, mein lieber Pseldonimow!« Unter Iwan Iljitschs Füßen war etwas Klebriges: Offenbar war der Fußboden frisch gewachst worden. In dem Zimmer, das übrigens nicht gerade klein war, mochten etwa dreißig Gäste sein.

Aber eine Minute darauf war die Quadrille zu Ende, und es begab sich fast genau das, was sich Iwan Iljitsch vorher ausgemalt hatte, als er noch auf der Straße über die Sache nachdachte. Durch die Gruppen der Gäste, die vom Tanz noch nicht Atem geschöpft hatten und sich den Schweiß vom Gesicht wischten, ging ein Gemurmel und ein seltsames Flüstern. Alle Augen, alle Gesichter wandten sich schnell dem eingetretenen Gast zu. Darauf begannen sich alle sofort von ihm zu entfernen und ein wenig zurückzuweichen. Diejenigen, die ihn noch nicht bemerkt hatten, wurden von den andern an den Kleidern gezupft und auf ihn aufmerksam gemacht. Dann blickten sie sich um und wichen sofort ebenfalls mit den Übrigen zurück. Iwan Iljitsch stand immer noch in der Tür, ohne einen Schritt vorwärts zu tun, und zwischen ihm und den Gästen vergrößerte sich der Zwischenraum immer mehr; das auf dem Fußboden verstreute Bonbonpapier, die Zigarettenstummel und Papierschnipsel wurden sichtbar. Auf einmal trat in diesen Zwischenraum schüchtern ein junger Mann in einer Beamtenuniform, mit büschelartig abstehendem, hellblondem Haar und stark gebogener Nase. Er bewegte sich in gebückter Haltung vorwärts, indem er den unerwarteten Gast mit einem Blick ansah wie ein Hund seinen Herrn, der ihn ruft, um ihm einen Fußtritt zu geben.

»Guten Abend, Pseldonimow! Erkennst du mich?«, sagte Iwan Iljitsch und hatte im gleichen Augenblick das Gefühl, er hätte diese Worte furchtbar ungeschickt herausgebracht; außerdem ahnte er, dass er wahrscheinlich in diesem Moment eine grässliche Dummheit beging.

»Ex-Ex-zellenz!«, murmelte Pseldonimow.

»Nun ja, ja. Ich bin ganz zufällig hier vorbeigekommen, lieber Freund, wie du dir wohl vorstellen kannst ...«

Aber Pseldonimow war augenscheinlich außerstande, sich irgendetwas vorzustellen. Er stand mit weit aufgerissenen Augen da, in entsetzlicher Verlegenheit.

»Ich denke mir, du wirst mich ja wohl nicht hinauswerfen. ›Dem Gast zeig ein froh Gesicht, ob er zupasskommt oder nicht!‹«, fuhr Iwan Iljitsch fort und merkte, dass er in arge Verwirrung geriet und in ganz bedenklicher Weise alle Herrschaft über seine Geisteskräfte verlor, dass er lächeln wollte, es aber nicht mehr zustande brachte, und dass die in Aussicht genommene humoristische Erzählung über Stepan Nikiforowitsch und Trifon mehr und mehr für ihn ein Ding der Unmöglichkeit wurde. Pseldonimow aber verharrte, um das Unglück voll zu machen, in seiner Starrheit und blickte den Vorgesetzten immer noch mit der allerdümmsten Miene an. Iwan Iljitsch zuckte krampfhaft zusammen; er sagte sich: Noch eine solche Minute, und ich werde den reinsten Unsinn reden.

»Hoffentlich störe ich nicht ... sonst gehe ich wieder!«, sagte er mit Anstrengung, und ein kleiner Muskel in seinem rechten Mundwinkel begann zu zucken.

Aber nun hatte Pseldonimow einigermaßen die Fassung wiedergewonnen.

»Exzellenz, aber ich bitte Sie ... die Ehre ...«, murmelte er unter fortgesetzten eiligen Verbeugungen. »Haben Sie die Gnade, Platz zu nehmen ...« Und immer mehr zu sich kommend, wies er mit beiden Händen auf das Sofa, von dem des Tanzens wegen der Tisch weggerückt war.

Iwan Iljitsch atmete innerlich auf und ließ sich auf das Sofa nieder; sofort schob jemand den Tisch wieder davor. Er warf einen hastigen Blick um sich und bemerkte, dass er der Einzige war, der saß; alle Übrigen standen, auch die Damen. Das war ein übles Vorzeichen für den weiteren Verlauf der Sache. Aber den Leuten freundlich zuzureden und sie zu ermutigen, dazu war noch nicht der richtige Zeitpunkt gekommen. Die Gäste wichen immer noch zurück, und vor ihm stand immer noch allein in gekrümmter Haltung Pseldonimow, der nichts begriff und weit davon entfernt war, zu lächeln. Es war eine garstige Situation; kurz gesagt: In diesen Minuten hatte unser Held so viel unangenehme Empfindungen durchzumachen, dass dieser gnädige Besuch, den er um des Prinzips willen à la Harun al-Raschid bei seinem Untergebenen machte, tatsächlich als eine Heldentat bewertet werden konnte. Aber auf einmal tauchte neben Pseldonimow noch eine andere Gestalt auf und begann sich zu verbeugen. Iwan Iljitsch fühlte sich unaussprechlich erleichtert, ja geradezu glückselig, als er sofort sah, dass es der Bürovorsteher aus seiner Kanzlei, Akim Petrowitsch Subikow, war, dem er zwar natürlich noch nie nähergetreten war, den er aber als einen tüchtigen, schweigsamen Beamten kannte. Er stand unverzüglich auf und streckte ihm die Hand hin, die ganze Hand, nicht bloß zwei Finger. Dieser erfasste sie in tiefster Ehrerbietung mit beiden Händen. Der General triumphierte; die Situation war gerettet.

Und wirklich, nunmehr war Pseldonimow sozusagen nicht mehr die zweite, sondern erst die dritte Person. Iwan Iljitsch konnte sich nun mit seiner Erzählung direkt an den Bürovorsteher wenden und ihn in dieser Notlage als Bekannten, ja als guten Bekannten behandeln, und Pseldonimow mochte unterdessen einfach schweigen und vor Ehrfurcht zittern. Damit war der Anstand gewahrt. Aber ein paar Worte waren notwendig, das fühlte Iwan Iljitsch; er sah, dass alle Gäste etwas erwarteten, dass sogar die Dienstboten in beiden Türen zusammengedrängt standen und beinahe einer auf den andern kletterte, um ihn zu sehen und zu hören. Ärgerlich war, dass der Bürovorsteher in seiner Dummheit sich immer noch nicht setzte.

»Nehmen Sie doch Platz!«, sagte Iwan Iljitsch und wies mit einer Handbewegung, die wenig geschickt herauskam, neben sich auf das Sofa.

»Aber bitte sehr ... ich kann ja auch hier ...«, erwiderte Akim Petrowitsch und setzte sich hastig auf einen Stuhl, den ihm der hartnäckig stehen gebliebene Pseldonimow in größter Eile hinstellte.

»Können Sie sich so einen merkwürdigen Zufall vorstellen?«, begann Iwan Iljitsch; er wandte sich dabei ausschließlich an Akim Petrowitsch; die Stimme zitterte ihm zwar immer noch etwas, aber seine Zunge löste sich allmählich. Damit es ungenierter klänge, reckte und dehnte er sogar die Worte, legte den Ton auf bestimmte Silben, sprach den Vokal a wie ä aus; kurz, er benahm sich äußerst wunderlich und komisch. Dessen war er sich zwar hinlänglich bewusst; aber seine Handlungen hingen nicht mehr von seinem Willen ab; eine äußere Gewalt regierte ihn. Diese Erkenntnis bereitete ihm die größte Pein.

»Können Sie sich vorstellen, ich komme soeben von Stepan Nikiforowitsch Nikiforow; Sie haben vielleicht von ihm gehört, er ist Geheimrat in der ... in der Kommission für ...«

Akim Petrowitsch beugte sich respektvoll mit dem ganzen Oberkörper nach vorn, um damit auszudrücken: »Gewiss, wie sollte ich nicht von ihm gehört haben!«

»Er ist jetzt dein Nachbar«, fuhr Iwan Iljitsch fort, indem er sich für einen Augenblick, um des Anstands willen und um den Anschein der Ungezwungenheit zu erwecken, an Pseldonimow wandte; aber er blickte schnell wieder von ihm fort, da er an Pseldonimows Augen sofort merkte, dass ihm diese Nachbarschaft völlig gleichgültig war.

»Er ist schon bejahrt, wie Sie wissen, hat sich sein Leben lang mit der Absicht getragen, ein Haus zu kaufen ... na, nun hat er wirklich eins gekauft. Und ein sehr hübsches Haus ist es. Ja ... Und heute war auch gerade sein Geburtstag; den hat er zwar früher nie gefeiert, hat ihn sogar vor uns geheimgehalten und verleugnet, aus Sparsamkeit, hehe! Aber jetzt freute er sich so über sein neues Haus, dass er mich und Semjon Iwanowitsch einlud. Sie wissen wohl: Semjon Iwanowitsch Schipulenko.«

Akim Petrowitsch verbeugte sich wieder. Er tat das mit dienstlichem Eifer. Iwan Iljitsch fühlte sich jetzt etwas leichter ums Herz. Aber da fuhr ihm der Gedanke durch den Kopf, dass der Bürovorsteher vielleicht errate, welch unentbehrliche Stütze er in diesem Augenblick für Seine Exzellenz war. Das wäre das Allerschlimmste!

»Na also, wir saßen zu dritt zusammen; er hatte uns Champagner vorgesetzt, und wir redeten über allerlei amtliche Dinge ... ja, über dieses und jenes ... über wichtige Fragen ... Wir stritten uns sogar ein bisschen ... hehe!«

Akim Petrowitsch zog respektvoll die Brauen hoch.

»Aber das gehört nicht hierher. Also ich empfehle mich ihm endlich; er ist ein pünktlicher alter Herr, legt sich früh hin, Sie verstehen, eine Folge des Alters. Ich trete aus der Haustür ... wer nicht da ist, ist mein Trifon! Ich werde unruhig und erkundige mich: ›Wo ist Trifon mit meinem Wagen geblieben?‹ Es stellt sich heraus, dass er dachte, ich würde noch eine ganze Weile drinnen bleiben, und auf eine Hochzeit gegangen ist, zu irgendeiner Bekannten oder Schwester, was weiß ich. Hier irgendwo auf der Petersburger Seite. Und den Wagen hat er auch gleich mitgenommen.«

Der General richtete seinen Blick anstandshalber wieder auf Pseldonimow. Dieser krümmte sich sofort zusammen; aber ganz und gar nicht in der Weise, wie es dem General erwünscht gewesen wäre. Dieser Mensch hat kein Mitgefühl, kein Herz!, sagte er sich.

»Unerhört!«, rief Akim Petrowitsch tief erschüttert. Ein Summen des Erstaunens ging durch die Menge der Anwesenden. »Sie können sich meine Lage vorstellen ...« Hier ließ Iwan Iljitsch seinen Blick über alle Zuhörer schweifen. »Es war weiter nichts zu machen; ich begab mich zu Fuß auf den Weg. Ich dachte, bis zum Großen Prospekt werde ich mich schon hinschleppen, und da finde ich dann gewiss eine Droschke ... hehe!«

»Hihihi!«, echote Akim Petrowitsch ehrerbietig. Wieder ging ein Summen durch die Menge, das aber diesmal bereits etwas heiterer klang. In dem Augenblick sprang mit lautem Knack der Zylinder einer Wandlampe. Eifrig stürzte jemand zu ihr hin, um die Sache in Ordnung zu bringen. Pseldonimow war zusammengefahren und hatte der Lampe einen strengen Blick zugeworfen; aber der General beachtete den Vorfall gar nicht, und alle beruhigten sich schnell wieder.

»Also ich ging ... und die Nacht war so wunderschön, so still. Auf einmal hörte ich Musik, das Scharren von Füßen; da wurde getanzt. Ich erkundigte mich bei einem Polizisten und bekam die Auskunft: Pseldonimow macht Hochzeit. Du gibst hier wohl so großartige Bälle, lieber Freund, dass man es auf der ganzen Petersburger Seite hört? Haha!« Mit den letzten Worten wandte er sich unvermittelt wieder an Pseldonimow.

»Hihihi! Ja, ja ...«, echote Akim Petrowitsch; durch die Gäste ging wieder eine leise Bewegung; aber recht dumm war, dass Pseldonimow zwar seine Verbeugungen machte, doch auch jetzt nicht lächelte, gerade als wäre er aus Holz. Nein, ist das ein Dummkopf!, dachte Iwan Iljitsch. Hier hätte der Esel doch lächeln sollen; dann wäre alles Weitere wie geschmiert gegangen. Er war innerlich wütend vor Ungeduld.

»Da dachte ich: Willst doch einmal zu deinem Untergebenen herangehen; er wird dich ja nicht hinauswerfen. ›Dem Gast zeig ein froh Gesicht, ob er zupasskommt oder nicht.‹ Also, bitte, nimm es nicht übel, lieber Freund! Wenn ich irgendwie störe, so gehe ich wieder weg ... Ich bin doch nur gekommen, um ein bisschen zuzusehen ...«

Akim Petrowitsch machte eine süßliche Miene, die bedeuten sollte: »Aber können Euer Exzellenz denn überhaupt stören?«

Doch allmählich machte sich eine allgemeine Bewegung bemerkbar; alle Gäste fingen wieder an, sich zu rühren, und äußerten die ersten Anzeichen wiederkehrender Ungezwungenheit. Die Damen saßen schon beinahe alle wieder. Das war ein gutes, unzweideutiges Zeichen. Die dreisteren von ihnen fächelten sich mit den Taschentüchern Luft zu. Eine Dame in einem abgetragenen Samtkleid sagte absichtlich etwas mit lauter Stimme. Der Offizier, an den sie sich gewandt hatte, fing an, ihr ebenfalls laut zu antworten; aber da sie die beiden einzigen laut Sprechenden waren, so ging er doch wieder zum Flüsterton über. Die Herren, größtenteils Kanzleibeamte, dazu zwei oder drei Studenten, tauschten Blicke miteinander und wollten sich damit gegenseitig wieder zu ungeniertem Benehmen auffordern, sie räusperten sich und begannen ein paar Schritte nach dieser oder jener Seite zu machen. Übrigens war niemand eigentlich verlegen; nur scheu waren alle, die meisten warfen im Stillen feindselige Blicke auf den Menschen, der sich in ihren Kreis gedrängt hatte, um ihr Vergnügen zu stören. Der Offizier, der sich seiner Feigheit schämte, begann sich allmählich dem Tisch zu nähern.

»Höre mal, lieber Freund, gestatte die Frage: Wie heißt du eigentlich mit Vor- und Vatersnamen?«, fragte Iwan Iljitsch seinen Untergebenen Pseldonimow.

»Porfiri Petrowitsch, Exzellenz«, antwortete der Angeredete mit weit aufgerissenen Augen wie bei einer dienstlichen Revision.

»Also, Porfiri Petrowitsch, mache mich doch mit deiner jungen Frau bekannt! Führe mich zu ihr! Ich ...«

Er wollte seine Absicht ausdrücken, aufzustehen. Aber Pseldonimow stürzte in größter Hast zum Wohnzimmer. Dort stand die junge Frau in der Tür, versteckte sich aber sofort, als sie hörte, dass von ihr die Rede war. Einen Augenblick darauf brachte Pseldonimow sie an der Hand herbei. Iwan Iljitsch erhob sich feierlich und wandte sich mit dem liebenswürdigsten Lächeln zu ihr.

»Es ist mir eine große, große Freude, Ihre Bekanntschaft zu machen«, sagte er mit einer höchst eleganten halben Verbeugung, »und noch dazu an einem solchen Tag ...«

Er lächelte schelmisch. Die Damen gerieten in angenehme Erregung.

»Charmée«, sagte die Dame im Samtkleid beinahe laut.

Die junge Frau passte vorzüglich zu Pseldonimow. Sie war ein mageres Persönchen, erst siebzehn Jahre alt, blass, mit sehr kleinem Gesicht und einem spitzen Näschen. Ihre kleinen Augen, die flink umherliefen, zeigten keine Spur von Verlegenheit, sondern blickten scharf und aufmerksam; ja, es lag in ihnen sogar eine Andeutung von Bosheit. Offenbar hatte Pseldonimow sie nicht um ihrer Schönheit willen genommen. Sie trug ein weißes Musselinkleid über einem rosa Unterkleid. Ihr Hals war hager; der Körper ähnelte dem eines jungen Hühnchens; die Knochen standen überall heraus. Auf die Begrüßung des Generals wusste sie absolut nichts zu erwidern.

»Da hast du ja eine sehr hübsche kleine Frau bekommen«, fuhr er halblaut fort, als wendete er sich nur an Pseldonimow, aber absichtlich so laut, dass es auch die junge Frau hören musste. Aber Pseldonimow antwortete auch hierauf keine Silbe;

ja, er verbeugte sich sogar diesmal nicht. Iwan Iljitsch glaubte tatsächlich zu bemerken, dass in den Augen seines Untergebenen eine gewisse Kälte, etwas Verstecktes, sogar etwas Eigensinniges, Bösartiges läge. Und doch musste er um jeden Preis bei Pseldonimow angenehme Empfindungen erwecken. Das war ja der Zweck, zu dem er hergekommen war.

Na, das ist mal ein Pärchen!, dachte er im Stillen. Indessen ...

Er wandte sich von neuem der jungen Frau zu, die neben ihm auf dem Sofa Platz genommen hatte, erhielt aber auf einige Fragen, die er an sie richtete, nur ein Ja oder Nein zur Antwort, und das auch nicht immer.

Wenn sie wenigstens verlegen würde, setzte er sein Selbstgespräch fort. Dann könnte ich scherzen. So aber ist meine Situation hoffnungslos.

Auch Akim Petrowitsch schwieg leider. Er tat es zwar aus Dummheit, aber dennoch war es unverzeihlich.

»Meine Herrschaften! Ich habe Sie doch nicht etwa in Ihrem Vergnügen gestört?«, wandte Iwan Iljitsch sich an alle zusammen. Er fühlte, dass ihm sogar die Hände schwitzten.

»Durchaus nicht ... Seien Sie unbesorgt, Exzellenz! Wir fangen gleich wieder an; jetzt müssen wir uns aber erst ein bisschen abkühlen«, antwortete der Offizier.

Die junge Frau sah den Redenden mit sichtlichem Wohlgefallen an: Der Offizier war noch nicht alt und wirkte in seiner Uniform nicht übel. Pseldonimow stand noch immer auf demselben Fleck, in vorgebeugter Haltung, und streckte, wie es schien, seine Hakennase noch mehr heraus als vorher. Seine Art zuzuhören und sein Gesichtsausdruck waren wie bei einem Lakaien, der mit dem Pelz in den Händen dasteht und darauf wartet, dass seine Herrschaften ihr Abschiedsgespräch beenden. Diese Ähnlichkeit fand Iwan Iljitsch selbst heraus; er verlor die Fassung; es wurde ihm unheimlich; er hatte das Gefühl, als verliere er den Boden unter den Füßen, als habe er einen dunklen Raum betreten und könne nun nicht mehr den Ausgang finden.

Auf einmal traten alle zu einer Gasse auseinander, und es erschien eine kleine, stämmige, schon ältere Frau in einfacher, aber festtäglicher Kleidung, um die Schultern ein großes, am Hals zugestecktes Tuch, auf dem Kopf eine Haube, die ihr offenbar ungewohnt war. In den Händen hielt sie einen kleinen, runden Präsentierteller, auf dem eine noch volle, aber bereits entkorkte Flasche Champagner stand, daneben zwei Gläser, nicht mehr und nicht weniger. Die Flasche war augenscheinlich nur für zwei Gäste bestimmt.

Die ältliche Frau näherte sich dem General.

»Nehmen Sie fürlieb, Exzellenz!«, sagte sie mit einer Verbeugung. »Da Sie uns doch nicht verachtet, sondern uns die Ehre erwiesen haben, auf die Hochzeit meines lieben Sohnes zu kommen, so bitten wir, haben Sie die Gnade, auf das Wohl des jungen Paares zu trinken. Achten Sie uns nicht für zu gering, erweisen Sie uns die Ehre!«

Iwan Iljitsch empfand sie als Retterin. Sie war noch keineswegs sehr bejahrt, sondern nur etwa fünfundvierzig bis sechsundvierzig Jahre alt, nicht mehr. Aber sie hatte ein so gutes, frisches, offenes, rundliches russisches Gesicht, sie lächelte so gutherzig, verbeugte sich so schlicht, dass Iwan Iljitsch sich in seiner Not beinahe getröstet fühlte und wieder Hoffnung schöpfte.

»Also Sie sind die Mut-ter Ihres Soh-nes?«, fragte er und erhob sich vom Sofa.

»Jawohl, meine Mutter, Exzellenz!«, stotterte Pseldonimow, der wieder seinen langen Hals ausreckte und seine Nase von neuem vorschob.

»Ah, sehr erfreut, sehr er-freut, Ihre Bekanntschaft zu machen.«

»Dann bitten wir also, uns nicht zu verachten, Exzellenz.«

»Sogar mit dem größten Vergnügen.«

Sie stellte den Präsentierteller hin; Pseldonimow sprang hinzu und schenkte den Champagner ein. Iwan Iljitsch ergriff, immer noch stehend, eines der beiden Gläser.

»Ich freue mich außerordentlich, außerordentlich über diesen Zufall, der mich in die Lage versetzt ...«, begann er, »der mich in die Lage versetzt ... bei dieser Gelegenheit Zeugnis davon abzulegen ... Mit einem Wort, als Vorgesetzter ... wünsche ich Ihnen, meine Dame« (er wandte sich an die Neuvermählte), »und dir, mein Freund Porfiri ... ein volles, ungetrübtes und lange währendes Eheglück.«

Nach diesen Worten trank er ordentlich mit Gefühl sein Glas, aus, das siebente an diesem Abend. Pseldonimow machte ein ernstes, ja mürrisches Gesicht. Der General empfand jetzt grimmigen Hass auf diesen Menschen.

Und auch der lange Laban steht da und rührt sich nicht, dachte er mit einem Blick auf den Offizier. Könnte er nicht wenigstens hurra rufen? Das hätte sich doch gehört, ganz entschieden ...

»Und auch Sie, Akim Petrowitsch, bitten wir, auf das Wohl des jungen Paares zu trinken«, fügte die Alte, sich zu dem Bürovorsteher wendend, hinzu: »Sie sind der Vorgesetzte, und er ist Ihr Untergebener. Als Mutter bitte ich: Haben Sie ein Auge auf meinen lieben Sohn! Und vergessen Sie uns auch in Zukunft nicht, Akim Petrowitsch, Sie unser Täubchen, Sie guter Mensch!«

Was für prächtige Wesen doch diese alten russischen Frauen sind, dachte Iwan Iljitsch. Sie hat in die ganze Gesellschaft Leben hineingebracht. Ich habe den Volkscharakter immer leiden mögen ...

In diesem Augenblick wurde ein zweites Tablett zum Tisch getragen. Es wurde von einem Dienstmädchen in einem raschelnden, noch nicht gewaschenen Kattunkleid und einer Krinoline gebracht. Das Mädchen vermochte das Tablett kaum mit beiden Armen zu umfassen, so groß war es. Darauf standen eine Menge Teilerchen mit Äpfeln, Konfekt, Obstgelee, Marmelade, Walnüssen und anderem. Das

Tablett hatte bisher in der Wohnstube gestanden, zur Bewirtung aller Gäste und besonders der Damen. Aber jetzt wurde es herübergebracht, um dem Präsidenten allein angeboten zu werden.

»Verschmähen Sie unsere Kost nicht, Exzellenz! Wir geben von Herzen und mit Freuden, was wir haben«, sagte wieder die alte Frau mit einer Verbeugung.

»Aber ich bitte Sie ...«, erwiderte Iwan Iljitsch und nahm mit wirklichem Vergnügen eine Walnuss, die er dann zwischen den Fingern zerdrückte. Er war nunmehr entschlossen, seine Popularitätsrolle bis zu Ende zu spielen.

Da hörte er, wie die junge Frau auf einmal kicherte.

»Na, was gibt es denn?«, fragte Iwan Iljitsch lächelnd; ein solches Lebenszeichen war ihm eine wahre Freude.

»Ach, der Herr hier, Iwan Kostenkinytsch, hat mich zum Lachen gebracht«, antwortete sie und schlug sogleich die Augen nieder.

Der General bemerkte in der Tat einen blonden, recht hübschen jungen Mann, der auf der andern Seite neben dem Sofa versteckt auf einem Stuhl saß und der jungen Frau Pseldonimowa etwas zugeflüstert hatte. Er schien sehr schüchtern und noch sehr jung zu sein.

»Ich habe ihr von dem Traumbuch erzählt, Exzellenz«, murmelte er wie zur Entschuldigung.

»Von was für einem Traumbuch?«, fragte Iwan Iljitsch leutselig.

»Es ist ein neues Traumbuch erschienen, ein ›Literarisches Traumbuch‹. Ich habe zu ihr gesagt, wenn man von Herrn Panajew träumt, so bedeutet das, dass man sich das Chemisett mit Kaffee begießen wird.«

Gott, wie harmlos!, dachte Iwan Iljitsch, der sich darüber geradezu ärgerte.

Obgleich der junge Mann bei seinen Worten sehr rot geworden war, freute er sich doch über alle Maßen, dass er diesen schönen Scherz über Herrn Panajew hatte erzählen können.

»Tja, ja, ich habe von dem Buch gehört ...«, versetzte Seine Exzellenz.

»Nein, da weiß ich noch eine bessere Geschichte«, sagte ein anderer dicht neben Iwan Iljitsch. »Es wird ein neues Literaturlexikon herausgegeben, und darin sind, wie man erzählt, beim Buchstaben ›A‹ Herrn Krajewski die Artikel Alferaki ... und ablitschitelnaja literatura übertragen worden ...«

Der junge Mann, der dies vorgebracht hatte, war keineswegs verlegen, sondern er benahm sich vielmehr recht ungeniert. Er trug Handschuhe und eine weiße Weste und hielt seinen Hut in der Hand. Am Tanz beteiligte er sich nicht und machte ein recht hochmütiges Gesicht, da er Mitarbeiter an dem satirischen Journal »Goloweschka« war. Er suchte überall den Ton anzugeben und war nur durch Zufall auf diese Hochzeit geraten: Pseldonimow, mit dem er auf du und du stand und mit dem er noch im vorigen Jahr bei einer deutschen Zimmervermieterin eine elende, kleine Kammer teilte, hatte ihn als Ehrengast geladen. Dem Branntwein war er jedoch nicht abhold und hatte sich bereits mehrmals zu diesem Zweck in das abgelegene stille Hinterzimmer zurückgezogen, zu dem alle Herren den Weg wussten. Dem General missfiel er im höchsten Grade.

»Das Lächerliche dabei ist«, unterbrach den Redenden plötzlich mit freudigem Eifer der blonde junge Mann, der vorher die Geschichte mit dem Chemisett erzählt hatte (der Mitarbeiter mit der weißen Weste warf ihm wegen dieser Unterbrechung einen hasserfüllten Blick zu), »das Lächerliche dabei ist, Exzellenz, dass der Herausgeber des Lexikons annimmt, Herr Krajewski wisse mit der Orthografie nicht Bescheid und glaube, dass oblitschitelnaja literatura vorn mit einem A geschrieben werde ...«

Aber der arme junge Mann brachte seine Erklärung nicht ganz zu Ende. Er sah es dem General an, dass dieser den Witz schon längst kannte; denn auf dem Gesicht des Generals spiegelte sich Verlegenheit wider, die offenbar daher rührte, dass er das schon wusste, was man ihm vortrug. Der junge Mann schämte sich bodenlos. Er schlich sich möglichst schnell in ein anderes Zimmer und war lange Zeit sehr traurig. An seiner Statt rückte der Mitarbeiter der »Goloweschka« noch näher heran und hatte offenbar die Absicht, sich in der Nähe des Generals hinzusetzen. Eine solche Ungeniertheit hielt aber Iwan Iljitsch für recht bedenklich.

»Ja, bitte, sag mal, Porfiri«, fing er an, um überhaupt zu reden, »warum – ich habe dich immer schon persönlich danach fragen wollen –, warum wirst du denn Pseldonimow genannt und nicht Psewdonimow?«

»Ich kann darüber keine zuverlässige Auskunft geben, Exzellenz«, erwiderte Pseldonimow.

»Das stammt gewiss noch von seinem Vater her«, bemerkte Akim Petrowitsch. »Als der in den Dienst trat, wird der Name in den Akten verschrieben worden sein, und so hat sich die falsche Form Pseldonimow bis heute erhalten. So etwas kommt vor.«

»Zwei-fel-los«, stimmte ihm der General eifrig bei, »zweifellos! Denn, sagen Sie selbst: Psewdonimow, das kommt von dem Fremdwort psewdonim her; na, aber Pseldonimow, das bedeutet gar nichts.«

»Da ist eben die Dummheit schuld«, fügte Akim Petrowitsch hinzu.

»Wie meinen Sie das?«

»Das einfache Volk bei uns in Russland vertauscht manchmal aus Dummheit die Buchstaben und spricht die Worte auf seine Art aus. Zum Beispiel sagen die gewöhnlichen Leute ›Nevalide‹ statt ›Invalide‹.«

»Ja, ja, ›Nevalide‹, hehehe ...«

»Sie sagen auch ›Mummer‹, Exzellenz«, warf der lange Offizier dazwischen, der schon seit geraumer Zeit darauf brannte, sich bemerkbar zu machen.

»Hm, was soll denn das heißen: ›Mummer‹?«

»›Mummer‹ ist so viel wie ›Nummer‹, Exzellenz.«

»Ach ja, ›Mummer‹ ... soviel wie ›Nummer‹ ... Ja, ja ... hehehe?« Iwan Iljitsch hielt es für nötig, auch dem Offizier durch Lachen seine Anerkennung auszudrücken.

Der Offizier rückte sich die Halsbinde zurecht.

»Sie sagen auch ›nimo‹«, mischte sich der Mitarbeiter der »Goloweschka« ins Gespräch. Aber Seine Exzellenz bemühte sich, seine Bemerkung zu überhören. Er brauchte doch auch nicht für alle und jeden zu lachen.

»›Nimo‹ für ›mimo‹«, wiederholte der Mitarbeiter beharrlich; seine gereizte Stimmung war ihm deutlich anzumerken.

Iwan Iljitsch warf ihm einen strengen Blick zu.

»Sei doch nicht so aufdringlich«, flüsterte Pseldonimow dem Mitarbeiter zu.

»Ach was, ich beteilige mich an der Unterhaltung. Am Ende darf man nicht einmal reden?«, räsonierte dieser flüsternd, schwieg dann aber doch und verließ, innerlich wütend, das Zimmer.

Er begab sich geradewegs in jenes anziehende Hinterzimmer, wo für die tanzenden Herren schon vom Beginn des Festes an auf einem Tischchen, das mit einem Jaroslawler Tischtuch bedeckt war, allerlei gute Dinge bereitstanden: zwei Sorten Branntwein, Hering, Kaviarbrötchen und eine Flasche mit sehr starkem russischem Sherry. Wütend war er eben dabei, sich einen Schnaps einzugießen, als plötzlich der Medizinstudent mit wirrem Haar hereingelaufen kam; er war der beste Tänzer auf Pseldonimows Fest und im Cancan geradezu ein Meister. In gieriger Hast griff er nach der Flasche.

»Es geht gleich los!«, sagte er eilig und beinahe als Befehl. »Komm zusehen: Ich werde ein Solo tanzen mit den Beinen nach oben, und nach dem Abendessen riskiere ich den Fischtanz. Das passt gerade zu einer Hochzeit. Es ist sozusagen eine freundliche Aufmerksamkeit für Pseldonimow ... Diese Kleopatra Semjonowna ist wunderbar; mit der kann man alles riskieren, was man will.«

»Er ist ein Reaktionär«, erwiderte der Mitarbeiter finster und trank sein Glas aus.

»Wer ist ein Reaktionär?«

»Na er! Der Mensch, vor den sie das Obstgelee hingestellt haben. Ein Reaktionär, sage ich dir.«

»Was du nicht sagst!«, murmelte der Student und stürzte aus dem Zimmer, da er das Vorspiel der Quadrille hörte.

Allein geblieben, goss der Mitarbeiter sich noch ein Glas ein, um sich Mut zu machen und sein Selbstbewusstsein zu stärken, trank es aus und aß einen Bissen; noch niemals hatte der Wirkliche Staatsrat Iwan Iljitsch sich einen wütenderen Feind und rachsüchtigeren Gegner geschaffen als den von ihm so geringschätzig behandelten Mitarbeiter der »Goloweschka«, besonders nachdem dieser die beiden Gläser Branntwein getrunken hatte. Oh weh! Iwan Iljitsch vermutete nichts

Derartiges. Auch etwas anderes vermutete er nicht, einen Umstand, der den größten Einfluss auf die weiteren Beziehungen zwischen den Gästen und Seiner Exzellenz haben sollte. Die Sache war die: Er hatte zwar eine angemessene und sogar mit Details ausgeschmückte Erklärung für sein Erscheinen auf der Hochzeit seines Untergebenen vorgetragen, aber diese Erklärung hatte in Wirklichkeit niemanden befriedigt, und die Scheu der Gäste hatte fortgedauert. Aber auf einmal hatte sich das Bild wie durch einen Zauberschlag geändert; alle hatten sich wieder beruhigt und Lust bekommen, sich weiter zu amüsieren, zu lachen, zu kreischen und zu tanzen, als wäre der unerwartete Gast überhaupt nicht im Zimmer. Die Ursache dieses Umschwungs war ein Gerücht, das sich (niemand wusste, woher) plötzlich verbreitet hatte: Einer flüsterte dem andern zu, der hohe Gast scheine ... hm ... etwas angesäuselt zu sein. Allerdings machte diese Behauptung auf den ersten Blick den Eindruck der schändlichsten Verleumdung; aber allmählich ging man dazu über, sie doch gewissermaßen gerechtfertigt zu finden, und nun glaubte man auf einmal alles zu verstehen. Ja, das Benehmen wurde jetzt sogar außerordentlich frei und ungeniert. Und gerade um diese Zeit begann eine Quadrille, die letzte vor dem Abendessen, die Quadrille, zu der der Medizinstudent es so eilig gehabt hatte.

Eben wollte Iwan Iljitsch sich von neuem an die junge Frau wenden und diesmal den Versuch machen, ihr durch ein scherzhaftes Wortspiel beizukommen, als plötzlich der lange Offizier auf sie zustürzte und sich im Schwung vor ihr auf ein Knie niederließ. Sie sprang sofort vom Sofa auf und flatterte mit ihm davon, um in die Quadrille einzutreten. Der Offizier hatte sich nicht einmal entschuldigt, und auch die junge Frau hatte beim Fortgehen den General gar nicht angesehen, sondern sie war anscheinend froh gewesen, von ihm loszukommen. Übrigens hat sie im Grunde genommen recht, sagte sich Iwan Iljitsch; aber von Anstand wissen die Leute hier nichts. Dann wandte er sich an Pseldonimow: »Hm ... geniere dich nicht, Freund Pseldonimow! Vielleicht hast du da etwas zu tun ... mit Anordnungen ... oder Ähnlichem ... Bitte, tue dir keinen Zwang an!« Und in Gedanken fügte er hinzu: Was steht der Mensch immer vor mir, als ob er mich bewachen wollte?

Pseldonimow war ihm unerträglich geworden mit seinem langen Hals und den starr auf ihn gerichteten Augen. Kurz, alles war nicht so, wie es sein sollte, ganz und gar nicht; aber Iwan Iljitsch wollte sich das noch immer nicht eingestehen.

Die Quadrille hatte begonnen.

»Befehlen Exzellenz?«, fragte Akim Petrowitsch, der respektvoll die Flasche in der Hand hielt und sich bereitmachte, das Glas Seiner Exzellenz zu füllen.

»Ich ... ich weiß wirklich nicht, ob ...«

Aber Akim Petrowitsch goss bereits mit einem Gesicht, das vor Glückseligkeit strahlte, den Champagner ein. Darauf füllte er gewissermaßen heimlich und verstohlen, sich krümmend und windend, auch sein eigenes Glas, aber mit dem Unterschied, dass er bei diesem einen Fingerbreit fehlen ließ, was respektvoller war, als dass er es vollgegossen hätte. Wie er so bei seinem höchsten Vorgesetzten saß und sich abquälte, einen Gesprächsstoff zu finden, hatte er Ähnlichkeit mit einer Frau in Geburtswehen. In der Tat, worüber sollte er reden? Und doch musste er Seine Exzellenz unterhalten; das war geradezu seine Pflicht, da er nun einmal die Ehre hatte, ihm Gesellschaft zu leisten. Da konnte der Champagner als Rettungsmittel dienen. Und tatsächlich war es auch Seiner Exzellenz ganz angenehm, dass der Bürovorsteher eingoß, nicht des Champagners wegen, der warm war und abscheulich schmeckte, sondern aus einem andern, einem moralischen Grund.

Der Alte möchte selbst gern trinken, dachte Iwan Iljitsch, wagt es aber nicht, wenn ich es nicht auch tue. Na, ich will ihm nicht im Wege sein. Und es macht ja auch einen komischen Eindruck, wenn die Flasche vor uns steht und keiner trinkt. Er nahm einen Schluck; ein Genuss war es für ihn freilich nicht; aber es machte sich doch besser als das untätige Dasitzen.

»Ich bin eigentlich«, begann er (er sprach in Absätzen und betonte einzelne Silben in eigentümlicher Weise), »ich bin eigentlich sozusagen zufällig hierhergekommen, allerdings werden vielleicht manche finden ... dass es für mich ... sozusagen ... unschick-lich ist, in solcher ... Gesellschaft zu sein.«

Akim Petrowitsch schwieg und hörte mit der Miene schüchterner Neugier zu.

»Aber ich hoffe, Sie werden verstehen, warum ich hier bin. Gewiss nicht des Weines wegen; um den zu trinken, bin ich ja wohl nicht hergekommen ... Hehe!«

Akim Petrowitsch setzte dazu an, als Echo für Seine Exzellenz gleichfalls zu lachen; aber (wie es nur kam?) er brachte das Lachen nicht zustande und antwortete auch diesmal wieder nichts Tröstliches.

»Ich bin hier ... um sozusagen ermutigend und belebend zu wirken, um sozusagen auf ein ideales Ziel hinzuweisen, sozusagen«, fuhr Iwan Iljitsch fort; er ärgerte sich über Akim Petrowitschs Stumpfsinn, brach aber selbst plötzlich ab. Er sah, dass der arme Akim Petrowitsch sogar die Augen niedergeschlagen hatte, als wäre er sich einer Schuld bewusst. Ziemlich verlegen beeilte sich der General, noch einmal einen Schluck aus seinem Glas zu nehmen; Akim Petrowitsch aber ergriff die Flasche, als wäre sie die einzige Rettung, und goss von neuem nach.

Von guten Einfällen scheinst du nicht gerade zu sprudeln, dachte Iwan Iljitsch und warf dem armen Akim Petrowitsch einen strengen Blick zu. Dieser fühlte, dass der General ihn streng ansah, und entschied sich nun dafür, ganz zu schweigen und die Augen nicht mehr zu erheben. So saßen sie etwa zwei Minuten lang einander gegenüber, zwei qualvolle Minuten für Akim Petrowitsch.

Nun ein paar Worte über diesen Bürovorsteher. Er war ein Mann von so fried-
lichem Charakter wie ein Huhn, ein Beamter vom alten Schlag, in sklavischer Er-
gebenheit herangewachsen und alt geworden, dabei ein herzensguter und sogar
anständiger Mensch. Er war ein Petersburger Russe, das heißt, sein Vater und seines Vaters Vater waren in Petersburg geboren, dort aufgewachsen und hatten dort
als Beamte im Dienst gestanden; keiner von ihnen war jemals aus Petersburg herausgekommen. Das ist ein ganz eigentümlicher Typus unter den Russen. Von
Russland haben sie so gut wie gar keine Vorstellung, worüber sie sich übrigens in
keiner Weise grämen. Ihr ganzes Interesse beschränkt sich auf Petersburg und vor-
zugsweise auf ihre Dienststelle. Alle ihre Sorgen sind auf ihre Preferencepartie
(der Point eine Kopeke), auf die Kramläden, wo sie einkaufen, und auf ihr Monatsgehalt konzentriert. Sie kennen keinen einzigen russischen Brauch, kein einziges russisches Lied, außer dem »Leuchtspan«, und auch das nur deswegen, weil
die Leierkästen es spielen. Übrigens gibt es Zwei bedeutsame, feststehende Merk-
male, an denen man sofort den wirklichen Russen von dem. Petersburger Russen
unterscheiden kann. Das erste Merkmal besteht darin, dass alle Petersburger Russen, und zwar ohne Ausnahme, niemals »Sankt Peterburgskije wedomosti« sagen,
sondern immer »Akademitscheskije wedomosti«. Das zweite, gleichfalls bedeutsame Merkmal ist, dass der Petersburger Russe niemals das russische Wort saftrak
gebraucht, sondern sich immer dafür des deutschen Wortes fryschtik bedient, wobei er auf die Aussprache des Vokals y besonderen Wert legt. An diesen beiden
Merkmalen kann man sie erkennen; kurz, es ist ein friedlicher Typus, der sich in
den letzten fünfunddreißig Jahren immer entschiedener herausgebildet hat. Übrigens war Akim Petrowitsch keineswegs dumm. Hätte ihn der General nach irgendetwas gefragt, was in seiner Sphäre lag, so hätte er geantwortet und das Gespräch
seinerseits in Gang gehalten; aber eine Antwort auf solche Reden, wie sie Iwan
Iljitsch zuletzt geführt hatte, schickte sich nicht für einen Untergebenen, obgleich
Akim Petrowitsch vor Neugier brannte, etwas Näheres über die wirklichen Absichten Seiner Exzellenz zu erfahren.

Iwan Iljitsch geriet mehr und mehr in einen misslichen Zustand; er vermochte
keinen Entschluss zu fassen, und die Gedanken wirbelten in seinem Kopf in wil-
dem Kreislauf durcheinander. In seiner Zerstreutheit trank er, ohne sich dessen
bewusst zu werden, alle Augenblicke einen Schluck aus seinem Glas. Akim Petrowitsch goss es jedes Mal sofort mit größtem Diensteifer wieder voll. Beide
schwiegen. Iwan Iljitsch sah dem Tanz zu, und dieser erregte bald bis zu einem
gewissen Grad sein Interesse. Aber da fiel ihm auf einmal ein Umstand auf, der
ihn in Erstaunen versetzte ...

Beim Tanzen ging es in der Tat recht lustig zu. Hier tanzte man wirklich sozusagen in aller Einfalt des Herzens, um sich zu amüsieren und um zu tollen. Unter

den Tänzern gab es nur sehr wenige, die wirklich geschickt waren; aber die unge-
schickten stampften so kräftig drauflos, dass man versucht sein konnte, auch sie
für geschickt zu halten. In erster Linie tat sich der Offizier hervor: Er liebte besonders solche Touren, in denen er allein tanzte und eine Art Solotanz zum besten
geben konnte. Hier zeigte er seine außerordentliche Geschmeidigkeit, und zwar
folgendermaßen: Nachdem er zuerst pfahlgerade gestanden hatte, bog er sich auf
einmal seitwärts, sodass man glauben musste, er würde hinfallen; aber beim folgenden Schritt bog er sich plötzlich nach der entgegengesetzten Seite, in demselben spitzen Winkel zum Fußboden. Dabei bewahrte er eine durchaus ernste Miene
und tanzte offenbar in der festen Überzeugung, dass er von allen bewundert
würde. Ein anderer Herr war nach der zweiten Tour neben seiner Dame eingeschlafen, da er, um sich für die Quadrille zu stärken, vorher etwas zuviel getrunken hatte; so musste denn seine Dame allein tanzen. Ein junger Registrator, dessen
Tänzerin immer die Dame mit dem blauen Band war, führte in allen Touren und
in allen fünf Quadrillen, die an diesem Abend getanzt wurden, ein und dasselbe
Kunststück aus: Er trat ein wenig von seiner Dame zurück, ergriff das Ende ihres
Bandes und drückte im Vorbeigehen mit fabelhafter Geschwindigkeit ein paar
Dutzend Küsse darauf. Die Dame aber schwebte vor ihm dahin, als bemerke sie
nichts. Der Medizinstudent tanzte wirklich sein Solo mit den Beinen nach oben
und rief damit ungestümen Jubel, Beifallstrampeln und entzücktes Aufkreischen
hervor. Kurz, die Ungezwungenheit war eine vollkommene. Iwan Iljitsch, bei dem
der Champagner zu wirken begann, bemühte sich zu lächeln; aber allmählich
stahl sich quälender Zweifel in sein Herz: Gewiss, er war ja selbst ein großer
Freund von Ungeniertheit und Ungezwungenheit; er hatte diese Ungeniertheit
von ganzer Seele herbeigewünscht vorhin, als alle scheu vor ihm zurückwichen;
aber jetzt begann diese Ungeniertheit denn doch schon die Grenzen zu überschrei-
ten. Eine Dame zum Beispiel, die in dem abgetragenen blauen Samtkleid, das gewiss schon drei Vorbesitzerinnen gehabt hatte, als sie es kaufte, steckte sich bei
der sechsten Tour ihr Kleid mit Stecknadeln so zusammen, dass es aussah, als
hätte sie Hosen an. Das war jene Kleopatra Semjonowna, bei der man nach dem
Ausdruck ihres Kavaliers, des Medizinstudenten, alles riskieren konnte. Und nun
gar dieser Medizinstudent selbst! Er war schon der reine Fokin. Wie war das zugegangen? Zuerst waren sie vor dem fremden Gast scheu zurückgewichen, und
nun, so bald darauf, dieses überfreie Benehmen! Man konnte ja entschuldigend
sagen, das sei nichts Schlimmes; aber der Umschwung war doch zu sonderbar und
verhieß nichts Gutes. Ganz als ob die Leute vergessen hätten, dass Iwan Iljitsch
auf der Welt sei. Selbstverständlich war er der Erste, der über diese Tollheiten
lachte, und er ging sogar so weit, Beifall zu klatschen. Akim Petrowitsch ließ zu
dem Lachen seines hohen Chefs unisono sein respektvolles Kichern vernehmen;

übrigens tat er das mit sichtlichem Vergnügen und ohne zu ahnen, dass Seine Exzellenz bereits angefangen hatte, in seinem Herzen einen neuen Wurm zu nähren.
»Sie tanzen ja wundervoll, junger Mann!«, fühlte sich Iwan Iljitsch dem Medizinstudenten zu sagen verpflichtet, der nach Beendigung der Quadrille gerade bei ihm vorbeiging.

Der Student drehte sich mit einer kurzen Wendung zu ihm um, schnitt eine Grimasse, und indem er sein Gesicht so nahe an das Seiner Exzellenz heranbrachte, dass es direkt ungezogen war, krähte er aus vollem Halse wie ein Hahn. Das war denn doch zuviel! Iwan Iljitsch erhob sich vom Sofa und trat hinter dem Tisch hervor. Trotzdem folgte eine gar nicht zu hemmende Lachsalve, da das Krähen wunderbar naturgetreu und die Grimasse völlig unerwartet gewesen war. Iwan Iljitsch stand noch ganz verstört da, als plötzlich Pseldonimow selbst erschien und ihn unter vielen Verbeugungen zum Abendessen einlud. Gleich nach ihm erschien auch seine Mutter.

»Väterchen, Exzellenz«, sagte sie, sich gleichfalls verbeugend, »erweisen Sie uns die Ehre; verschmähen Sie unsere arme Bewirtung nicht!«

»Ich ... ich weiß wirklich nicht ...«, begann Iwan Iljitsch; »ich bin, ja nicht mit der Absicht hergekommen ... ich ... wollte schon aufbrechen ...«

In der Tat hatte er bereits die Mütze in der Hand. Und noch mehr: Eben jetzt, in diesem Augenblick, hatte er sich fest vorgenommen, sofort, um jeden Preis, fortzugehen und unter keinen Umständen dazubleiben, und ... und er blieb doch da. Eine Minute darauf eröffnete er den Zug zum Tisch. Pseldonimow und seine Mutter gingen vor ihm her und bahnten ihm den Weg. Am Tisch wurde ihm der Ehrenplatz angewiesen, und wieder erschien vor seinem Gedeck eine unangebrochene Flasche Champagner. Auf dem Tisch standen als Vorgericht Hering und Branntwein bereit. Er streckte die Hand aus, goss sich selbst ein großes Glas Branntwein ein und trank es aus. Zuvor hatte er noch nie gewöhnlichen Branntwein getrunken. Ihm war, als fahre er in einem Schlitten einen Berg hinunter, wie im Fluge, im Fluge, als müsse er sich an etwas halten, an etwas festklammern, finde aber dazu keine Möglichkeit.

Und in der Tat, seine Lage wurde immer seltsamer. Ja, es war geradezu eine Ironie des Schicksals. Welche Wandlung hatte er innerhalb der letzten Stunde durchgemacht. Als er eintrat, hatte er sozusagen die Arme ausgebreitet, um die ganze Menschheit und alle seine Untergebenen ans Herz zu drücken; und nun war noch nicht eine Stunde vergangen, und er merkte und fühlte zu seinem tiefsten Schmerz, dass er Pseldonimow hasste, dass er ihn und seine junge Frau und seine ganze Hochzeit verwünschte. Und damit nicht genug: Er sah an Pseldonimows Gesicht, schon allein an dessen Augen, dass auch der ihn hasste, dass er aussah, als wollte er sagen: Hol dich der Henker, verdammter Kerl! Warum hast du dich hier dazwischengedrängt? ... Das hatte er schon lange in Pseldonimows Blicken gelesen.

Allerdings hätte Iwan Iljitsch auch jetzt, wo er am Tisch saß, sich eher die Hand abhauen lassen, als dass er sich selbst, geschweige denn den andern ohne weiteres eingestanden hätte, dass sich alles wirklich so verhielt. Dieser Augenblick war noch nicht gekommen; jetzt schwankte sozusagen sein seelisches Gleichgewicht noch. Aber sein Herz, sein Herz ... das wurde von einem dumpfen Schmerz durchwühlt! Sein Herz verlangte nach Freiheit, nach Luft, nach Ruhe. Iwan Iljitsch war schon ein herzensguter Mann.

Er wusste ja, wusste sehr genau, dass er längst hätte gehen sollen, sich hätte retten sollen. Dass die ganze Geschichte einen falschen Gang genommen, sich gar nicht so gestaltet hatte, wie er sich das vorhin auf der Straße ausgemalt hatte.

Wozu bin ich denn hergekommen? Bin ich etwa hergekommen, um hier zu essen und zu trinken?, fragte er sich, während er ein Stück Hering aß. Er verstieg sich sogar zu einer pessimistisch negierenden Auffassung der Dinge. In einzelnen Augenblicken urteilte er selbst über seine Großtat spöttisch und ironisch. Ihm war schon fast unbegreiflich, warum er eigentlich hergekommen war.

Aber wie soll ich mich losmachen? So ohne weiteres wegzugehen, ohne die Sache zu einem angemessenen Ende gebracht zu haben, das geht doch nicht. Was würden die Leute sagen? Sie würden sagen, ich triebe mich in unanständiger Gesellschaft herum. Und so wird es wirklich aussehen, wenn ich die Sache nicht zum richtigen Ende bringe. Was werden zum Beispiel gleich morgen (denn die Geschichte wird sich natürlich überall herumsprechen) Stepan Nikiforowitsch und Semjon Iwanowitsch in ihren Büros sagen und in den Familien, wo sie verkehren, bei Schembels und bei Schubins? Nein, ehe ich weggehe, muss ich dafür sorgen, dass alle verstehen, warum ich gekommen bin; ich muss mein ideales Ziel enthüllen ... Aber es wollte sich kein geeigneter Augenblick zur Ausführung dieses pathetischen Vorhabens bieten. Sie respektieren mich nicht einmal, fuhr er in seinem stillen Selbstgespräch fort. Worüber lachen sie? Sie gebärden sich so toll und ausgelassen, als besäßen sie gar kein Gefühl für das Gute und Edle ... Ja, ich bin schon lange der Ansicht gewesen, dass es der jüngeren Generation an sittlichem Gefühl mangelt! Ich muss unter allen Umständen noch hierbleiben! Vorhin tanzten sie; da ging es nicht; aber jetzt habe ich sie alle hier bei Tisch zusammen ...

Ich will über die wichtigen Fragen der Gegenwart reden, über die in der Ausführung begriffenen Reformen, über die Größe Russlands ... es wird mir noch gelingen, sie zu begeistern! Ja! Vielleicht ist noch nichts verloren ... Vielleicht geht es in Wirklichkeit immer so, durch Nacht zum Licht. Womit soll ich nur den Anfang machen, um ihre Aufmerksamkeit zu fesseln? Was ließe sich da für ein Kunstgriff erfinden? Ich bin so verwirrt, ganz verwirrt ... Und was können sie gebrauchen, was verlangen sie? Ich sehe, sie lachen da untereinander; wenn sie nur nicht über mich lachen, oh Gott, oh Gott! Was hält mich denn noch ... wozu bin ich hier, warum gehe ich nicht weg, was will ich noch erreichen? So dachte er, und ein Gefühl der Scham, ein tiefes, unerträgliches Gefühl der Scham ergriff ihn.

Aber alles nahm seinen Gang; eins kam zum andern.

Genau zwei Minuten, nachdem er sich an den Tisch gesetzt hatte, bemächtigte sich seiner ein furchtbarer Gedanke und erfüllte ihn vollständig: Er merkte plötzlich, dass er schrecklich betrunken war, d. h. nicht in dem mäßigen Grade wie vorher, sondern völlig betrunken. Schuld daran war das Glas Branntwein, das er auf den Champagner getrunken hatte und das nun unverzüglich wirkte. Er spürte es an seinem ganzen Wesen, dass er endgültig schwach wurde. Allerdings, sein Mut war sehr gewachsen; aber sein Gewissen ließ ihm keine Ruhe und rief ihm zu: Das ist schlimm, sehr schlimm, und noch dazu sehr unanständig! Seine unsicheren, trunkenen Gedanken vermochten sich nicht auf einen Punkt zu konzentrieren; sein Verstand zog in zwei verschiedene Richtungen, das merkte er selbst: Auf der einen Seite war der Mut, der Wunsch zu siegen, alle Hindernisse zu überwinden, die hartnäckige Überzeugung, dass er seinen Zweck doch noch erreichen werde. Die andere Seite machte sich durch einen quälenden Schmerz tief im Innern der Seele, durch eine Art Saugen am Herzen bemerkbar. Was werden die Leute sagen? Wie wird das enden? Wie wird es mir morgen gehen, morgen, morgen?

Schon vor einem Weilchen hatte er unklar gefühlt, dass er unter den Gästen Feinde habe. Sie verübeln mir wohl, dass ich schon bei der Ankunft ein wenig angetrunken war, hatte er zuvor mit quälendem Zweifel gedacht. Wie groß war nun sein Schreck, als er jetzt tatsächlich an einwandfreien Zeichen erkannte, dass wirklich Leute, die seine Feinde waren, an diesem Tisch saßen, und dass es unmöglich war, länger daran zu zweifeln.

Und womit habe ich das verdient? Womit habe ich das verdient?, dachte er.

Am Tisch saßen etwa dreißig Gäste, von denen einige bereits so viel getrunken hatten, dass sie nichts mehr vertragen konnten. Die andern benahmen sich in der rücksichtslosesten, ungeniertesten Weise, schrien, redeten laut durcheinander, brachten voreilig Toaste aus, und Herren und Damen bombardierten sich gegenseitig mit Brotkügelchen. Einer der Gäste, ein unansehnlicher Mann in einem Überrock mit vielen Fettflecken, war gleich, als er sich an den Tisch setzte, vom Stuhl gefallen und blieb so liegen, bis die Tafel aufgehoben wurde.

Ein andrer wollte durchaus auf den Tisch steigen und einen Toast ausbringen; indes gelang es dem Offizier, der ihn bei den Rockschößen zu fassen bekam, seiner übertriebenen Begeisterung Zügel anzulegen. Das Abendessen war durchaus bürgerlich, obwohl dazu ein Koch genommen worden war, ein Leibeigener irgendeines hohen Herrn; es gab Sülze, Zunge mit Kartoffeln, Koteletts mit grünen Erbsen, Gänsebraten und zum Schluss süße Speise. An Getränken waren Bier, Branntwein und Sherry vorhanden. Eine Flasche Champagner stand nur vor dem General, und er sah sich daher genötigt, auch Akim Petrowitsch daraus einzuschenken, der hier beim Abendessen nichts mehr aus eigener Initiative zu unternehmen wagte. Bei den Toasten wurde den übrigen Gästen kaukasischer Wein gereicht, oder sie tranken dabei, was sie gerade im Glas hatten. Die Tafel war aus mehreren zusammengestellten Tischen gebildet; darunter befand sich auch ein Lombertisch. Gedeckt war sie mit vielen Tischtüchern; eins davon war ein geblümtes Jaroslawler. Die Gäste saßen in bunter Reihe, Herren und Damen abwechselnd. Pseldonimows Mutter hatte nicht am Tisch sitzen wollen; sie war eifrig mit allerlei Anordnungen beschäftigt. Dafür war eine andere weibliche Gestalt aufgetaucht, die vorher nicht sichtbar gewesen war, mit böser Miene, in seidenem rötlichem Kleid, sie hatte, wohl wegen Zahnschmerzen, ein Tuch ums Gesicht gebunden und trug eine sehr hohe Haube. Es stellte sich heraus, dass sie die Brautmutter war, die sich endlich hatte bewegen lassen, aus einem Hinterzimmer zum Abendessen nach vorn zu kommen. Der Grund, weshalb sie sich bisher abseits gehalten hatte, war ihre unversöhnliche Feindschaft gegen Pseldonimows Mutter; aber davon werden wir später noch zu sprechen haben. Den General blickte diese Dame grimmig und sogar etwas spöttisch an, und sie hatte offenbar kein Verlangen, sich ihm vorstellen zu lassen. Auf Iwan Iljitsch machte diese Person einen äußerst verdächtigen Eindruck. Aber außer ihr waren ihm noch einige andere Tischgenossen verdächtig und erweckten in ihm unwillkürlich Besorgnis und Unruhe. Sie schienen sogar eine Verschwörung unter sich gebildet zu haben, die sich speziell gegen Iwan Iljitsch richtete. Wenigstens hatte er diesen Eindruck, und seine Überzeugung festigte sich im Laufe des Abendessens immer mehr. Eine boshafte Physiognomie hatte zum Beispiel ein Herr mit einem Bärtchen, wohl ein Jünger der freien Künste; er sah sogar mehrmals zu Iwan Iljitsch hinüber, wandte sich dann an seinen Nachbarn und flüsterte ihm etwas zu. Ein andrer, noch Gymnasiast, war allerdings schon stark betrunken; aber nach einigen Anzeichen musste er doch als verdächtig gelten. Nicht viel Gutes ließ auch der Medizinstudent erwarten. Nicht einmal der Offizier erschien als völlig zuverlässig. Aber ein besonders grimmiger, offensichtlicher Hass sprach aus dem Benehmen des Mitarbeiters der »Goloweschka«; wie rekelte er sich auf seinem Stuhl; was machte er für ein stolzes, hochmütiges Gesicht; wie geräuschvoll stieß er im Gefühl seiner Würde und seiner Freiheit die Luft aus Mund und Nase! Freilich beachteten die übrigen Gäste den Mitarbeiter gar nicht, der in der »Goloweschka« überhaupt erst vier Verschen geschrieben hatte und sich deshalb als Fortschrittsmann aufspielte, ja, sie konnten ihn augenscheinlich nicht leiden; aber als auf einmal dicht neben Iwan Iljitsch ein Brotkügelchen hinfiel, das offenbar für ihn bestimmt gewesen war, da hätte er seinen Kopf verwettet, dass der Schleuderer dieses Kügelchens kein anderer war als der Mitarbeiter der »Goloweschka«.

All das beunruhigte ihn natürlich, und zwar in bedauerlichem Maße.

Besonders unangenehm war auch noch eine andere Beobachtung: Iwan Iljitsch überzeugte sich davon, dass er zweifellos anfing, die Worte undeutlich und mühsam auszusprechen, dass er sehr vieles sagen wollte, die Zunge aber nicht gehorchte. Ferner, dass er auf einmal vergesslich wurde und vor allem ohne jeden Grund losprustete und lachte, wo zum Lachen nicht der geringste Anlass vorlag. Diese Stimmung ging aber schnell vorüber nach einem Glas Champagner, das Iwan Iljitsch sich zwar eingegossen hatte, aber nicht hatte trinken wollen und nun unwillkürlich doch ausgetrunken hatte. Nach diesem Glas bekam er Lust zu weinen. Er fühlte, dass er in eine ganz abnorme Sentimentalität hineingeriet; er begann wieder zu lieben, liebte alle, sogar Pseldonimow, sogar den Mitarbeiter der »Goloweschka«. Er hätte sie am liebsten alle umarmt, wollte alles vergessen und sich mit allen versöhnen. Und damit nicht genug: Er wollte ihnen auch alles offenherzig erzählen, alles, das heißt, was für ein guter, prächtiger Mensch er sei und was für herrliche Fähigkeiten er besitze; wie er dem Vaterland nützen werde; wie gut er es verstehe, die Damen zum Lachen zu bringen, und besonders, wie, fortschrittlich er gesinnt sei; in wie humaner Art er bereit sei, sich zu allen herabzulassen, selbst zu den Niedrigsten; und schließlich wollte er ihnen offenherzig alle Motive darlegen, die ihn bewogen hatten, uneingeladen zu Pseldonimow zu kommen, bei ihm zwei Flaschen Champagner zu trinken und ihn durch seine Gegenwart zu beglücken.

Vor allem Wahrheit, die heilige Wahrheit! Wahrheit und Aufrichtigkeit! Durch Aufrichtigkeit werde ich ihre Herzen gewinnen. Sie werden mir glauben, das sehe ich deutlich; jetzt schauen sie mich zwar feindselig an, aber wenn ich ihnen alles offen darlege, werde ich mit unwiderstehlicher Gewalt ihre Zuneigung erobern. Sie werden ihre Gläser füllen und laut und fröhlich auf meine Gesundheit trinken. Der Offizier (davon bin ich überzeugt) wird sein Glas an seinem Sporn zerschlagen. Vielleicht bringt er auch ein Hurra auf mich aus. Selbst wenn sie auf den Einfall kämen, mich nach Husarenart auf den Armen zu schaukeln und in die Luft zu werfen, so würde ich auch dagegen nichts einwenden; im Gegenteil, es wäre sogar recht hübsch. Die Neuvermählte werde ich auf die Stirn küssen; sie ist ein sympathisches Frauchen. Auch Akim Petrowitsch ist ein guter Mensch. Pseldonimow wird sich gewiss in der Folgezeit bessern. Es fehlt ihm nur sozusagen der weltmännische Schliff ... Allerdings, diese neue Generation besitzt nicht das richtige Zartgefühl; aber ... aber ich will dennoch zu ihnen von der derzeitigen Bedeutung Russlands Unter den europäischen Mächten reden. Auch die Frage der Stellung des Bauernstands will ich erwähnen, ja, und ... und alle werden sie mich lieben, und ich werde mit Ruhm bedeckt von dieser Stätte scheiden ...

Diese Pläne und Hoffnungen waren zwar sehr angenehm; aber unangenehm war, dass mitten in all den rosigen Hoffnungen Iwan Iljitsch an sich noch eine überraschende Fähigkeit entdeckte – nämlich: zu spucken. Wenigstens begann ihm der Speichel plötzlich gegen seinen Willen aus dem Mund zu fliegen. Er bemerkte das an Akim Petrowitsch, dem er die Wange bespritzt hatte, der still dasaß und aus Respekt nicht wagte, sich gleich abzuwischen. Iwan Iljitsch nahm die Serviette und wischte ihn ohne Besinnen ab. Aber das erschien ihm unmittelbar darauf so unpassend und ungeschickt, dass er aufhörte zu reden und sich über sich selbst wunderte. Akim Petrowitsch trank zwar ab und zu aus seinem Glas, saß aber im Übrigen da wie ein Stock. Iwan Iljitsch merkte jetzt, dass er schon fast eine Viertelstunde lang mit Akim Petrowitsch über ein sehr interessantes Thema gesprochen hatte, dass dieser aber beim Zuhören nicht nur ziemlich verlegen war, sondern sogar irgendetwas zu fürchten schien. Pseldonimow, der einen Stuhl weiter saß, streckte ebenfalls seinen Hals nach ihm hin, neigte den Kopf und hörte mit sehr unangenehmem Gesichtsausdruck zu. Es machte direkt den Eindruck, als passe er wie ein Wächter auf ihn auf. Als Iwan Iljitsch seine Augen über die Gäste schweifen ließ, sah er, dass viele gerade zu ihm hinsahen und lachten. Aber das Sonderbarste war, dass er darüber gar nicht in Verlegenheit geriet; im Gegenteil, nachdem er noch einmal einen Schluck aus seinem Glas genommen hatte, begann er plötzlich so laut, dass es alle hören mussten, zu reden.

»Ich sagte schon«, fing er an, »ich sagte schon soeben zu Akim Petrowitsch, meine Herren, dass Russland ... ja, gerade Russland ... mit einem Wort, Sie verstehen, was ich sa-sagen will ... Russland durchlebt jetzt nach meiner tiefsten Überzeugung ein Zeitalter der Hu-Humanität ...«

»Hu-Humanität!« wurde vom anderen Ende des Tisches her gerufen.

»Hu-hu!«

»Tju-tju!«

Iwan Iljitsch hielt einen Augenblick inne. Pseldonimow stand vom Stuhl auf und sah sich um, wer da gerufen habe. Akim Petrowitsch wiegte verstohlen den Kopf, als wollte er die Gäste ermahnen. Iwan Ijitsch bemerkte beides sehr wohl, bemühte sich jedoch angestrengt, nichts darauf zu sagen. »Die Humanität«, fuhr er hartnäckig fort, »und vorhin ... und gerade vorhin sagte ich zu Stepan Niki-kiforowitsch ... ja ..., dass die Neugestaltung der Dinge sozusagen ...«

»Exzellenz!«, rief jemand laut am andern Ende des Tisches. »Was wünschen Sie?«, antwortete Iwan Iljitsch auf diese Unterbrechung und versuchte zu erkennen, von wem der Zwischenruf gekommen war.

»Gar nichts weiter, Exzellenz! Ich konnte mich nur vor Begeisterung nicht halten! Fahren Sie doch fort!«, rief dieselbe Stimme.

Iwan Iljitsch zuckte krampfhaft zusammen.

»Sozusagen die Neugestaltung eben dieser Dinge ...

»Exzellenz!«, erscholl die Stimme von neuem.

»Was ist Ihnen gefällig?«

»Guten Abend!«

Diesmal vermochte sich Iwan Iljitsch nicht mehr zu halten. Er unterbrach seine Rede und wandte sich zu dem Störenfried und Beleidiger hin. Dies war der noch sehr junge Gymnasiast, der stark angetrunken war und von dem man das Schlimmste erwarten konnte. Er hatte schon immer geschrien und sogar ein Glas und zwei Teller zerbrochen, wobei er behauptet hatte, auf einer Hochzeit müsse es so zugehen. In dem Augenblick, als Iwan Iljitsch sich zu ihm wandte, begann der Offizier den Schreier streng auszuschelten.

»Was willst du? Warum schreist du? Hinauswerfen müsste man dich, jawohl!«

»Ich habe nichts von Ihnen gesagt, Exzellenz, nichts von Ihnen gesagt! Fahren Sie nur fort!«, rief der angeheiterte Schüler, indem er sich auf seinem Stuhl rekelte. »Fahren Sie nur fort! Ich höre zu und bin sehr zufrieden mit Ihnen, sehr zufrieden! Vor-züglich, vor-züglich!«

»Ein betrunkenes Bürschchen!«, flüsterte Pseldonimow dem General zu.

»Dass er betrunken ist, sehe ich; aber ...«

»Ich habe da soeben eine komische Geschichte erzählt, Exzellenz«, bemerkte der Offizier, »von einem Leutnant unseres Regiments, der immer genauso zu seinen Vorgesetzten redete; und das macht dieser junge Mann hier nun nach. Zu jedem Wort eines Vorgesetzten sagte der Leutnant immer: ›Vorzüglich, vor-züglich!‹ Schon vor zehn Jahren wurde er deswegen vom Dienst entfernt.«

»Was ... was war das für ein Leutnant?«

»Von unserm Regiment, Exzellenz! Er verlor zuletzt den Verstand über seinem ›Vorzüglich!‹. Zuerst versuchte man es bei ihm auf gütlichem Wege; dann schickte man ihn in Arrest ... Der Chef ermahnte ihn in väterlicher Weise; aber der erwiderte ihm immer: ›Vor-züglich, vor-züglich!‹ Und sonderbar: Er war ein stattlicher Offizier, neun Werschok groß. Er sollte vor Gericht kommen; aber man merkte, dass er geisteskrank war.«

»Nun ja ... es ist nur ein Schüler. Gegen die Schuljugend braucht man nicht so streng zu sein. Ich meinerseits bin bereit, ihm zu verzeihen ...«

»Es wurde durch die medizinische Wissenschaft festgestellt, Exzellenz!«

»Wie denn? Wurde er se-ziert?«

»Aber ich bitte Sie, er war ja noch ganz lebendig!«

Eine allgemeine laute Lachsalve erscholl im Kreis der Gäste, auch von Seiten derer, die sich bisher anständig verhalten hatten. Iwan Iljitsch wurde zornig.

»Meine Herren, meine Herren!«, rief er, und zwar am Anfang fast ohne zu stottern. »Ich bin sehr wohl imstande einzusehen, dass man einen lebenden Menschen nicht seziert. Ich setzte voraus, dass er im Irrsinn nicht mehr lebte ..., das heißt, gestorben war ..., ich meine, ich will sagen ..., dass Sie mich nicht lieben ... Und dabei liebe ich Sie alle ..., ja, ich liebe Por ... Porfiri ... Ich erniedrige mich, indem ich so rede ...«

In diesem Augenblick folgte ihm eine große Menge Speichel aus dem Mund und spritzte an einer sehr sichtbaren Stelle auf das Tischtuch. Pseldonimow beeilte sich, es mit seiner Serviette wegzuwischen. Dieses letzte Unglück schmetterte den General vollends nieder.

»Meine Herren, das ist zuviel!«, rief er in heller Verzweiflung.

»Es war ja nur ein Betrunkener, Exzellenz«, versuchte Pseldonimow aufs Neue leise zu ihm zu sagen.

»Porfiri! Ich sehe, dass ihr ... alle ... ja! Ich will sagen, ich hoffe ... ja, ich fordere alle auf, zu sagen: Durch habe ich mich erniedrigt?«

Iwan Iljitsch war dem Weinen nahe.

»Exzellenz! Aber ich bitte Sie!«

»Porfiri, ich wende mich an dich ... Sage, wenn ich hierhergekommen bin ... ja ... ja, zu deiner Hochzeit, so muss ich doch dabei eine Absicht gehabt haben. Ich wollte euch in moralischer Hinsicht heben ..., ich wollte, dass ihr empfändet ... Ich wende mich an alle: Habe ich mich in Ihren Augen sehr erniedrigt oder nicht?«

Grabesstille. Aber das war eben das Üble, dass Grabesstille eingetreten war, noch dazu nach einer so bestimmten Frage. Wenn sie doch jetzt, wenn sie doch wenigstens jetzt losschrien!, dachte Seine Exzellenz. Aber die Gäste tauschten nur Blicke. Akim Petrowitsch saß mehr tot als lebendig da, und Pseldonimow, der vor Angst kein Wort herausbringen konnte, wiederholte innerlich immer dieselbe Frage, die ihn schon lange quälte: Wie werde ich das alles morgen zu büßen haben? Plötzlich wandte sich der Mitarbeiter der »Goloweschka«, der schon stark betrunken war, aber bisher in grimmigem Schweigen dagesessen hatte, direkt an Iwan Iljitsch und antwortete ihm mit funkelnden Augen gleichsam im Namen der ganzen Gesellschaft.

»Ja«, schrie er mit lauter Stimme, »ja, Sie haben sich erniedrigt, ja, Sie sind ein Reaktionär ..., ein Re-ak-tio-när!«

»Junger Mann, überlegen Sie, was Sie da sagen! Mit wem reden Sie eigentlich so!«, schrie Iwan Iljitsch wütend und sprang wieder von seinem Platz auf.

»Mit Ihnen rede ich so. Und zweitens: Ich bin für Sie nicht ein ›junger Mann‹ ... Sie sind hergekommen, um wichtig zu tun und nach Popularität zu haschen.«

»Pseldonimow, was ist das!«, rief Iwan Iljitsch.

Pseldonimow war aufgesprungen; aber sein Schreck war so groß, dass er nun wie ein Pfahl dastand und absolut nicht wusste, was er unternehmen sollte. Auch die Gäste waren in ähnlicher Verfassung; sie saßen stumm auf ihren Plätzen. Der Künstler und der Gymnasiast klatschten Beifall und riefen: »Bravo, bravo!«

Der Mitarbeiter schrie in unhemmbarer Wut weiter: »Ja, Sie sind hergekommen, um sich mit Ihrer Humanität zu brüsten! Sie haben hier die allgemeine Heiterkeit gestört. Sie haben Champagner getrunken, ohne zu bedenken, dass der für einen

Beamten mit zehn Rubeln Monatsgehalt einen zu hohen Preis hat, und ich vermute, dass Sie einer der Vorgesetzten sind, die es auf die jungen Frauen ihrer Untergebenen abgesehen haben! Noch mehr, ich bin überzeugt, dass Sie das Branntweinmonopol der Regierung verteidigen ... Ja, ja, ja!«

»Pseldonimow, Pseldonimow!«, rief Iwan Iljitsch und streckte beide Hände nach diesem aus. Jedes neue Wort des Mitarbeiters war ein neuer Dolchstoß, der ihm ins Herz fuhr.

»Sofort, Exzellenz, bitte, beunruhigen Sie sich nicht!«, rief Pseldonimow energisch, sprang auf den Mitarbeiter zu, packte ihn am Kragen und zog ihn hinter dem Tisch hervor. Man hätte von dem schwächlichen Pseldonimow so viel Körperkraft gar nicht erwartet; aber der Mitarbeiter war stark betrunken und Pseldonimow völlig nüchtern. Darauf versetzte er ihm ein paar Knüffe in den Rücken und stieß ihn zur Tür hinaus.

»Ihr seid alle Schurken!«, schrie der Mitarbeiter.»Ich werde euch alle morgen in der ›Goloweschka‹ an den Pranger stellen ...«

Die Gäste sprangen von den Plätzen auf.

»Exzellenz, Exzellenz«, riefen Pseldonimow, seine Mutter und einige Gäste, indem sie sich um den General drängten,»Exzellenz, beruhigen Sie sich!«

»Nein, nein!«, schrie der General.»Ich bin zugrunde gerichtet ... Ich bin hergekommen ... Ich wollte euch sozusagen meinen Segen aussprechen. Und das ist nun der Dank, das ist der Dank!«

Er sank wie bewusstlos auf den Stuhl zurück, legte beide Arme auf den Tisch und drückte seinen Kopf auf die Arme, gerade in den Teller mit der süßen Speise hinein. Die allgemeine Aufregung war unbeschreiblich. Einen Augenblick später stand er auf, offenbar mit der Absicht wegzugehen; er schwankte, stolperte über ein Stuhlbein, fiel lang auf den Boden und röchelte ...

Leuten, die nicht gewohnt sind zu trinken und sich doch einmal bei einer Gelegenheit betrinken, geht es nicht selten so. Bis zum letzten Schluck, bis zum letzten Augenblick behalten sie das Bewusstsein, und dann fallen sie hin wie niedergemäht.

Iwan Iljitsch lag auf dem Fußboden und hatte das Bewusstsein verloren. Pseldonimow griff sich in die Haare und verharrte regungslos in dieser Stellung. Die Gäste begannen eilig aufzubrechen und besprachen, jeder in seiner Weise, eifrig den aufregenden Vorfall. Es war schon gegen drei Uhr morgens.

Die Hauptsache war die: Pseldonimow war sehr viel schlimmer daran, als man es sich nach dem bisher Gesagten vorstellen kann, ganz abgesehen von der Unerquicklichkeit der augenblicklichen Situation. Und während Iwan Iljitsch auf dem Fußboden liegt und Pseldonimow neben ihm steht und sich verzweifelt die Haare rauft, wollen wir den Gang der Erzählung unterbrechen und einige erklärende Worte speziell über Porfiri Petrowitsch Pseldonimow sagen.

Noch vor einem Monat war es in finanzieller Hinsicht mit ihm recht übel bestellt gewesen. Er stammte aus der Provinz, wo sein Vater irgendein Amt bekleidet hatte, aber während einer gerichtlichen Untersuchung gestorben war. Nachdem Pseldonimow in Petersburg ein Jahr lang aufs Kümmerlichste gelebt hatte, erhielt er endlich (es war fünf Monate vor seiner Hochzeit) die Stelle mit zehn Rubeln Gehalt und lebte dadurch zunächst an Leib und Seele wieder ein wenig auf; aber bald drückte die Macht der Verhältnisse ihn von neuem nieder. Er und seine Mutter, die nach dem Tod ihres Mannes die Provinz verlassen hatte und nach Petersburg zu ihrem Sohn gezogen war, standen ganz allein da. Mutter und Sohn froren im Winter miteinander und fristeten ihr Leben mit Nahrungsmitteln von sehr zweifelhaftem Charakter. An manchen Tagen ging Pseldonimow mit dem Krug selbst zur Fontanka, um Wasser zu holen und sich dort gleich satt zu trinken. Als er seine Stelle bekommen hatte, richtete er sich mit der Mutter irgendwo in einer jämmerlichen, kleinen Wohnung notdürftig ein. Sie wusch für andere Leute, und er lebte vier Monate lang auf das Kärglichste, um sich ein Paar Stiefel und einen billigen Mantel anschaffen zu können. Und wie viel Kränkungen hatte er in seiner Kanzlei zu ertragen! Da trat ein Vorgesetzter zu ihm heran und fragte, wann er wohl das letzte Mal ein Bad genommen habe. Es ging über ihn das Gerede, dass unter seinem Uniformkragen die Wanzen in Nestern hausten. Aber Pseldonimow hatte einen festen, zähen Charakter. Äußerlich war er still und friedlich; Bildung besaß er nur sehr wenig; an Gesprächen beteiligte er sich fast nie. Ich kann nicht mit Bestimmtheit sagen, ob er Gedanken hatte, Pläne und Systeme entwarf, von großen Dingen träumte. Wohl kaum; aber statt dessen bildete sich bei ihm der instinktive, kräftige, unbewusste Wille heraus, sich aus seiner misslichen Lage auf einen besseren Lebensweg durchzukämpfen. Er besaß die Hartnäckigkeit der Ameise: Zerstört man den Ameisen ihren Bau, so beginnen sie sofort, ihn von neuem zu errichten; zerstört man ihn zum zweiten Mal, so fangen sie zum zweiten Mal an und so weiter, ohne müde zu werden. So war auch er ein Geschöpf mit einem starken Trieb zum Hausbauen und zum häuslichen Leben. Man konnte es ihm ansehen, dass er sich seinen Weg bahnen, sich ein eigenes Heim schaffen und vielleicht sogar etwas sparen werde. Auf der ganzen Welt hatte er keinen, der ihn liebte, außer seiner Mutter; diese aber liebte ihn grenzenlos. Sie war eine energische, arbeitsame, unermüdliche Frau und zugleich eine gute Frau. So hätten sie in ihrer elenden Wohnung vielleicht noch fünf oder sechs Jahre bis zu einer Besserung ihrer Verhältnisse gelebt, wenn sie nicht mit dem Titularrat a. D. Mlekopitajew zusammengetroffen wären, einem ehemaligen Kassenbeamten, der früher irgendwo in der Provinz angestellt gewesen war, sich aber neuerdings mit seiner Familie in Petersburg niedergelassen und häuslich eingerichtet hatte. Er kannte

Pseldonimow und war dessen Vater von früherer Zeit her aus irgendwelchem Anlass zu Dank verpflichtet gewesen. Er besaß Geld, allerdings nicht viel, aber doch etwas; wie viel es in Wirklichkeit war, wusste niemand, weder seine Frau oder seine ältere Tochter noch seine übrigen Verwandten. Er hatte zwei Töchter, und da er sehr launenhaft, ein Trunkenbold, ein Haustyrann und obendrein dauernd krank war, so bekam er den Einfall, seine zweite Tochter dem jungen Pseldonimow zur Frau zu geben: »Ich kenne ihn«, sagte er; »sein Vater war ein guter Mann, und der Sohn wird auch gut sein.« Was Mlekopitajew wollte, das pflegte er auch auszuführen: wie gesagt, so getan. Er war ein sonderbarer Kauz. Den größten Teil des Tages verbrachte er auf seinem Lehnstuhl, da er infolge einer Krankheit die Beine nicht benutzen konnte, was ihn aber nicht hinderte, Branntwein zu trinken. Tagelang trank und schimpfte er. Er hatte einen schlechten Charakter; er brauchte unbedingt jemanden, den er unaufhörlich quälen konnte. Zu diesem Zweck ließ er einige weibliche Verwandte bei sich im Haus wohnen: seine kränkliche, zanksüchtige Schwester, zwei Schwestern seiner Frau, die gleichfalls ein hässliches Wesen und böse Zungen hatten; außerdem seine alte Tante, die sich irgendwann einmal eine Rippe gebrochen hatte. Auch gab er einer Deutschen, die aber ganz zur Russin geworden war, das Gnadenbrot, und zwar für ihr Talent, ihm Märchen aus »Tausendundeiner Nacht« zu erzählen. Sein ganzes Vergnügen bestand darin, über alle diese unglücklichen Frauenspersonen, die sein Brot aßen, zu spotten und sie jeden Augenblick wie ein Fuhrknecht auszuschimpfen, obgleich sie, einschließlich seiner Frau, die mit Zahnschmerzen auf die Welt gekommen war, ihm gegenüber nicht zu mucksen wagten. Er stiftete Streit unter ihnen, brachte Klatschereien und Zänkereien zwischen ihnen in Gang und hatte dann seine Freude und lachte aus vollem Halse, wenn er sah, wie sie sich beinahe miteinander prügelten. Er freute sich sehr, als seine ältere Tochter, nachdem sie zehn Jahre lang mit einem Offizier verheiratet gewesen war und in sehr kümmerlichen Verhältnissen gelebt hatte, endlich Witwe wurde und mit ihren drei kleinen, kränklichen Kindern zu ihm zog. Die Kinder konnte er nicht leiden; aber da sich mit ihrem Erscheinen das Material für seine täglichen Experimente vergrößerte, war der Alte recht zufrieden. Diese Schar böser Weiber und kranker Kinder nebst ihrem Peiniger wohnte eng zusammengedrängt in dem Holzhaus auf der Petersburger Seite, konnte sich nicht satt essen, weil der Alte geizig war und das Geld nur kopekenweise herausrückte, obgleich er es für seinen Branntwein ohne Bedauern ausgab, und konnte sich nicht einmal ordentlich ausschlafen, weil der Alte an Schlaflosigkeit litt und verlangte, sie sollten ihn unterhalten. Kurz, alle seihe Hausgenossen führten ein trauriges Dasein und verwünschten ihr Schicksal. In dieser Zeit bekam Mlekopitajew unsern Pseldonimow zu sehen. Dessen lange Nase und friedfertige Miene gefielen ihm. Seine schwächliche, unschöne jüngere

Tochter war damals eben siebzehn Jahre alt geworden. Sie hatte zwar eine deutsche Schule besucht, aber aus ihr kaum mehr Wissen mitgebracht als die Kenntnis des Alphabets. Dann war sie, ein skrofulöses, schlecht genährtes Wesen, herangewachsen unter dem Krückstock des gelähmten, trunksüchtigen Vaters, in dem Sodom häuslicher Klatscherei, Spionage und Verleumdung. Freundinnen hatte sie niemals besessen und Verstand ebenso wenig. Heiratslustig war sie schon lange. Wenn sie mit andern Leuten zusammen war, redete sie kaum ein Wort; aber ihrer Mutter und den Hausgenossinnen gegenüber war sie boshaft und zänkisch. Besonders liebte sie, die Kinder ihrer Schwester zu kneifen, Kopfnüsse zu verteilen und sie wegen heimlich entwendetem Zucker und Brot zu denunzieren, weshalb auch zwischen ihr und der älteren Schwester Zank und Streit nie abrissen. Der Alte machte von selbst Pseldonimow den Vorschlag, er möchte sie heiraten. So kümmerlich es diesem auch ging, erbat er sich doch erst Bedenkzeit. Lange überlegte er die Sache mit seiner Mutter. Aber das Haus sollte auf den Namen der Braut umgeschrieben werden, und wenn es auch nur ein Holzhaus und einstöckig und ziemlich hässlich war, so repräsentierte es doch einen gewissen Wert. Überdies sollte die Braut eine Mitgift von vierhundert Rubeln erhalten; wann konnte Pseldonimow hoffen, eine solche Summe durch eigene Arbeit zusammenzubekommen? »Wozu nehme ich mir noch einen Menschen ins Haus?«, hatte der trunksüchtige Sonderling geschrien. »Erstens deswegen, weil ihr alle Weibervolk seid, und immer bloß Weibervolk um mich ist mir langweilig. Ich will, dass auch Pseldonimow nach meiner Pfeife tanzt; darum werde ich sein Wohltäter. Zweitens nehme ich ihn deswegen her, weil ihr es nicht wollt und euch darüber ärgert; Na, da tue ich es gerade, euch zum Trotz! Was ich gesagt habe, das tue ich auch! Du aber, lieber Porfiri, prügle meine Tochter ordentlich, wenn sie deine Frau sein wird; in der stecken von Geburt an sieben Teufel! Treib sie ihr nur alle aus; einen tüchtigen Stock will ich dir dafür zurechtmachen.«

Pseldonimow hatte geschwiegen; aber sein Entschluss war bereits gefasst gewesen. Er und seine Mutter waren noch vor der Hochzeit ins Haus genommen worden und hatten Geld zum Baden, zu Anzügen, zu Schuhzeug und zur Ausrichtung der Hochzeit erhalten. Der Alte hatte sie patronisiert, vielleicht gerade deshalb, weil die ganze Familie ihnen feindlich gesinnt war. Die alte Frau Pseldonimowa hatte ihm sogar ganz gut gefallen, sodass er sich beherrscht und über sie nicht gespottet hatte. Den jungen Pseldonimow aber hatte er noch eine Woche vor der Hochzeit gezwungen, ihm einen Kosakentanz vorzutanzen; »na, nun kannst du aufhören«, hatte er dann gesagt; »ich wollte nur sehen, ob du mir auch parierst.« Geld hatte er zur Hochzeit nur so viel gegeben, dass es ganz knapp ausreichte, und er hatte alle seine Verwandten und Bekannten dazu eingeladen. Von Pseldonimows Seite waren nur der Mitarbeiter der »Goloweschka« und Akim Petrowitsch dabei, letzterer als Ehrengast. Pseldonimow hatte sehr gut gewusst, dass seine Braut ihn nicht leiden konnte und statt seiner lieber den Offizier geheiratet hätte. Aber er hatte alles ertragen; dass er das tun wollte, hatte er sich nach den Beratungen mit seiner Mutter vorgenommen. Am Hochzeitstag hatte der Alte tagsüber und am Abend mit den unflätigsten Ausdrücken geschimpft und Branntwein getrunken. Die Familie musste anlässlich der Hochzeit in den Hinterzimmern hausen, so eng zusammengepfercht, dass die Luft gräulich roch. Die Vorderzimmer waren für den Ball und das Abendessen bestimmt. Gegen elf Uhr abends war der Alte endlich vollständig betrunken eingeschlafen, und die Brautmutter, die an diesem Tag auf Pseldonimows Mutter besonders wütend gewesen war, hatte sich entschlossen, ihren Zorn mit Freundlichkeit zu vertauschen und zum Ball und zum Abendessen zu kommen. Aber das Erscheinen Iwan Iljitschs hatte alles wieder verdorben.

Frau Mlekopitajewa war ganz verblüfft gewesen, hatte sich beleidigt gefühlt und angefangen zu schimpfen, weil man ihr nicht vorher mitgeteilt habe, dass auch an den Präsidenten eine Einladung ergangen sei. Man hatte ihr beteuert, er sei ganz von selbst, uneingeladen, gekommen; aber sie war so dumm, dass sie das nicht glaubte. Dann war Champagner erforderlich gewesen: Pseldonimows Mutter hatte nur einen Rubel gehabt, Pseldonimow selbst nicht eine Kopeke. Sie hatten sich demütig an die böse alte Frau Mlekopitajewa wenden und sie um Geld erst für eine, dann für eine zweite Flasche bitten müssen. Sie hatten ihr eingeredet, wie günstig sich in Zukunft die dienstlichen Beziehungen Pseldonimows zu seinem hohen Chef gestalten würden, dass er Karriere machen werde, und sie angefleht und beschworen. Sie hatte endlich von ihrem eigenen Geld etwas herausgegeben, hatte aber Pseldonimow so viel Bitterkeiten schlucken lassen, dass er mehrmals in das Zimmerchen gelaufen war, wo das Brautbett bereitstand, sich schweigend in die Haare gegriffen und, am ganzen Leibe zitternd vor ohnmächtiger Wut, den Kopf auf das Bett geworfen hatte, das dazu bestimmt war, ihm die Freuden des Paradieses zu gewähren. Ja! Iwan Iljitsch hatte nicht gewusst, wie teuer die beiden Flaschen »Jackson« gewesen waren, die er an diesem Abend getrunken hatte! Wie groß war nun Pseldonimows Schrecken, Angst, ja Verzweiflung gewesen, als die Sache mit Iwan Iljitsch in so unerwarteter Weise ihren Abschluss fand! Er hatte denken müssen, was er nun davon für neue Not und Mühe haben werde, wie seine unfreundliche junge Frau ihm vielleicht die ganze Nacht etwas vorjammern und vorweinen werde, welche Vorwürfe ihm ihre unvernünftigen Verwandten machen würden. Und er hatte sowieso schön Kopfschmerzen, und ihm war ganz trüb und dunkel vor Augen. Jetzt brauchte Iwan Iljitsch also Hilfe. Man musste um drei Uhr nachts einen Arzt oder eine Equipage suchen, um ihn nach seiner Wohnung zu bringen; und eine Equipage musste es jedenfalls sein; denn in einer Droschke eine so hohe Persönlichkeit in solcher Verfassung nach Hause zu befördern, das war doch unmöglich. Aber wo sollte er das Geld hernehmen, auch nur für den Wagen? Frau Mlekopitajewa, die wütend darüber war, dass der General beim Abendessen nicht mit ihr gesprochen und sie nicht einmal angesehen hatte, erklärte, sie habe keine einzige Kopeke mehr. Vielleicht entsprach das sogar der Wahrheit. Wo sollte er nun Geld hernehmen? Was sollte er anfangen? Ja, es war wirklich zum Haareraufen!

Unterdes hatte man Iwan Iljitsch vorläufig auf das kleine Ledersofa gelegt, das im Esszimmer stand. Während die Tafel abgeräumt und wieder in ihre Bestandteile zerlegt wurde, lief Pseldonimow in allen Zimmern und Kammern umher, um Geld zu leihen, und versuchte es auch bei den Dienstboten; aber niemand hatte etwas. Er wagte sogar, sich an Akim Petrowitsch zu wenden, der länger als die andern Gäste dageblieben war. Aber mochte er auch sonst sehr nett sein, doch als er von Geld hörte, geriet er in solche Verlegenheit, ja Bestürzung, dass er zu stammeln begann.

»Ein andermal werde ich mit Vergnügen ...«, murmelte er, aber jetzt ... ich bitte wirklich, mich zu entschuldigen ...«

Und damit griff er nach seiner Mütze und machte schleunigst, dass er aus dem Haus kam. Nur ein gutherziger junger Mann, derselbe, der von dem Traumbuch erzählt hatte, war ihnen noch einigermaßen behilflich, obwohl auch er in puncto Geld nichts tun konnte. Er war ebenfalls länger geblieben als die – anderen, da er für Pseldonimows Nöte eine herzliche Teilnahme empfand. Schließlich kamen Pseldonimow, seine Mutter und der junge Mann in gemeinsamer Beratung zu dem Entschluss, nicht einen Arzt zu holen, sondern lieber einen Wagen kommen zu lassen und den Kranken nach Hause zu befördern, zunächst aber bis zur Ankunft des Wagens bei ihm gewisse Hausmittel zu versuchen, zum Beispiel Befeuchten der Schläfen und des Kopfs mit kaltem Wasser, Eisbeutel und so weiter. Pseldonimows Mutter machte sich sofort an die Arbeit. Der junge Mann lief weg, um einen Wagen zu suchen. Da auf der Petersburger Seite um diese Stunde noch nicht einmal eine Droschke aufzutreiben war, so musste er weit zu einem Kutscherquartier laufen und die Kutscher aufwecken. Nun begann das Handeln um den Preis; die Kutscher sagten, um diese Stunde seien fünf Rubel wenig für eine Equipage. Indes einigte sich endlich einer mit dem jungen Mann auf drei Rubel. Aber als der junge Mann in dem gemieteten Wagen bei Pseldonimows Haus anlangte (es war inzwischen beinahe vier Uhr geworden), war Pseldonimow längst von dem ursprünglichen Beschluss wieder abgekommen. Es hatte sich nämlich herausgestellt, dass Iwan Iljitsch, der das Bewusstsein immer noch nicht wiedererlangt hatte, dermaßen krank war und stöhnte und sich hin und her warf, dass es sehr gewagt, ja fast unmöglich schien, ihn in diesem Zustand in einen Wagen zu tragen und nach Hause zu transportieren. Was wird aus alledem noch werden?, fragte sich Pseldonimow, der allen Mut verloren hatte. Was sollten sie tun?

Denn nun entstand eine neue Frage: Wenn sie schon den Kranken im Hause behalten mussten, in welches Zimmer sollten sie ihn dann bringen, und worauf sollte er liegen? Im ganzen Haus waren nur zwei Betten vorhanden; ein gewaltig großes Doppelbett, in dem der alte Mlekopitajew und seine Frau schliefen, und ein anderes, neu gekauftes, aus imitiertem Nussbaumholz, gleichfalls ein Doppelbett, das für das Brautpaar bestimmt war. Alle übrigen Hausbewohner oder, richtiger gesagt, Hausbewohnerinnen schliefen auf dem Fußboden nebeneinander, die meisten auf Federbetten, deren Federn aber zum Teil schon verdorben und übel riechend waren, sodass es nicht anging, den General darauf zu betten; und auch die Federbetten reichten nur notdürftig; manche Schläferinnen hatten keins. Ein brauchbares Federbett hätte sich zwar vielleicht noch gefunden; man konnte es schlimmstenfalls einer der Frauen unterm Leibe wegziehen; aber in welchem Raum und auf was für einem Untergestell sollte man das Bett herrichten? Als geeignetster Raum erschien die gute Stube, da sie von den Familienräumen am weitesten entfernt lag und einen besonderen Ausgang hatte. Aber worauf sollte das Bett hergerichtet werden? Etwa auf Stühlen? Auf Stühlen lässt man bekanntlich nur Gymnasiasten schlafen, wenn sie für die Zeit vom Sonnabend zum Sonntag nach Hause kommen; aber bei einer Persönlichkeit wie Iwan Iljitsch wäre das wider allen Respekt gewesen. Was hätte er am andern Tag gesagt, wenn er auf Stühlen erwacht wäre? Von einer Lagerstätte auf Stühlen wollte Pseldonimow nichts hören. Es blieb nur eins: ihn in das Hochzeitsbett zu tragen. Dieses Hochzeitsbett war, wie wir bereits gesagt haben, in einem kleinen Stübchen gleich neben dem Esszimmer hergerichtet. Auf dem Bettgestell lag eine große, neu gekaufte, noch unbenutzte Matratze, ein reines Laken und vier Kopfkissen in rosa Kaliko mit Musselinbezügen, die mit Rüschen besetzt waren. Die Bettdecke war aus gemustertem rosa Atlas. Von einem goldenen Ring über dem Bett liefen Musselinvorhänge herab: Kurz, alles war, wie es sich gehörte, und die Gäste, die fast ausnahmslos ins Schlafzimmer einen Blick geworfen hatten, hatten alles sehr gelobt. Die junge Frau war, obgleich sie ihren Mann nicht leiden konnte, am Abend mehrmals, besonders wenn es niemand merkte, hierhergelaufen, um alles zu betrachten. Wie groß war nun ihr Unwille und Ärger, als sie hörte, dass auf ihr Brautbett der Kranke gelegt werden sollte, der an Cholerine litt! Die Mama der jungen Frau trat auf ihre Seite, schimpfte und drohte, sie wolle sich morgen bei ihrem Mann beschweren; aber Pseldonimow blieb energisch und bestand darauf: Iwan Iljitsch solle auf das Brautbett herübergetragen werden. Für die Neuvermählten wurde in der guten Stube auf Stühlen ein Lager hergerichtet. Die junge Frau schluchzte und hätte am liebsten auch gekratzt und gekniffen; aber sie wagte nicht, sich zu widersetzen: Ihr Papa hatte einen Krückstock, den sie nur zu gut kannte, und sie wusste, dass der Papa auf alle Fälle am nächsten Tag von ihr strenge Rechenschaft fordern würde. Um sie zu trösten, trug man wenigstens die rosa Bettdecke und die Kissen in den Musselinbezügen zur guten Stube hinüber. In diesem Augenblick traf der junge Mann mit dem Wagen ein; als er hörte, dass der Wagen nicht mehr nötig sei, bekam er einen furchtbaren Schreck. Nun sollte er den Wagen selbst bezahlen, und dabei hatte er noch nie ein Zehnkopekenstück sein eigen genannt. Pseldonimow erklärte, dass er vollständig bankrott sei. Sie versuchten, den Kutscher zu vertrösten. Aber der begann Lärm zu machen und sogar an die Fensterläden zu schlagen. Wie die Sache endete, weiß ich nicht sicher. Es scheint, dass der junge Mann in dem Wagen als Gefangener nach Peski fuhr, in die vierte Roshdestwenskaja, wo er einen dort bei Bekannten übernachtenden Studenten aufzuwecken hoffte und versuchen wollte, ob der vielleicht Geld habe. Es war schon bald fünf Uhr, als das junge Paar endlich in der guten Stube allein blieb und von außen eingeschlossen wurde. Am Bett des Kranken blieb die ganze Nacht über Pseldonimows Mutter. Sie kampierte auf dem Fußboden, auf einem kleinen Teppich, und deckte sich mit einem kurzen Pelz zu; aber zum Schlafen kam sie nicht, da sie alle Augenblicke aufstehen musste: Bei Iwan Iljitsch hatte sich eine schreckliche Magenverstimmung eingestellt. Die wackere, gutherzige Frau entkleidete ihn eigenhändig, pflegte ihn wie ihren eigenen Sohn und trug die ganze Nacht hindurch ein notwendiges Geschirr aus dem Schlafzimmer über den Korridor und brachte es dann wieder herein.

Und doch hatten die Missgeschicke dieser Nacht damit noch lange nicht ihr Ende gefunden.

Es waren keine zehn Minuten vergangen, seit das junge Paar allein in der guten Stube eingeschlossen war, als plötzlich von dort ein ohrenzerreißendes Geschrei erscholl, kein Freudengeschrei, sondern eins von recht schlimmer Art. Unmittelbar nach dem Geschrei hörte man Lärm, ein Poltern wie von umfallenden Stühlen, und im nächsten Augenblick stürzte in das noch dunkle Zimmer plötzlich ein Haufen schreiender, erschrockener Weiber in allen möglichen Arten mangelhafter Bekleidung hinein. Es waren die Mutter der jungen Frau, die ältere Schwester, die ihre kranken Kinder allein gelassen hatte, die drei Tanten; selbst die Großtante mit der gebrochenen Rippe hatte sich hergeschleppt. Auch die Köchin war zur Stelle; sogar die aus Gnaden ins Haus genommene Deutsche, die Märchenerzählerin, der man mit Gewalt für die Neuvermählten ihr eigenes Federbett unter dem Leibe weggezogen hatte, das beste im ganzen Haus und ihr einziges Besitztum, selbst die hatte sich mit den übrigen eingefunden. Alle diese ehrenwerten Frauen mussten wohl mit einer besonderen Sehergabe ausgestattet sein; denn sie hatten sich schon vor einer Viertelstunde aus der Küche über den Korridor auf den Zehen herangeschlichen und horchten, von unerklärlicher Neugierde verzehrt, im Vorzimmer. Nun zündete eine von ihnen eilig eine Kerze an, und es bot sich allen ein unerwartetes Schauspiel dar: Die Stühle, die das breite Federbett nur auf der rechten und linken Seite, aber nicht in der Mitte gestützt hatten, hatten sich unter der doppelten Last auseinandergeschoben, und das Federbett war zwischen ihnen auf den Fußboden gefallen. Die junge Frau schluchzte vor Ärger; diesmal fühlte sie sich in tiefster Seele beleidigt. Pseldonimow stand niedergeschlagen da wie ein Verbrecher, den man auf frischer Tat ertappt hat. Er machte nicht einmal den Versuch, sich zu verteidigen. Von allen Seiten erschollen Gekreisch und Ausrufe des Staunens und Bedauerns. Auch Pseldonimows Mutter kam auf den Lärm herbeigelaufen; aber die Mutter der jungen Frau behielt diesmal entschieden die Oberhand. Sie überschüttete zunächst Pseldonimow mit seltsamen und größtenteils ungerechten Vorwürfen solchen Inhalts: »Ein schöner Ehemann bist du, wenn du dich so benimmst! Solche Schande machst du uns; zu nichts bist du zu gebrauchen!« Schließlich fasste sie ihre Tochter unterm Arm und führte sie von ihrem Mann fort in ihre eigene Stube, wobei sie es persönlich übernahm, dies morgen vor dem gestrengen Vater zu verantworten, wenn dieser Rechenschaft verlangen werde. Nach ihr entfernten sich auch die andern Frauen unter lauten Äußerungen der Verwunderung und heftigem Kopfschütteln. Bei Pseldonimow blieb nur seine Mutter zurück und suchte ihn zu trösten. Aber er trieb sie schleunigst hinaus.

Ihm war nicht nach Tröstungen zumute. Er schleppte sich zum Sofa, setzte sich dort hin, wie er war, barfuß und nur in der notwendigsten Nachtkleidung, und versank in finsteres Brüten. Die Gedanken kreuzten sich und verwirrten sich in seinem Kopf. Von Zeit zu Zeit blickte er mechanisch im Zimmer umher, wo noch vor kurzem die Tanzenden getobt hatten und wo noch der Zigarettenrauch in der Luft hing. Auf dem beschmutzten und von vergossenen Getränken feuchten Fußboden lagen immer noch Zigarettenstummel und Bonbonpapier verstreut. Das zusammengestürzte Hochzeitslager und die umgekippten Stühle zeugten von der Vergänglichkeit der schönsten und sichersten irdischen Hoffnungen und Zukunftspläne. So saß er fast eine Stunde lang da. Lauter schwere Gedanken gingen ihm durch den Kopf, zum Beispiel: Was erwartete ihn jetzt im Dienst? Verbittert sagte er sich, dass er seine Dienststelle um jeden Preis werde wechseln müssen; dazubleiben sei nach all den Ereignissen dieser Nacht ganz unmöglich. Auch Mlekopitajew fiel ihm ein, der ihn vielleicht morgen wieder, um seine Fügsamkeit zu erproben, zwingen werde, den Kosakentanz vorzuführen. Er überlegte auch, dass Mlekopitajew zwar fünfzig Rubel für die Ausrichtung der Hochzeit hergegeben hatte, die bis auf die letzte Kopeke ausgegeben waren, sich aber noch nicht hatte entschließen können, die vierhundert Rubel Mitgift herauszurücken, ja überhaupt hiervon noch kein Wort wieder gesagt hatte. Auch das Haus war noch nicht in aller Form auf den Namen der jungen Frau umgeschrieben. Ferner machte er sich Gedanken über seine Frau, die ihn im kritischsten Augenblick verlassen hatte, und über den langen Offizier, der vor seiner Frau aufs Knie gefallen war. Er hatte das vorhin recht wohl bemerkt und dachte nun an die sieben Teufel, die nach der Aussage ihres eigenen Vaters in ihr saßen, und an den Stock, der zur Austreibung dieser Teufel bestimmt war ... Gewiss, er wusste, dass er imstande war, viel zu ertragen; aber das Schicksal hatte ihm nun doch allmählich so schlimme Überraschungen gesandt, dass es nicht verwunderlich war, wenn er zu zweifeln begann, ob seine Kraft wohl dem allem auf die Dauer gewachsen sein würde.

So war Pseldonimow in seine traurigen Gedanken versunken. Unterdessen war die Kerze niedergebrannt und das Stümpfchen dem Erlöschen nahe. Sein schwaches Licht fiel gerade auf Pseldonimows Profil und zeichnete es in starker Vergrößerung an die Wand, mit dem ausgestreckten Hals, der gekrümmten Nase und den beiden Haarbüscheln, die an der Stirn und im Nacken abstanden. Endlich, als schon die Morgenkühle hereindrang, stand er auf, zitternd und ganz zermürbt, schleppte sich zum Federbett, das zwischen den Stühlen lag, und ohne etwas in Ordnung zu bringen, ohne das Lichtstümpfchen auszulöschen, sogar ohne sich ein Kissen unter den Kopf zu legen, kroch er auf allen vieren auf das Bett und fiel in jenen bleiernen, todesähnlichen Schlaf, wie ihn wohl die Verurteilten in der Nacht vor der Hinrichtung schlafen.

Was war andrerseits mit den Qualen dieser Nacht zu vergleichen, die Iwan Iljitsch Pralinski auf dem Hochzeitsbett des unglücklichen Pseldonimow zubrachte! Eine Zeit lang ließen Kopfschmerz, Erbrechen und die andern Begleiterscheinungen seines Zustands ihm auch nicht einen Augenblick Ruhe. Er litt Höllenpein. Das Bewusstsein flackerte nur schwach in seinem Kopf, zeigte ihm aber solche Abgründe des Schreckens, so gräuliche, widerwärtige Bilder, dass es das Beste für ihn gewesen wäre, gar nicht erst zum Bewusstsein zu kommen. Übrigens ging in seinem Kopf alles noch bunt durcheinander. Er erkannte zum Beispiel Pseldonimows Mutter und verstand ihre sanften Ermahnungen: »Halt aus, mein Täubchen; halt aus, Väterchen; mit Geduld überwindet man alles.« Aber er fand keine logische Antwort darauf, wie es zuging, dass sie neben ihm war. Hässliche Visionen kamen ihm: Meist glaubte er Semjon Iwanowitsch zu sehen; aber wenn er genauer hinblickte, so bemerkte er, dass es gar nicht Semjon Iwanowitsch war, sondern Pseldonimows Nase. Auch der Jünger der freien Künste huschte an seinen Augen vorüber und der Offizier und die alte Frau mit der verbundenen Backe. Am meisten beschäftigte ihn der über seinem Kopf schwebende goldene Ring, durch den die Vorhänge gezogen waren. Er unterschied ihn deutlich beim Licht der trüb brennenden Kerze, die das Zimmer erleuchtete, und quälte sich fortwährend mit der Frage, wozu dieser Ring diene, warum er hier sei und was er bedeute. Er fragte ein paarmal die Alte danach; aber offenbar brachte er das, was er sagen wollte, nicht ordentlich heraus; denn sie verstand ihn nicht, trotz all seiner Bemühungen, deutlich zu reden. Endlich (es war schon gegen Morgen) hörten die Anfälle auf, und er schlummerte ein und schlief fest und traumlos etwa eine Stunde lang. Als er erwachte, war er schon beinahe wieder bei vollem Bewusstsein; er fühlte einen unerträglichen Schmerz im Kopf und hatte im Mund, auf der Zunge, die sich in ein Stück Tuch verwandelt zu haben schien, einen abscheulichen Geschmack. Er richtete sich auf, blickte um sich und suchte seine Gedanken zu sammeln. Das blasse Licht des anbrechenden Tages stahl sich in einem schmalen Streifen durch die Spalte der Fensterläden und zitterte an der Wand. Es war gegen sieben Uhr morgens. Aber als sich Iwan Iljitsch plötzlich all das vergegenwärtigte, was ihm seit dem Abend begegnet war, als er sich an die Vorfälle beim Abendessen erinnerte, an seine verunglückte Großtat, an seine Rede bei Tisch, als ihm jetzt auf einmal mit erschreckender Deutlichkeit die möglichen Folgen dieser Ereignisse vor Augen traten, nämlich was die Leute jetzt über ihn sagen und denken würden, als er schließlich um sich blickte und sah, in welch traurigen, ekelhaften Zustand er das friedliche Hochzeitsbett seines Untergebenen versetzt hatte – oh, da wurde sein Herz von solcher Scham ergriffen, von solcher Qual durchzuckt, dass er aufschrie, die Hände vors Gesicht schlug und in heller Verzweiflung auf das Kissen zurücksank. Aber eine Minute später sprang er aus dem Bett, erblickte neben sich auf einem Stuhl seine Kleider, ordentlich zusammengelegt und schon gereinigt, ergriff sie und begann, sich scheu umsehend, als hätte er vor irgendetwas schreckliche Furcht, sich anzukleiden. In der Nähe lagen auf einem andern Stuhl auch sein Pelz und seine Mütze und in der Mütze seine gelben Handschuhe. Er beabsichtigte, sich leise fortzuschleichen.

Aber plötzlich öffnete sich die Tür, und herein trat die alte Frau Pseldonimowa mit einem Tonkrug und einem Waschbecken. Über ihrer Schulter hing ein Handtuch. Sie stellte das Waschzeug hin und erklärte ohne Umschweife, er müsse sich unbedingt waschen.

»Ja, ja, Väterchen, wasche dich nur; du kannst doch nicht ungewaschen ...«

Und in diesem Augenblick wurde Iwan Iljitsch bewusst: Wenn es ein Wesen auf der Welt gab, vor dem er sich jetzt nicht zu schämen und nicht zu fürchten brauchte, so war es diese alte Frau. Er wusch sich. Und in den schweren Tagen, die dieser Nacht folgten, erinnerte er sich neben vielem, was ihm Gewissensbisse verursachte, noch lange an alle Umstände seines Erwachens, auch an den Tonkrug und das fayencene Waschbecken mit kaltem Wasser, in dem noch Eisstückchen schwammen, und an das ovale, in rosa Papier gewickelte Stück Seife mit einigen eingeprägten Buchstaben, das wohl fünfzehn Kopeken gekostet haben mochte und offenbar für die Neuvermählten gekauft worden war, nun aber von ihm zuerst benutzt wurde, und an die alte Frau mit dem Damasthandtuch über der linken Schulter. Das kalte Wasser erfrischte ihn; er trocknete sich ab, und ohne ein Wort zu sagen, ohne auch nur dieser barmherzigen Schwester zu danken, ergriff

er seine Mütze, hängte sich den Pelz über die Schultern, den ihm Frau Pseldonimowa reichte, und lief über den Korridor und durch die Küche, wo schon die
Katze miaute und die Köchin, sich auf ihrem Lager aufrichtend, ihn mit großer
Neugier ansah, er lief auf den Hof hinaus, auf die Straße und warf sich in eine
vorüberfahrende Droschke. Es war ein kalter Morgen; frostiger, gelblicher Nebel
bedeckte noch die Häuser und alle Gegenstände. Iwan Iljitsch schlug den Pelzkra-
gen hoch. Ihm kam es vor, als blickten ihn alle Leute an, als kennten und erkennten
sie ihn.

Acht Tage lang ging er nicht aus dem Haus und erschien nicht zum Dienst. Er
war krank, schwer krank, aber mehr seelisch als körperlich. In diesen acht Tagen
durchlebte er Höllenqualen, und wahrscheinlich wird ihm diese Leidenszeit in jener Welt einmal angerechnet werden. Es gab Augenblicke, wo er daran dachte,
Mönch zu werden. Wahrhaftig, solche Augenblicke gab es. Seine Fantasie erging
sich sogar besonders gern in solchen Vorstellungen. Er vergegenwärtigte sich den
leisen Gesang in den unterirdischen Gewölben, den offenen Sarg, das Leben in der
einsamen Zelle, die Wälder und Höhlen; aber sobald er wieder seine Gedanken
sammelte, wurde er sich augenblicklich bewusst, dass so etwas schrecklicher Unsinn und arge Überspanntheit war, und schämte sich, solchen Unsinn gedacht zu
haben. Dann kamen Anfälle moralischen Ekels, der sich auf seine existence
manquée bezog. Dann flammte die Scham von neuem in seiner Seele auf und füllte
sie ganz; oh, wie das brannte und ätzte! Er fuhr zusammen, wenn er sich die einzelnen Szenen jener Unglücksnacht vorstellte. Was werden seine Beamten sagen
und denken; wenn er in seine Kanzlei kommt, was für ein Geflüster wird ihn ein
ganzes Jahr verfolgen, zehn Jahre, sein Leben lang! Diese Geschichte von ihm
würde sicher auf die Nachwelt kommen. Er verfiel sogar mitunter in solchen
Kleinmut, dass er nahe daran war, auf der Stelle zu Semjon Iwanowitsch zu fahren
und ihn um Verzeihung und um seine Freundschaft zu bitten. Das, was er getan
hatte, irgendwie zu rechtfertigen oder zu entschuldigen, versuchte er überhaupt
nicht; er brach über sich selbst den Stab. Er fand keine Rechtfertigungs- und Ent-
schuldigungsgründe und schämte sich, danach zu suchen.

Er dachte auch daran, unverzüglich in den Ruhestand zu treten und dann im
Privatleben all seine Kräfte für as Glück der Menschheit einzusetzen. Aber auf
jeden Fall, so meinte er, müsse er sich von seinem Bekanntenkreis losmachen, und
zwar so weit, dass bei den Leuten jede Erinnerung an seine Person ausgelöscht
werde. Dann kam ihm wieder der Gedanke, dass auch dies Unsinn sei und dass
bei größerer Strenge gegen seine Untergebenen die Sache in Ordnung kommen
könne. Daraufhin begann er wieder zu hoffen und Mut zu fassen. Endlich, nach
acht Tagen des Zweifels und der Qual fühlte er, dass er diese Ungewissheit nicht
länger ertragen konnte, und entschloss sich eines schönen Morgens, in die Kanzlei

zu gehen. Vorher, als er noch in seinem Gram zu Hause saß, hatte er sich tausendmal ausgemalt, wie es bei seinem Eintritt in der Kanzlei zugehen werde. Er hatte sich mit Schrecken gesagt, er werde auf jeden Fall hinter seinem Rücken zweideutiges Getuschel hören, werde zweideutige Mienen und boshaftes Lächeln zu sehen bekommen. Wie groß war nun sein Erstaunen, als sich nichts dergleichen abspielte. Man empfing ihn respektvoll; alle verbeugten sich vor ihm; alle waren ernst, alle eifrig bei der Arbeit. Ein Gefühl der Freude erfüllte sein Herz, als er in sein Arbeitszimmer gelangte.

Er machte sich sofort mit großem Ernst an die Arbeit, hörte einige Berichte und Mitteilungen an und traf Entscheidungen. Er hatte das Gefühl, dass er früher nie so verständig und richtig geurteilt und entschieden habe wie an diesem Morgen, Er sah, dass seine Beamten mit ihm zufrieden waren, dass sie ihn respektierten, dass sie sich hochachtungsvoll gegen ihn betrugen. Auch bei argwöhnischstem Zweifel hätte er nichts Bedenkliches bemerken können. Die Sache ging ganz vorzüglich.

Endlich erschien auch Akim Petrowitsch mit einigen Aktenstücken. Bei seinem Erscheinen war es dem General, als bekäme er einen Stich mitten ins Herz; aber diese Empfindung dauerte nur einen Augenblick. Er arbeitete mit Akim Petrowitsch, sprach ernst und würdevoll, wies ihn an, wie er dies und das machen solle, und erklärte ihm Verschiedenes. Ihm fiel dabei nur auf, dass er vermied, Akim Petrowitsch zu lange anzusehen oder, richtiger gesagt, dass Akim Petrowitsch sich scheute, ihn anzusehen. Aber nun war Akim Petrowitsch fertig und begann seine Aktenstücke zusammenzunehmen.

»Und da ist noch ein Gesuch«, sagte er zum Schluss in möglichst trockenem, geschäftsmäßigem Ton, »ein Gesuch des Unterbeamten Pseldonimow um seine Versetzung in das Departement der ...schen Verwaltung. Seine Exzellenz Semjon Iwanowitsch Schipulenko hat ihm eine Stelle versprochen. Er bittet um Ihre gütige Einwilligung, Exzellenz.«

»Soso! Also der will sich versetzen lassen«, erwiderte Iwan Iljitsch und fühlte, wie ihm eine schwere Last vom Herzen fiel. Er sah Akim Petrowitsch an, und in diesem Moment begegneten sich ihre Blicke.

»Nun, ich meinerseits ... gebe meine Zustimmung«, erwiderte Iwan Iljitsch; »ich bin einverstanden.«

Akim Petrowitsch hatte offenbar den Wunsch, sich möglichst schnell davonzumachen. Aber in einem plötzlichen Impuls edelmütiger Gesinnung beschloss Iwan Iljitsch sich ganz auszusprechen. Es kam offenbar wieder eine Eingebung über ihn.

»Sagen Sie ihm«, begann er und sah Akim Petrowitsch mit klarem, sehr bedeutungsvollem Blick an, »sagen Sie diesem Pseldonimow, dass ich ihm nichts nachtrage; nein, ich trage ihm wirklich nichts nach! ... Dass ich im Gegenteil sogar bereit bin, alles Vorgefallene zu vergessen, alles zu vergessen, alles ...«

Aber auf einmal hielt Iwan Iljitsch inne; denn er sah mit Erstaunen, wie sonderbar sich Akim Petrowitsch benahm. Dieser, sonst ein so vernünftiger Mann, betrug sich aus rätselhaftem Grund wie ein kompletter Narr. Statt zuzuhören, bis ans Ende zuzuhören, wurde er auf einmal dunkelrot, was äußerst dumm aussah, und begann sich eilig und sogar in unpassender Eile mit lauter kleinen Verbeugungen zu empfehlen und gleichzeitig nach der Tür zurückzuweichen. Sein Benehmen ließ den Wunsch erkennen, in die Erde zu versinken oder, richtiger gesagt, so schnell wie möglich wieder an seinen Arbeitstisch zu gelangen. Als Iwan Iljitsch allein war, erhob er sich verlegen. Er sah in den Spiegel, bemerkte aber in Gedanken sein Gesicht gar nicht.

»Nein, Strenge, nur Strenge und wieder Strenge!«, flüsterte er fast unbewusst vor sich hin, und helle Röte übergoss auf einmal sein Gesicht. Das Gefühl der Scham wurde bei ihm plötzlich so stark und peinlich, wie es nicht einmal in den schlimmsten Augenblicken seiner achttägigen Krankheit gewesen war.

»Ich habe es nicht durchgesetzt!«, sagte er vor sich hin und ließ sich kraftlos auf seinen Stuhl sinken.

Das Krokodil

Eine ungewöhnliche Begebenheit oder eine Passage in der Passage. Wahrheitsgetreue Er-
zählung, wie ein Herr in achtbarem Alter und von achtbarem Äußeren in der Passage von
einem Krokodil lebendig verschlungen wurde, mit Haut und Haaren, und was dies für
Folgen hatte.

Ohé, Lambert! Où est Lambert?
As-tu vu Lambert?

1

Am 13. Januar des Jahres 1865 um halb ein Uhr mittags sprach Jelena Iwanowna,
die Gemahlin meines hochgebildeten Freundes, Kollegen und sogar entfernten
Verwandten Iwan Matwejitsch, den Wunsch aus, das Krokodil zu sehen, das in
der Passage gegen Eintrittsgeld gezeigt wurde. Iwan Matwejitsch hatte bereits die
Fahrkarte für eine Reise ins Ausland, die er nicht aus Krankheitsgründen, sondern
aus Neugier unternehmen wollte, in der Tasche und konnte sich daher in amtlicher Hinsicht schon als beurlaubt betrachten; da er somit an jenem Tag völlig frei
war, bereitete er dem unwiderstehlichen Wunsch seiner Gemahlin nicht nur keine
Hindernisse, sondern entbrannte vielmehr selbst in lebhafter Neugier. »Eine aus-
gezeichnete Idee!«, sagte er sehr zufrieden. »Besehen wir uns das Krokodil! Wenn
man nach Westeuropa reisen will, so ist es nicht übel, vorher noch mit den dort
ansässigen Bewohnern Bekanntschaft zu machen.« Nach diesen Worten reichte er
seiner Gemahlin den Arm und machte sich sogleich mit ihr auf den Weg zur Passage. Ich für meine Person schloss mich ihnen wie gewöhnlich in meiner Eigenschaft als Hausfreund an. Noch nie hatte ich Iwan Matwejitsch in vergnügterer
Stimmung gesehen als an jenem mir ewig im Gedächtnis bleibenden Mittag –
wahrlich, wir kennen unser Schicksal nicht im Voraus! Beim Eintritt in die Passage
geriet er sofort in Entzücken über das prächtige Gebäude, und als wir uns dem
Lokal näherten, wo das kürzlich in der Hauptstadt eingetroffene Untier gezeigt
wurde, äußerte er aus eigenem Antrieb den Wunsch, für mich die fünfundzwanzig Kopeken an den Besitzer des Krokodils zu entrichten, was früher bei ihm noch
nie vorgekommen war. Wir traten in ein kleines Zimmer und bemerkten, dass sich
darin außer dem Krokodil auch Papageien, exotische Kakadus und in einer Art
Wandschrank eine Horde Affen befanden. Unmittelbar am Eingang, an der linken
Wand, stand ein großer, wannenartiger Blechkasten, oben mit einem stabilen
Drahtnetz bespannt; der Boden war etwa einen Werschok hoch mit Wasser bedeckt. In dieser seichten Lache lag wie ein Balken ein riesiges Krokodil, völlig regungslos; es schien infolge unseres feuchten, für Ausländer ungastlichen Klimas

all seine natürlichen Eigenschaften eingebüßt zu haben. Dieses Untier erweckte zunächst bei keinem von uns besonderes Interesse.

»Also das ist das Krokodil!«, sagte Jelena Iwanowna in mitleidigem, halb singendem Ton. »Und ich hatte gedacht, dass es ... irgendwie ganz anders wäre.«

Wahrscheinlich hatte sie gedacht, es würde aus Brillanten sein. Der Eigentümer des Krokodils, ein Deutscher, trat ins Zimmer und blickte uns mit außerordentlich stolzer Miene an.

»Er ist mit Recht stolz«, flüsterte mir Iwan Matwejitsch zu; »denn er ist sich bewusst, dass er jetzt in ganz Russland als einziger ein Krokodil zeigt.«

Diese völlig törichte Bemerkung führe ich ebenfalls auf die überaus gute Laune zurück, in der sich Iwan Matwejitsch befand, da er bei anderen Gelegenheiten sehr neidisch war.

»Mir scheint, Ihr Krokodil ist gar nicht lebendig«, nahm Jelena Iwanowna wieder das Wort; sie war über die arrogante Haltung des Besitzers pikiert und wandte sich nun an ihn mit einem anmutigen Lächeln, um diesen Grobian zu besiegen – ein bei Frauen häufiges Manöver.

»O doch, Madame!«, antwortete dieser in gebrochenem Russisch, hob sogleich das Drahtnetz ein wenig vom Kasten und fing an, das Krokodil mit einem Stöckchen an den Kopf zu stoßen.

Da begann das heimtückische Ungeheuer, zum Zeichen, dass es lebe, ganz sachte die Pfoten und den Schwanz zu bewegen, es hob die Schnauze ein wenig in die Höhe und stieß eine Art lang gezogenes Schnauben aus.

»Na, ärgere dich nicht, Karlchen!«, sagte der Deutsche freundlich, dessen Ehrgefühl nun befriedigt war.

»Wie widerwärtig dieses Krokodil ist! Ich habe ordentlich einen Schreck bekommen!«, lispelte Jelena Iwanowna in noch koketterer Weise. »Jetzt werde ich wohl von ihm träumen!«

»Aber es wird Sie im Traum nicht beißen, Madame«, bemerkte der Deutsche galant und lachte als erster über seinen Witz, auf den aber keiner von uns reagierte.

»Kommen Sie, Semjon Semjonytsch«, fuhr Jelena Iwanowna fort, ausschließlich mir zugewandt, »wir wollen uns lieber die Affen ansehen. Ich habe Affen schrecklich gern; manche von ihnen sind allerliebst ... aber das Krokodil ist entsetzlich!«

»Oh, fürchte dich nicht, liebe Frau!«, rief Iwan Matwejitsch uns nach, der gern vor seiner Gattin den Tapferen spielte. »Dieser schläfrige Bewohner des Reiches der Pharaonen wird uns nichts zuleide tun!« Und er blieb bei dem Kasten stehen.

Ja noch mehr: Er zog seinen Handschuh aus und begann das Krokodil damit an der Nase zu kitzeln, in der Absicht, wie er nachher gestand, es zu nochmaligem Schnauben zu veranlassen. Der Eigentümer ging hinter Jelena Iwanowna her zu dem Affenkäfig, wie das die Höflichkeit gegen eine Dame erforderte.

Auf diese Weise nahm alles einen guten Verlauf, und niemand konnte etwas Übles vorhersehen. Jelena Iwanowna geriet bei den Affen sogar in die ausgelassenste Laune und schien von ihnen ganz entzückt zu sein. Sie kreischte vor Vergnügen, wandte sich, als wollte sie den Besitzer gar nicht beachten, unaufhörlich an mich und lachte über die von ihr herausgefundene Ähnlichkeit dieser Meerkatzen mit ihren nächsten Bekannten und Freunden. Auch ich wurde sehr vergnügt; denn die Ähnlichkeit war frappant. Der deutsche Besitzer wusste nicht recht, ob er mitlachen sollte oder nicht, und machte daher zuletzt ein sehr verdrießliches Gesicht. Und da, gerade in diesem Augenblick, durchgellte plötzlich ein furchtbarer, ja, ich kann sagen, ein unnatürlicher Schrei das Zimmer. Da ich nicht wusste, was ich davon denken sollte, blieb ich zunächst wie angenagelt auf dem Fleck stehen; aber als ich merkte, dass auch Jelena Iwanowna aufschrie, wandte ich mich schnell um, und – was erblickte ich! Ich sah, oh Gott – ich sah den unglücklichen Iwan Matwejitsch in den schrecklichen Kiefern des Krokodils, das ihn in der Taille gepackt hatte; schon war er horizontal in die Luft gehoben und strampelte dort verzweifelt mit den Beinen. Noch einen Augenblick – und er war verschwunden. Aber ich will es ausführlich schildern; denn ich stand die ganze Zeit über da, ohne mich zu regen, und beobachtete den Vorgang, der sich vor mir abspielte, mit einer solchen Aufmerksamkeit und Neugier, wie ich sie sonst überhaupt nicht kannte. Denn, dachte ich in diesem verhängnisvollen Augenblick, wie nun, wenn das alles nicht meinem Freund Iwan Matwejitsch, sondern mir selbst passierte? Wie wäre mir das unangenehm! Aber zur Sache! Das Krokodil begann den armen Iwan Matwejitsch in seinen furchtbaren Kinnladen so zu drehen, dass es zuerst die Beine verschluckte; darauf schob es zwar durch rülpsendes Aufstoßen Iwan Matwejitsch wieder ein wenig heraus, der sich nun bemühte hinauszuspringen und sich mit den Händen an den Kasten klammerte, zog ihn aber gleich wieder von neuem in sich hinein, und zwar bis zum Gürtel. Nach einem nochmaligen Aufstoßen schluckte es wieder und wieder. Auf diese Weise verschwand Iwan Matwejitsch allmählich vor unseren Augen. Endlich schlang das Krokodil, zum letzten Mal schnappend, meinen hochgebildeten Freund in sich hinein, und diesmal restlos. An der Oberfläche des Krokodils konnte man wahrnehmen, wie in seinem Innern Iwan Matwejitsch mit allen seinen Gliedmaßen hinabglitt. Ich öffnete schon den Mund, um von neuem aufzuschreien, als plötzlich das Schicksal sich boshafterweise noch einmal mit uns einen Scherz machen wollte: Das Krokodil, das wahrscheinlich infolge der Größe des verschlungenen Gegenstandes unter großer Anstrengung würgen musste, öffnete von neuem seinen ganzen furchtbaren Schlund, und aus ihm kam bei einem letzten Aufstoßen auf einmal für eine Sekunde Iwan Matwejitschs Kopf zum Vorschein, mit dem Ausdruck der Verzweiflung im Gesicht; dabei glitt ihm die Brille von der Nase und fiel auf den Boden des Kastens. Es schien, als habe dieser verzweifelte Kopf sich nur deswegen herausgestreckt, um nochmals einen letzten Blick auf alle Dinge zu werfen und in Gedanken von allen irdischen Vergnügungen Abschied zu nehmen. Aber er hatte keine Zeit, diese Absicht auszuführen: Das Krokodil nahm von neuem all seine Kraft zusammen, schluckte, und im nächsten Augenblick verschwand der Kopf wieder, und diesmal für immer. Das Erscheinen und Verschwinden eines noch lebenden Menschenkopfes war so schrecklich, gleichzeitig aber (sei es, weil es so schnell und unerwartet vor sich ging, sei es, weil dem Köpf die Brille von der Nase fiel) lag darin eine solche Komik, dass ich plötzlich ganz unwillkürlich losprustete; aber da ich mir sofort bewusst wurde, dass es sich für mich als Hausfreund nicht schickte, in einem solchen Augenblick zu lachen, wandte ich mich an Jelena Iwa-nowna und sagte zu ihr mit teilnahmsvoller Miene: »Jetzt ist es mit unserm Iwan Matwejitsch zu Ende!«

Ich wage nicht auszudrücken, wie groß Jelena Iwanownas Aufregung während dieses ganzen Vorgangs war. Anfangs, nach dem ersten Aufschrei, blieb sie wie versteinert stehen und betrachtete die seltsame Szene, die sich ihr darbot, anscheinend gleichmütig, aber mit weit aufgerissenen Augen; dann brach sie auf einmal in ein herzzerreißendes Klagegeschrei aus. Ich fasste sie bei den Händen.

In diesem Augenblick schlug auch der Besitzer, der anfangs ebenfalls vom Schreck betäubt gewesen war, plötzlich die Hände zusammen und rief, gen Himmel blickend: »O mein Krokodil, oh mein allerliebstes Karlchen! Mutter, Mutter, Mutter!«

Auf diesen Ruf öffnete sich die Hintertür, und es erschien seine rotbackige, schon bejahrte Frau, mit einer Haube auf dem Kopf, aber mit strubbligem Haar, und stürzte aufkreischend zu ihrem Mann.

Nun begann ein toller Wirrwarr: Jelena Iwanowna schrie wie eine Wahnsinnige immer nur ein und dasselbe Wort: »Aufschneiden, aufschneiden!« und stürzte ganz außer sich mit dieser flehenden Bitte auf den Eigentümer und seine Frau zu. Die beiden betrachteten aber keinen von uns; sie standen neben dem Kasten und brüllten wie Kälber: »Es ist verloren; es wird gleich platzen, weil es einen ganzen Menschen verschluckt hat!«, schrie der Eigentümer.

»Unser Karlchen, unser allerliebstes Karlchen wird sterben!«, heulte seine Frau.

»Unser Ernährer wird uns verlassen; wir sind brotlos!«, fiel der Mann wieder ein.

»Aufschneiden, aufschneiden, aufschneiden!«, rief Jelena Iwanowna; sich an den Rock des Deutschen klammernd.

»Er hat das Krokodil geneckt! Warum hat Ihr Mann das Krokodil geneckt?«, schrie der Deutsche und riss sich los. »Sie müssen mir mein Karlchen bezahlen, wenn es platzt. Das war mein Sohn, das war mein einziger Sohn!«

Ich muss gestehen, ich war empört über diesen Egoismus des zugereisten Deutschen und die Gefühllosigkeit seiner strubbligen Frau; nichtsdestoweniger erregten die wiederholten Rufe Jelena Iwanownas: »Aufschneiden, aufschneiden!« meine Unruhe noch stärker und zogen schließlich meine ganze Aufmerksamkeit auf sich, sodass ich tatsächlich erschrak ... Ich möchte im Voraus sagen: Ihren seltsamen Ausruf hatte ich völlig falsch verstanden; mir war es so vorgekommen, als hätte Jelena Iwanowna für einen Augenblick den Verstand verloren, wollte sich aber nichtsdestoweniger für die scheußliche Lage ihres geliebten Iwan Matwejitsch rächen und schlug vor, mit Rücksicht auf die ihr zustehende Abfindung das Krokodil gehörig zu bestrafen. Aber darunter hatte sie etwas ganz anderes verstanden. Ich blickte nicht ohne Verlegenheit zur Tür und begann auf Jelena Iwanowna einzureden, sie solle sich beruhigen und vor allem nicht das heikle Wort »aufschneiden« benutzen. Denn hier, mitten in der Passage und der gebildeten Gesellschaft, zwei Schritte von jenem Saal entfernt, wo vielleicht in diesem Moment Herr Lawrow seine Lektion las, war der reaktionäre Wunsch nicht nur unmöglich, sondern sogar undenkbar, und mit jeder Minute konnte er die Pfuirufe der gebildeten Leute auf uns ziehen oder uns den Karikaturen des Herrn Stepanow aussetzen. Zu meinem Schrecken erwiesen sich meine ängstlichen Befürchtungen bald als richtig: Plötzlich öffnete sich der Vorhang, der den Krokodilraum von dem äußeren Gelass trennte, wo das Eintrittsgeld entrichtet wurde, und auf der Schwelle erschien, mit einer Mütze in der Hand, eine bärtige Person, die den Oberkörper weit nach vorn beugte und sich überaus in acht nahm, die Füße auf der Schwelle des Krokodilzimmers zu lassen, da sie sich das Recht Vorbehalten wollte, den Eintritt nicht zu bezahlen.

»Dieses reaktionäre Ansinnen, meine Dame«, sagte der Unbekannte, der sich bemühte, nicht vornüber zu kippen und auf der Schwelle sein Gleichgewicht zu wahren, »macht Ihrer Erziehung keine Ehre und wird bedingt durch den Mangel an Phosphor in Ihrem Gehirn. Bald werden Sie in der Chronik des Fortschritts und in unseren satirischen Blättern verspottet werden ...«

Doch er sprach nicht zu Ende: Der erwähnte Besitzer hatte mit Schrecken den Mann erblickt, der in dem Krokodilzimmer sprach, ohne dafür zu bezahlen, er warf sich nun wütend auf den fortschrittlichen Unbekannten und schlug ihm mit beiden Fäusten in den Nacken. Für einen Moment waren die beiden hinter dem Vorhang unseren Blicken entschwunden, und da erkannte ich schließlich, dass die ganze Verwirrung eigentlich grundlos war. Jelena Iwanowna erwies sich als völlig unschuldig: Sie meinte durchaus nicht, wie ich bereits früher bemerkt hatte, dem Krokodil eine veraltete und entwürdigende Strafe, wie etwa das Durchpeitschen, zuzumessen, sondern sie wollte einfach, dass ihm mit einem Messer der Bauch aufgeschlitzt und auf diese Weise Iwan Matwejitsch daraus befreit würde.

»Wie, Sie wollen, dass mein Krokodil umkommt?«, rief wieder der Deutsche und lief herzu. »Nein, mag zuerst Ihr Mann umkommen, und dann das Krokodil! ... Mein Vater hat das Krokodil gezeigt; mein Großvater hat das Krokodil gezeigt; mein Sohn wird das Krokodil zeigen, und ich werde das Krokodil zeigen! Alle werden wir das Krokodil zeigen! Ich bin in ganz Europa bekannt; aber Sie sind nicht in ganz Europa bekannt und müssen mir Schadenersatz leisten.«

»Ja, ja!«, fiel seine Frau grimmig ein. »Wir lassen Sie nicht los; Sie müssen uns den Schaden ersetzen, wenn Karlchen platzt!«

»Und es dürfte auch zwecklos sein, das Krokodil aufzuschneiden«, fügte ich ruhig hinzu, in der Absicht, Jelena Iwanowna zu baldiger Heimkehr zu veranlassen; »denn unser lieber Iwan Matwejitsch schwebt wahrscheinlich in diesem Augenblick bereits irgendwo in den Gefilden der Seligen!«

»Mein Freund«, erscholl da plötzlich ganz unerwartet die Stimme Iwan Matwejitschs, die uns in äußerstes Erstaunen versetzte, »mein Freund, ich meine, du solltest ohne weiteres die Hilfe des Polizeibüros in Anspruch nehmen; denn ohne Eingreifen der Polizei wird dieser Deutsche nicht zur Vernunft zu bringen sein.«

Diese fest und nachdrücklich gesprochenen Worte, die eine ungewöhnliche Geistesgegenwart bekundeten, versetzten uns zuerst in ein solches Erstaunen, dass wir alle unseren Ohren nicht zu trauen glaubten. Aber selbstverständlich liefen wir sogleich zu dem Krokodilkasten hin und hörten mit ebenso viel Ehrerbietung wie Misstrauen den unglücklichen Gefangenen an. Seine Stimme klang erstickt, dünn und dabei sogar schreiend, als dringe sie aus sehr weiter Entfernung zu uns. Es klang, als wäre ein Spassvogel in ein anderes Zimmer gegangen, hätte den Mund in ein Bettkissen gedrückt und zu schreien angefangen, um dem im andern Zimmer zurückgebliebenen Publikum vorzuspielen, wie zwei Bauern von weitem auf freiem Feld oder über eine tiefe Schlucht hinweg sich gegenseitig anrufen – ich hatte einmal das Vergnügen, so etwas bei Bekannten in einer Scherzaufführung während der Christwoche zu hören.

»Iwan Matwejitsch, lieber Mann, also lebst du noch?«, stammelte Jelena Iwanowna.

»Ich lebe und bin gesund«, antwortete Iwan Matwejitsch; »dank dem Allerhöchsten bin ich ohne jede Beschädigung verschluckt worden. Ich beunruhige mich einzig und allein darüber, wie meine Vorgesetzte Behörde diesen Zwischenfall ansehen wird; denn wenn man sich eine Fahrkarte zu einer Reise ins Ausland nimmt und dann in ein Krokodil hineingerät, so zeugt das nicht von großem Verstand.«

»Aber, lieber Mann, mach dir doch keine Sorge um großen Verstand! Vor allen Dingen müssen wir dich irgendwie da herausholen«, unterbrach ihn Jelena Iwanowna.

»Herausholen!«, rief der Eigentümer des Krokodils. »Ich gestatte nicht, dass er aus dem Krokodil herausgeholt wird. Jetzt wird viel mehr Publikum herkommen, und ich werde fünfzig Kopeken nehmen, und Karlchen wird nicht platzen.«

»Gott sei Dank!«, fügte seine Frau hinzu.

»Die beiden haben recht«, bemerkte Iwan Matwejitsch ruhig. »Die ökonomischen Maximen gehen über alles.«

»Lieber Freund«, rief ich, »ich will sofort zu deiner vorgesetzten Behörde eilen und Klage führen; denn ich sehe voraus, dass wir die Suppe nicht allein auslöffeln können.«

»Das ist auch meine Ansicht«, erwiderte Iwan Matwejitsch. »Aber ohne pekuniäre Entschädigung einem Krokodil den Bauch aufzuschlitzen, das wird in unserer jetzigen Zeit der Handelskrise schwer sein, und dabei entsteht nun die unvermeidliche Frage: Wie viel wird der Besitzer für sein Krokodil nehmen? Und mit dieser Frage zugleich die andere: Wer wird es bezahlen? Denn du weißt, dass ich nicht bemittelt bin ...«

»Vielleicht geht es durch Abzüge vom Gehalt«, bemerkte ich schüchtern.

Aber der Besitzer des Tieres unterbrach mich sofort: »Ich verkaufe das Krokodil nicht; ich kann dreitausend Rubel für mein Krokodil fordern; ich kann viertausend für mein Krokodil fordern! Jetzt wird eine Menge Publikum kommen. Ich kann fünftausend Rubel für mein Krokodil fordern!«

Kurz, er brüstete sich unerträglich; Profitsucht und widerwärtige Habgier leuchteten vergnügt aus seinen Augen.

»Ich fahre hin!«, rief ich empört.

»Ich auch! Ich doch auch! Ich will zu Andrej Ossipytsch selbst fahren und ihn durch meine Tränen erweichen«, rief Jelena Iwanowna in kläglichem Ton.

»Tu das nicht, liebe Frau!«, unterbrach Iwan Matwejitsch sie eilig; denn er war schon lange auf Andrej Ossipytsch wegen seiner Frau eifersüchtig und wusste, dass sie sich darauf freute, zu diesem hochgebildeten Mann zu fahren und ihm etwas vorzuweinen, weil ihr Tränen gut standen. »Und auch dir, lieber Freund«, fuhr er, zu mir gewendet, fort, »rate ich nicht, so Hals über Kopf dahin zu fahren; wer weiß, was das für Folgen hat. Weißt du, mache heute lieber einfach einen Privatbesuch bei Timofej Semjonytsch; das ist ein Mann von altem Schlag und von beschränktem Verstand, aber dabei solide und, was die Hauptsache ist, aufrichtig. Bestelle ihm eine Empfehlung von mir und schildere die Lage der Dinge. Da ich ihm von unserer letzten Whistpartie her noch sieben Rubel schulde, so kannst du ihm bei dieser passenden Gelegenheit die Summe geben; das wird den mürrischen alten Mann freundlicher stimmen. Jedenfalls kann uns sein Rat als Richtschnur dienen. Jetzt aber bringe zunächst Jelena Iwanowna nach Hause ... Beruhige dich, liebe Frau«, fuhr er, sich wieder an sie wendend, fort; »ich bin von all diesem Gerede und Geschrei müde geworden und möchte ein bisschen schlafen. Hier ist es warm und weich, wiewohl ich noch nicht Zeit gehabt habe, mich in dieser mir so unerwarteten Heimstätte umzusehen ...«

»Umzusehen? Hast du es denn dort hell?«, rief Jelena Iwanowna erfreut.

»Mich umgibt undurchdringliche Nacht«, antwortete der arme Gefangene; »aber ich kann umhertasten und mich sozusagen mit den Händen umsehen ... Also leb wohl, sei beruhigt und verzichte nicht auf die gewohnten kleinen Zerstreuungen! Auf morgen! Du aber, Semjon Semjonytsch, komm doch heute Abend wieder zu mir her, und da du ein zerstreuter Mensch bist und es vergessen könntest, so binde dir einen Knoten ins Taschentuch ...«

Ich muss gestehen, ich war ganz froh, wegzukommen, da ich vom Stehen schon recht müde geworden war, zum Teil auch, weil die Sache mich zu langweilen begann. Schnell bot ich der betrübten, aber durch die Aufregung noch schöner gewordenen Jelena Iwanowna meinen Arm und verließ eilig mit ihr das Krokodilzimmer.

»Am Abend müssen Sie wieder fünfundzwanzig Kopeken Eintritt zahlen!«, rief uns der Besitzer nach.

»Mein Gott, wie habsüchtig er ist!«, sagte Jelena Iwanowna, die in jeden Wandspiegel in der Passage blickte und sich offenbar dessen bewusst war, dass sie noch schöner geworden war.

»Das sind eben die ökonomischen Maximen«, erwiderte ich in leiser Erregung; ich war den Passanten gegenüber stolz auf meine Dame.

»Die ökonomischen Maximen ...«, sagte sie gedehnt mit ihrem angenehm klingenden Stimmchen; »ich habe nichts von dem verstanden, was Iwan Matwejitsch vorhin über diese grässlichen ökonomischen Maximen gesagt hat.«

»Ich werde es Ihnen erklären«, versetzte ich und begann ihr unverzüglich darzulegen, welche wohltätige Wirkung die Heranziehung ausländischen Kapitals für unser Vaterland haben werde, worüber ich erst am selben Morgen etwas in der »Peterburgskije iswestija« und im »Wolos« gelesen hatte.

»Wie sonderbar das alles ist!«, unterbrach sie mich, nachdem sie ein Weilchen zugehört hatte. »Aber hören Sie nur damit auf, Sie langweiliger Mensch, was reden Sie da für törichtes Zeug ... Sagen Sie, ich bin wohl sehr rot?«

»Sie sind nicht sehr rot, sondern sehr schön!«, erwiderte ich, die Gelegenheit nutzend, ihr ein Kompliment zu machen.

»Sie Schäker!«, lispelte sie selbstzufrieden. »Der arme Iwan Matwejitsch!«, fügte sie nach einer kleinen Pause hinzu und neigte dabei ihr Köpfchen kokett zur Seite. »Er tut mir wahrhaftig leid. Ach, mein Gott«, rief sie plötzlich, »sagen Sie nur: Wie wird er denn heute dort zu Mittag speisen, und ... und ... was wird er denn tun, wenn ihn ein Bedürfnis ankommt?«

»Das ist eine unvorhergesehene Schwierigkeit«, antwortete ich, ebenfalls verblüfft. »Das war mir wirklich noch nicht eingefallen; da sieht man, dass die Frauen
in Fragen des praktischen Lebens klüger sind als wir Männer!«

»Der Arme, wie er nur da hineingeraten ist ... und er hat nun keinerlei Zerstreuungen, und es ist dunkel ... Wie ärgerlich, dass ich keine Fotografie von ihm
habe ... Also bin ich jetzt gewissermaßen Witwe«, fügte sie mit einem bezaubern-
den Lächeln hinzu; ihr neuer Stand war ihr augenscheinlich sehr interessant.
»Hm ... aber, trotz alledem, er tut mir leid ...« Kurz, es kam die sehr begreifliche,
natürliche Sehnsucht einer jungen, interessanten Frau nach ihrem verlorenen
Mann zum Ausdruck. Ich brachte sie endlich nach Hause, beruhigte sie, speiste
mit ihr zu Mittag, trank noch mit ihr ein Tässchen aromatisch duftenden Kaffee
und begab mich um sechs Uhr zu Timofej Semjonytsch, da ich mir sagte, dass um
diese Zeit alle Ehemänner, die eine feste Anstellung haben, jetzt zu Hause sitzen
oder liegen.

Nachdem ich dieses erste Kapitel in einem dem erzählten Ereignis angemessenen Stil geschrieben habe, beabsichtige ich, mich im Folgenden eines zwar nicht
so hohen, aber dafür natürlichen Stils zu bedienen, wovon ich den Leser im Voraus benachrichtige.

2

Der hochverehrte Timofej Semjonytsch empfing mich anscheinend in Eile und gewissermaßen ein wenig verlegen. Er führte mich in sein enges Arbeitszimmer und
machte die Tür fest zu; »damit uns die Kinder nicht stören«, sagte er mit sichtlicher
Unruhe. Dann ließ er mich auf einem Stuhl bei seinem Schreibtisch Platz nehmen,
setzte sich selbst in einen Lehnsessel, schlug die Schöße seines alten wattierten
Schlafrocks übereinander und nahm für jeden Fall eine amtliche, beinahe strenge
Miene an, obgleich er gar nicht mein oder Iwan Matwejitschs Vorgesetzter war,
sondern bisher als gewöhnlicher Kollege, ja als guter Bekannter gegolten hatte.

»Vor allen Dingen«, begann er, »wollen Sie im Auge behalten, dass ich kein Vorgesetzter bin, sondern genauso ein Untergebner wie Sie und wie Iwan Matwejitsch ... Ich bin unbeteiligt und beabsichtige nicht, mich in irgendetwas einzumi-
schen.« Ich wunderte mich darüber, dass er anscheinend schon alles wusste.
Trotzdem erzählte ich ihm von neuem die ganze Geschichte in allen Einzelheiten.
Ich sprach sogar mit einer gewissen Erregung; erfüllte ich doch in diesem Augenblick die Pflicht eines wahren Freundes. Er hörte mich ohne besondere Verwunderung, aber mit deutlichen Zeichen des Misstrauens an. »Denken Sie sich«, sagte
er, nachdem ich geendet hatte, »ich hatte immer vermutet, dass ihm gerade dies
einmal passieren werde.«

»Warum denn, Timofej Semjonytsch? Der Fall ist doch an und für sich ein sehr ungewöhnlicher ...«

»Das gebe ich zu. Aber Iwan Matwejitsch neigte während seiner ganzen dienstlichen Laufbahn gerade zu einem solchen Resultat. Er ist zu rasch, geradezu hitzig. Immer redete er von Fortschritt, und dann hatte er so allerlei Ideen; da sieht man's, wohin einen der Fortschritt führt!«

»Aber dieser Fall ist doch ein höchst ungewöhnlicher, und man kann ihn doch nicht als allgemeine Regel für alle fortschrittlichen Leute hinstellen ...«

»Es ist doch, wie ich sage. Sehen Sie, das kommt von der übermäßigen Bildung, glauben Sie mir! Denn die übermäßig gebildeten Leute stecken ihre Nase überall hinein und besonders dahin, wo sie kein Mensch darum gebeten hat. Übrigens verstehen Sie das vielleicht besser als ich«, fügte er hinzu, als fühlte er sich gekränkt. »Ich bin ein alter Mann und nicht sehr gebildet; ich bin der Sohn eines gemeinen Soldaten und begehe in diesem Jahr mein fünfzigjähriges Dienstjubiläum.«

»Nicht doch, Timofej Semjonytsch, ich bitte Sie! Im Gegenteil, Iwan Matwejitsch bittet Sie inständig um Ihren Rat, bittet Sie inständig, ihn zu leiten und zu führen. Er bittet Sie darum sozusagen unter Tränen.«

»Sozusagen unter Tränen! Hm! Nun, das sind wohl Krokodilstränen, und man kann ihnen nicht so ganz trauen. Aber sagen Sie mir, warum zog es ihn denn so ins Ausland? Und wie wollte er die Reise bezahlen? Er besitzt doch keine Mittel.«

»Er hatte sich von den letzten Gratifikationen ein Sümmchen zusammengespart, Timofej Semjonytsch«, antwortete ich in mitleidigem Ton. »Er wollte ja nur auf drei Monate verreisen – in die Schweiz, in die Heimat Wilhelm Teils.«

»Wilhelm Teils? Hm!«

»In Neapel wollte er den Frühling begrüßen. Er wollte sich die Museen, die Sitten, die Tiere ansehen »Hm! Die Tiere? Meiner Ansicht nach wollte er einfach aus Stolz hin. Was denn für Tiere? Tiere! Gibt es denn bei uns zu wenig Tiere? Wir haben hier Menagerien, Museen, Kamele. Bären kommen dicht bei Petersburg vor. Und da hat er sich nun selbst in ein Krokodil hineingesetzt ...«

»Timofej Semjonytsch, erbarmen Sie sich! Da ist ein Mensch im Unglück; er nimmt seine Zuflucht zu Ihnen als zu einem Freund, einem älteren Verwandten; er bittet Sie um Rat, und Sie machen ihm Vorwürfe ... Haben Sie doch wenigstens mit der unglücklichen Jelena Iwanowna Mitleid!«

»Sie meinen seine Frau? Eine interessante junge Dame!«, sagte Timofej Semjonytsch, der offensichtlich in eine sanftere Stimmung geriet und mit Genuss eine Prise nahm. »Eine elegante Person! Und sie hat so eine hübsche Fülle, und das Köpfchen hält sie immer so geneigt, so geneigt ... Sehr nett. Andrej Ossipytsch sprach noch vorgestern von ihr.«

»Er sprach von ihr?«

»Allerdings, und in sehr schmeichelhaften Ausdrücken. ›Welch eine Büste‹, sagte er, ›welch ein Blick, was für eine schöne Frisur! Ein Dämchen wie aus Marzipan!‹, und dabei lachte er. Das sind eben noch junge Leute.« Timofej Semjonytsch schnäuzte sich geräuschvoll die Nase. »Er ist eben ein junger Mann, und was solche für eine Karriere machen ...«

»Aber das ist doch etwas ganz anderes, Timofej Semjonytsch!«

»Gewiss, gewiss!«

»Also was meinen Sie nun, Timofej Semjonytsch?«

»Ja, was kann ich denn dabei tun?«

»Geben Sie ihm einen Rat, führen und leiten Sie wie ein erfahrener Mann, als wären Sie sein Verwandter! Was sollen wir unternehmen? Sollen wir uns an die Behörde wenden oder ...«

»An die Behörde? Auf keinen Fall!«, erwiderte Timofej Semjonytsch eilig. »Wenn Sie einen Rat wollen, so würde ich sagen: Vor allen Dingen muss man die Sache vertuschen und sozusagen nur als Privatperson handeln. Es ist ein verdächtiger Fall, ein noch nie da gewesener Fall. Das ist die Hauptsache, dass es ein noch nie da gewesener Fall ist, dass es keinen Präzedenzfall gibt, und das ist eine schlechte Empfehlung ... Darum vor allen Dingen Vorsicht! Mag er da still für sich liegen bleiben! Man muss abwarten, abwarten ...«

»Aber wie sollen wir denn abwarten, Timofej Semjonytsch? Wenn er nun erstickt?«

»Wie wird er denn? Ich meine, Sie sagen, dass er sich da ganz komfortabel eingerichtet habe?«

Ich erzählte ihm alles noch einmal. Timofej Semjonytsch dachte ein Weilchen nach.

»Hm!«, sagte er dann, die Tabaksdose in der Hand drehend. »Meiner Ansicht nach ist es sogar ganz gut, dass er dort eine Zeit lang liegt, statt im Ausland herumzureisen. Mag er dort in Muße nachdenken; selbstverständlich soll er nicht ersticken; daher muss er angemessene Maßregeln zur Erhaltung seiner Gesundheit treffen, sich zum Beispiel vor Husten in acht nehmen usw. ... Was aber den Deutschen anlangt, so befindet sich der nach meiner persönlichen Ansicht im Recht, mehr als die Gegenpartei; denn in sein Krokodil ist, jemand ohne Erlaubnis hineingekrochen und nicht er ohne Erlaubnis in das Krokodil Iwan Matwejitschs, der übrigens, soviel ich mich erinnern kann, überhaupt kein Krokodil besessen hat. Nun aber bildet ein Krokodil einen Besitz; also kann man es nicht ohne Entschädigung aufschneiden.«

»Aber wo es sich um die Rettung eines Menschen handelt, Timofej Semjonytsch!«

»Nun, das ist Sache der Polizei. An die müssen Sie sich wenden.«

»Aber möglicherweise wird Iwan Matwejitsch im Amt benötigt; vielleicht wird nach ihm geschickt ...«

»Iwan Matwejitsch im Amt benötigt? Haha! Überdies gilt er ja als beurlaubt; also können wir ihn ignorieren, und er kann sich da die Länder Westeuropas ansehen. Etwas anderes wäre es, wenn er nach Ablauf seines Urlaubs nicht wieder erschiene; dann allerdings würden wir uns nach ihm erkundigen, Nachforschungen anstellen ...«

»Drei Monate! Ich bitte Sie, Timofej Semjonytsch!«

»Das ist seine eigene Schuld. Na, wer hat ihn geheißen, da hineinzusteigen? Da müsste ihm der Staat womöglich eine Kinderfrau halten; das ist im Etat nicht vorgesehen. Die Hauptsache aber ist: Ein Krokodil ist ein Besitzgegenstand; also treten hier die sogenannten ökonomischen Maximen in Aktion. Und die ökonomischen Maximen gehen über alles. Noch vorgestern sprach Ignati Prokofjitsch auf der Abendgesellschaft bei Luka Andrejitsch darüber. Kennen Sie Ignati Prokofjitsch? Er ist Kapitalist, Geschäftsmann und spricht sehr vernünftig, wissen Sie. ›Wir brauchen Industrie‹, sagt er; ›Industrie gibt es bei uns zuwenig. Wir müssen sie erzeugen. Wir müssen Kapitalien erzeugen; wir müssen einen Mittelstand, eine sogenannte Bourgeoisie, erzeugen. Da wir aber keine Kapitalien haben, so heißt das, wir müssen sie aus dem Ausland heranziehen. Wir müssen erstens den ausländischen Gesellschaften freie Bahn machen, die unser Land zu großen Teilen aufkaufen wollen, wie jetzt überall im Ausland versichert wird. Der Gemeindebesitz, das ist für uns Gift‹, sagt er; ›das ist unser Verderben!‹ Und, wissen Sie, er redet mit solchem Feuer; na, ihm steht das gut; er ist eben Kapitalist ... und kein Beamter. ›Mit Gemeindebesitz‹, sagt er, ›kann man weder die Industrie noch die Landwirtschaft hochbringen. Die ausländischen Gesellschaften‹, sagt er, ›müssen nach Möglichkeit unser ganzes Land in großen Stücken kaufen, und dann müssen sie es parzellieren, parzellieren, parzellieren in möglichst kleine Teile‹, und, wissen Sie, das sagt er mit solcher Energie: ›Parrrzellieren‹, sagt er, ›und dann als persönliches Eigentum verkaufen. Oder auch nicht verkaufen, sondern einfach verpachten. Wenn das ganze Land‹, sagt er, ›in den Händen der ausländischen Gesellschaften sein wird, dann kann man jeden beliebigen Pachtpreis ansetzen. Folglich wird der Bauer dreimal so viel arbeiten, um nur sein täglich Brot zu haben, und sobald man es für zweckmäßig hält, kann man ihn fortjagen. Das wird er schon merken und wird gehorsam und fleißig sein und für dasselbe Geld dreimal so viel arbeiten. Aber jetzt bei der Gemeindewirtschaft, worum braucht er sich da zu kümmern? Er weiß, dass er nicht Hungers sterben wird; na, da faulenzt er eben und säuft. Aber bei jenem andern System wird Geld bei uns eingeschleust und Kapitalien herangezogen, und es bildet sich eine Bourgeoisie. Da hat die englische politische und literarische Zeitung »Times« in einem Artikel über unsere Finanzen neulich dargelegt, dass unsere Finanzlage sich darum nicht bessert, weil bei uns kein Mittelstand und keine dicken Portemonnaies und keine arbeitswilligen Proletarier vorhanden sind ... ‹ Ignati Prokofjitsch spricht sehr gut. Er ist geradezu ein Redner. Er will selbst ein Promemoria bei der Behörde einreichen und dann in den ›Peterburgskije iswestija‹ drucken lassen. Das ist etwas anderes als die Verschen, die Iwan Matwejitsch schreibt ...«

»Also wie soll sich denn nun Iwan Matwejitsch verhalten?«, fiel ich ein, nachdem ich den alten Mann so lange hatte schwatzen lassen. Timofej Semjonytsch erging sich bisweilen gern in sehr ausführlichen Reden, um damit zu zeigen, dass er nicht rückständig sei und in all diesen Dingen Bescheid wisse.

»Wie sich Iwan Matwejitsch verhalten soll? Darauf ziele ich ja eben ab. Wir selbst sind eifrig bemüht, ausländisches Kapital in unser Vaterland zu ziehen, und nun urteilen Sie selbst: Kaum hat sich das Kapital eines herbeigelockten Krokodilbesitzers durch Iwan Matwejitsch verdoppelt, da möchten wir, statt den ausländischen Besitzer zu protegieren, ganz im Gegenteil seinem Anlagekapital den Bauch aufschlitzen! Nun, ist das folgerichtig? Meiner Ansicht nach sollte Iwan Matwejitsch als wahrer Sohn des Vaterlandes sich sogar darüber freuen und darauf stolz sein, dass er durch seine Person den Wert des ausländischen Krokodils verdoppelt, ja vielleicht verdreifacht hat. Das ist zur Heranziehung von Kapital notwendig. Gelingt es einem, dann wird flugs auch ein zweiter mit einem Krokodil herkommen; ein dritter wird gar zwei oder drei zugleich mitbringen, und um diese werden sich dann die Kapitalien weiter gruppieren. So entsteht eine Bourgeoisie. Diese Entwicklung muss man fördern.«

»Ich bitte Sie, Timofej Semjonytsch!«, rief ich. »Sie verlangen ja von dem armen Iwan Matwejitsch eine fast widernatürliche Selbstaufopferung!«

»Ich verlange gar nichts und bitte Sie vor allem, wie ich es schon vorhin getan habe, im Auge zu behalten, dass ich keine Behörde bin und daher von niemandem etwas zu verlangen habe. Ich spreche einfach als Sohn des Vaterlandes, das heißt nicht als ›Sohn des Vaterlandes‹, sondern sozusagen ohne Anführungszeichen. Noch einmal frage ich: Wer hat ihn geheißen, in das Krokodil zu kriechen? Er ist ein Mann in soliden Verhältnissen, ein Beamter von achtbarem Rang, er lebt in gesetzlicher Ehe, und da begeht er auf einmal einen solchen Schritt! Ist das folgerichtig?«

»Aber dieser Schritt vollzog sich doch durch Zufall!«

»Wer weiß das? Und dann: Aus welchem Fonds sollte dem Krokodilbesitzer die Entschädigung bezahlt werden? Das sagen Sie mal!«

»Ginge es nicht durch einen Abzug vom Gehalt, Timofej Semjonytsch?«

»Wird das reichen?«

»Nein, es wird nicht reichen, Timofej Semjonytsch«, erwiderte ich traurig. »Der Krokodilbesitzer bekam zuerst einen Schreck, weil er fürchtete, das Tier werde platzen; aber als er sich dann überzeugte, dass alles glücklich ablief, setzte er sich aufs hohe Pferd und freute sich, dass er den Eintrittspreis verdoppeln könne.«

»Vielleicht verdreifachen, vervierfachen! Jetzt wird das Publikum herbeiströmen, und die Krokodilbesitzer sind ein geriebenes Völkchen. Außerdem ist jetzt gerade die Jahreszeit, zu der man sich alle möglichen Amüsements gönnt. Und darum wiederhole ich: Vor allen Dingen mag Iwan Matwejitsch inkognito beobachten und nichts übereilen! Mögen meinetwegen alle wissen, dass er in dem Krokodil steckt; aber sie brauchen es nicht amtlich zu wissen. In dieser Hinsicht befindet sich Iwan Matwejitsch sogar in besonders günstiger Lage, weil er als Auslandsreisender gilt. Wenn man uns sagt, dass er sich in dem Krokodil befindet, so werden wir es nicht glauben. Das lässt sich arrangieren. Die Hauptsache ist, dass er wartet; und was hätte er auch für einen Grund zur Eile?«

»Aber wenn er nun ...«

»Beunruhigen Sie sich nicht; er hat eine kräftige Konstitution.«

»Nun, und dann, wenn er wartet?«

»Ja, ich will Ihnen nicht verhehlen, dass es ein äußerst kritischer Fall ist. Man hat keinen Maßstab; das Schlimmste ist, dass es bisher noch keinen Präzedenzfall gegeben hat. Hätten wir einen Präzedenzfall, dann könnte man sich noch einigermaßen leiten lassen. Aber so – wie soll man hier entscheiden? Wenn man erst anfängt zu überlegen, dann zieht sich die Sache sehr in die Länge.«

Ein glücklicher Gedanke blitzte in meinem Kopf auf.

»Könnte man es nicht so einrichten«, sagte ich, »wenn es ihm nun einmal beschieden ist, in den Eingeweiden des Untiers zu stecken, und nach dem Willen der Vorsehung sein Leben erhalten bleibt, dass er dann ein Gesuch einreicht mit der Bitte, ihn als Beamten weiter zu führen?«

»Hm ... vielleicht in Form eines unbezahlten Urlaubs?«

»Nein, ginge es nicht mit Gehalt?«

»Wie ließe sich das begründen?«

»Man könnte ja sagen, er sei abkommandiert ...«

»Wohin und wozu?«

»In die Eingeweide, in die Eingeweide des Krokodils ... Sozusagen zu Nachforschungen, zur Feststellung von Tatsachen an Ort und Stelle. Das wäre allerdings etwas Neues, aber es wäre doch fortschrittlich und würde gleichzeitig dokumentieren, wie sehr die Behörde für Aufklärung sorgt ...«

Timofej Semjonytsch dachte nach.

Schließlich sagte er: »Einen besonderen Beamten in die Eingeweide eines Krokodils abzukommandieren, mit besondern Aufträgen, das ist meiner persönlichen Ansicht nach abgeschmackt. Im Etat ist so etwas nicht vorgesehen. Und was könnten dort auch für Aufträge auszurichten sein?«

»Nun, sozusagen zum Naturstudium an Ort und Stelle, am lebenden Objekt. Heutzutage sind ja die Naturwissenschaften obenauf, die Botanik usw. ... Er könnte dort wohnen und Berichte erstatten, sagen wir über die Verdauung oder über die dort herrschenden Regeln; einfach zur Faktensammlung.«

»Das fällt in das Gebiet der Statistik. Nun, darin liegt nicht meine Stärke; und ein Philosoph bin ich auch nicht. Sie sagen, Fakten, aber wir sind ohnehin schon mit Fakten überhäuft und wissen nicht, was wir damit anfangen sollen. Zudem ist diese Statistik gefährlich ...«

»Wieso denn?«

»Ja, sie ist gefährlich. Und dazu kommt noch, dass er diese Fakten liefern wird, während er auf der faulen Haut liegt, das müssen Sie zugeben. Aber kann man denn seinen Dienst als Beamter tun, wenn man auf der faulen Haut liegt? Das wäre auch eine Neuerung, und zudem eine gefährliche; und dafür mangelt es wieder an einem Präzedenzfall. Ja, wenn Sie uns wenigstens irgendeinen kleinen Präzedenzfall beibringen könnten, dann wäre es meiner Ansicht nach vielleicht möglich, ihn abzukommandieren.«

»Aber es sind ja bisher auch noch keine lebenden Krokodile hergebracht worden, Timofej Semjonytsch.«

»Hm! Ja ...« Er dachte wieder nach. »Dieser Ihr Einwand ist allerdings berechtigt und könnte sogar als Grundlage zur weiteren Behandlung der Sache dienen. Aber ziehen Sie wiederum auch folgendes in Betracht: Wenn mit dem Erscheinen lebender Krokodile die Beamten zu verschwinden anfangen und dann, weil es da warm und weich ist, dorthin abkommandiert werden wollen und sich dann auf die faule Haut legen, dann würde das ein schlechtes Beispiel sein, das müssen Sie selbst sagen. Am Ende wird jeder da hineinkriechen, um sein Gehalt ohne Arbeit zu bekommen.«

»Bitte, seien Sie uns behilflich, Timofej Semjonytsch! Apropos: Iwan Matwejitsch bat mich, Ihnen seine kleine Spielschuld einzuhändigen, sieben Rubel, vom Whist ...«

»Ach ja, das war neulich bei Nikifor Nikiforytsch! Ich erinnere mich. Und wie lustig er damals war; er brachte uns alle zum Lachen. Und jetzt ...«

Der Alte war aufrichtig gerührt.

... »Seien Sie uns behilflich, Timofej Semjonytsch!«

»Ich will mir alle Mühe geben. Ich will mit den maßgebenden Personen darüber reden, als ob ich es rein persönlich täte, so ganz privatim, nur um mich zu erkundigen. Übrigens, bringen Sie doch einmal so ganz inoffiziell, im Stillen, in Erfahrung, welchen Preis der Besitzer für sein Krokodil nehmen würde.«

Timofej Semjonytsch war augenscheinlich freundlicher geworden.

»Das werde ich unbedingt tun«, antwortete ich, »und dann sogleich mit der Rechnung zu Ihnen kommen.«

»Seine Frau ist wohl jetzt allein? Langweilt sie sich?«

»Sie sollten Ihr einen Besuch machen, Timofej Semjonytsch.«

»Das will ich tun; ich habe schon vorhin daran gedacht, und es ist ja auch ein passender Anlass ... Wie er nur auf den verdrehten Gedanken gekommen ist, sich das Krokodil anzusehen. Übrigens möchte ich es mir auch selbst ansehen.«

»Besuchen Sie den Armen doch, Timofej Semjonytsch!«

»Ja, das werde ich. Allerdings möchte ich durch diesen meinen Schritt bei ihm keine Hoffnungen wecken. Ich werde nur als Privatperson hingehen ... Nun also, auf Wiedersehen! Ich bin heute wieder bei Nikifor Nikiforytsch; sind Sie auch da?«

»Nein, ich muss zu dem Gefangenen.«

»Ja, ja, da heißt es jetzt Gefangenenbesuche machen! ... Ach, so ein Leichtsinn!«

Ich empfahl mich dem alten Herrn. Mancherlei Gedanken gingen mir durch den Kopf. Timofej Semjonytsch war ja ein guter und ehrenhafter Mensch; aber als ich von ihm fortging, freute ich mich doch, dass er schon bald sein fünfzigjähriges Jubiläum feierte und Männer seines Schlages bei uns jetzt eine Seltenheit geworden sind. Selbstverständlich eilte ich sofort zur Passage, um dem armen Iwan Matwejitsch alles mitzuteilen. Auch plagte mich die Neugier, wie er sich in dem Krokodil eingerichtet haben mochte und wie er dort lebte. Konnte man denn überhaupt in einem Krokodil leben? Manchmal schien es mir wahrhaftig, als sei das nur ein ungeheuerlicher Traum, umso mehr, als es sich dabei um ein Ungeheuer handelte ...

3

Und doch war es kein Traum, sondern tatsächliche, unzweifelhafte Wirklichkeit. Wie würde ich es denn auch sonst erzählen! Aber ich fahre fort:

Als ich in die Passage kam, war es schon spät, gegen neun Uhr, und ich musste in das Krokodillokal durch eine Hintertür gehen, da der Deutsche seine Schaustellung diesmal früher als sonst geschlossen hatte. Er ging in einem alten, speckigen Hausrock auf und ab, war aber noch weit zufriedener als am Vormittag. Man konnte ihm ansehen, dass er keine Befürchtungen mehr hegte und dass das Publikum sich zahlreich eingestellt hatte. Seine Frau kam erst später zu uns herein, offenbar um auf mich aufzupassen. Der Deutsche flüsterte häufig mit ihr. Obwohl die Schaustellung schon geschlossen war, nahm er mir doch fünfundzwanzig Kopeken Eintrittsgeld ab. Was für eine unnötige Ordnungsliebe!

»Sie müssen jedes Mal bezahlen; das Publikum bezahlt einen Rubel, Sie aber nur fünfundzwanzig Kopeken, weil Sie ein guter Freund Ihres guten Freundes sind und ich vor einem Freund Respekt habe ...«

»Lebt er, lebt mein hochgebildeter Freund noch?«, rief ich laut, als ich an das Krokodil herantrat; ich hoffte, meine Worte würden zu Iwan Matwejitschs Ohr gelangen und seiner Eitelkeit schmeicheln.

»Ich lebe und bin gesund«, antwortete er. Es klang, als spräche er aus weiter Ferne oder durch ein Bettkissen hindurch, obwohl ich dicht neben ihm stand. »Ich lebe und bin gesund; aber davon nachher; wie stehen die Dinge?«

Ich begann absichtlich, als hätte ich die Frage überhört, ihn meinerseits teilnahmsvoll und eilig zu befragen: Wie es ihm gehe, was er mache, wie ihm in dem Krokodil zumute sei und wie es überhaupt im Innern des Krokodils aussehe. Das verlangte die Freundschaft und die übliche Höflichkeit. Aber er unterbrach mich eigensinnig und ärgerlich.

»Wie stehen die Dinge?«, schrie er in dem Ton, in dem er mich gewöhnlich anherrschte, mit seiner kreischenden Stimme, die mir diesmal besonders widerwärtig war.

Ich erzählte ihm das ganze Gespräch, das ich mit Timofej Semjonytsch geführt hatte, in allen Einzelheiten. Während ich erzählte, bemühte ich mich, meiner Stimme einen etwas gekränkten Tonfall zu geben.

»Der Alte hat ganz recht«, antwortete Iwan Matwejitsch mit derselben Schroffheit, deren er sich in seinen Gesprächen mit mir stets bediente. »Bin sehr für praktische Leute und kann schlappe, süßliche Kerle nicht ausstehen. Will indes zugeben, dass auch deine Idee mit der Abkommandierung nicht übel ist. Bin in der Tat in der Lage, mancherlei zu berichten, in wissenschaftlicher und in moralischer Hinsicht, Aber das nimmt jetzt alles eine neue, unerwartete Gestalt an, und es lohnt nicht, sich bloß wegen des Gehalts viel Mühe zu machen. Höre aufmerksam zu! Sitzt du?«

»Nein, ich stehe.«

»Setz dich irgendwohin, nötigenfalls auf den Fußboden, und höre aufmerksam zu!«

Ärgerlich ergriff ich einen Stuhl und stieß mit ihm, als ich ihn zurechtstellte, zornig gegen den Boden.

»Höre«, begann er gebieterisch, »das Publikum ist heute scharenweise hergekommen. Am Abend reichte der Raum nicht aus, und die Polizei erschien, um auf Ordnung zu halten. Um acht Uhr, also früher als gewöhnlich, hielt es der Besitzer sogar für nötig, das Lokal zu schließen und die Vorstellung abzubrechen, um das eingenommene Geld zu zählen und sich mit größerer Bequemlichkeit auf morgen vorzubereiten. Kann mir denken, dass morgen hier ein ordentlicher Jahrmarkttrubel sein wird. Also ist die Annahme berechtigt, dass alle gebildeten Leute der Residenz, die Damen der höchsten Gesellschaftskreise, die ausländischen Gesandten, die Juristen und so weiter, sich hier einfinden werden. Und noch mehr: Aus

den entlegensten Provinzen unseres riesigen Reiches werden Neugierige ange-
reist kommen. Und das Resultat wird sein, dass ich der Gegenstand der allgemeinen Beachtung sein und die erste Rolle spielen werde, selbst wenn ich verborgen
bin. Will die müßige Menge belehren. Durch die Erfahrung klüger geworden,
werde ich mich als Beispiel der Geistesgröße und der Demut dem Schicksal gegenüber hinstellen! Werde sozusagen ein Katheder sein, von dem herab ich die
Menschheit belehre. Schon allein die naturwissenschaftlichen Mitteilungen sind
wertvoll, die ich über das Ungeheuer geben kann, in dem ich wohne. Und deshalb
bin ich nicht böse über das, was mir heute passiert ist, sondern hoffe vielmehr fest
auf die glänzendste Karriere.«

»Wird es dir auch nicht langweilig werden?«, fragte ich boshaft.

Am meisten ärgerte ich mich darüber, dass er fast ganz aufgehört hatte, das Für-
wort »ich« zu gebrauchen; so wichtig kam er sich vor. Nichtsdestoweniger konnte
ich mir auf die ganze Sache keinen Vers machen. »Wie kann dieser leichtfertige
Patron sich nur so wichtig tun!«, flüsterte ich zähneknirschend vor mich hin.
»Zum Wichtigtun ist hier doch wahrlich kein Anlass, eher zum Weinen.«

»Nein«, antwortete er scharf auf meine Frage. »Bin nämlich ganz von hohen
Ideen erfüllt; kann erst jetzt in Muße über die Erleichterung des Loses der ganzen
Menschheit nachdenken. Von einem Krokodil wird jetzt die Wahrheit und das
Licht ausgehen. Zweifellos werde ich eine neue, eigene Theorie der neuen ökonomischen Beziehungen aufstellen und werde darauf stolz sein; das habe ich bisher
nicht gekonnt, weil mir die Amtstätigkeit und die vulgären gesellschaftlichen Zerstreuungen keine Zeit dazu ließen. Werde alle Einwände widerlegen und ein
neuer Fourier sein. Apropos, hast du Timofej Semjonytsch die sieben Rubel gegeben?«

»Ja, von meinem Geld«, erwiderte ich und bemühte mich dabei, schon durch
den Tonfall meiner Stimme zum Ausdruck zu bringen, dass ich es von meinem
eigenen Geld bezahlt hatte.

»Ich werde es dir zurückgeben«, versetzte er hochmütig. »Ich erwarte unbedingt eine Gehaltserhöhung; denn wer sollte sonst eine erhalten, wenn nicht ich?
Ich bringe jetzt unermesslichen Nutzen. Aber zur Sache! Meine Frau?«

»Du fragst wohl nach Jelena Iwanownas Befinden?«

»Meine Frau?!«, schrie er noch einmal, diesmal geradezu kreischend.

Es war nichts zu machen! Fügsam, aber wieder mit Zähneknirschen erzählte ich
ihm, wie ich Jelena Iwanowna verlassen hatte. Er mochte mich nicht einmal bis zu
Ende hören. »Habe mit ihr besondere Absichten«, begann er ungeduldig. »Wenn
ich hier berühmt sein werde, so will ich, dass sie dort berühmt sei. Gelehrte, Dichter, Philosophen, zugereiste Mineralogen, Staatsmänner werden, nachdem sie
mich am Morgen konsultiert haben, abends ihren Salon frequentieren. Von der
nächsten Woche an muss bei ihr jeden Abend Empfang sein. Mein verdoppeltes

Gehalt wird ihr die Mittel dazu geben, und da dabei nur Tee gereicht werden sollte, der von zeitweilig gemieteten Bediensteten präsentiert werden kann, so wird es ganz gut gehen. Sowohl hier als auch dort wird man von mir reden. Ich habe längst einen Vorfall herbeigewünscht, dass alle Leute über mich sprechen; aber ich konnte das nicht erreichen, da mir durch meine unbedeutende Stellung und meinen niedrigen Rang die Hände gebunden waren. Jetzt aber ist das alles dadurch gekommen, dass ein Krokodil in ganz gewöhnlicher Weise zugeschnappt hat. Jedes Wort von mir wird Beachtung finden, jeder meiner Aussprüche überdacht, weitergegeben, gedruckt werden. Jetzt werde ich zeigen, wer ich bin! Nun werden die Menschen endlich einsehen, welch ein Genie sie in den Eingeweiden des Ungeheuers haben verschwinden lassen. ›Dieser Mann hätte ein ausländischer Minister sein und ein königliches Reich regieren können‹, werden die einen sagen. ›Und dieser Mann hat kein ausländisches Königreich regiert!‹, werden die andern versetzen. Worin, worin bin ich denn schlechter als ein Garnier-Pagès und ähnliche Leute? ... Meine Frau soll ein Pendant zu mir bilden: Ich zeichne mich durch Verstand aus und sie sich durch Schönheit und Liebenswürdigkeit. ›Sie ist bezaubernd; daher ist sie seine Frau‹, werden die einen sagen. ›Sie ist bezaubernd, weil sie seine Frau ist‹, werden die anderen korrigieren. Jedenfalls soll sich Jelena Iwanowna gleich morgen das Konversationslexikon kaufen, das unter Andrej Krajewskis Redaktion erschienen ist, damit sie über alle Themen reden kann. Vor allen Dingen soll sie täglich den Leitartikel der ›Sankt Peterburgskije iswestija‹ lesen und ihn mit dem im ›Wolos‹ vergleichen. Ich nehme an, dass der Eigentümer des Krokodils seine Zustimmung geben wird, auch mich mitsamt dem Tier manchmal in den glänzenden Salon meiner Frau zu bringen. Ich werde dann mit dem Kasten mitten in dem prächtigen Gästezimmer stehen und mit geistreichen Bemerkungen um mich werfen, die ich mir schon am Vormittag ersinnen kann. Den Staatsmännern werde ich meine Projekte mitteilen, mit den Dichtern in Versen reden; im Verkehr mit den Damen werde ich amüsant und liebenswürdig sein, aber natürlich durchaus moralisch, da ich ja für ihre Männer völlig ungefährlich bin. Allen andern werde ich als ein Beispiel gehorsamer Ergebung in das Schicksal und den Willen der Vorsehung dienen. Meine Frau werde ich zu einem glänzenden Gestirn am literarischen Himmel machen; ich werde sie in den Vordergrund rücken und dem Publikum ihr Wesen erklären; als meine Frau muss sie notwendigerweise die höchsten Vorzüge besitzen, und wenn man mit Recht Andrej Alexandrowitsch unsern russischen Alfred de Musset nennt, so wird man sie mit noch größerem Recht unsere russische Eugénie Tour nennen.«

Ich muss gestehen, dieser Unsinn hatte zwar eine gewisse Ähnlichkeit mit dem, was Iwan Matwejitsch auch sonst zu reden pflegte; aber mir kam doch der Ge-

danke, dass er jetzt vielleicht Fieber habe und fantasiere. Es war dies Iwan Matwejitsch, wie er gewöhnlich und alle Tage war, aber durch ein zwanzigfaches Ver-
größerungsglas gesehen.

»Mein Freund«, fragte ich ihn, »hoffst du denn auf ein langes Leben? Und überhaupt, sag mal: Bist du gesund? Wie isst du, wie schläfst du, wie atmest du? Ich
bin dein Freund, und du musst selbst sagen, dein Fall ist in hohem Grade unna-
türlich und meine Wissbegierde daher nur zu natürlich.«

»Es ist bloß Neugier, weiter nichts«, antwortete er schroff; »aber du sollst zufrie-
dengestellt werden. Du fragst, wie ich mich in den Eingeweiden des Untiers eingerichtet habe? Erstens hat sich zu meiner Verwunderung herausgestellt, dass das
Krokodil völlig leer ist. Sein Inneres besteht sozusagen aus einem großen, leeren
Sack aus Gummi, in der Art der Gummiwaren, die in der Gorochowaja, der
Morskaja und, wenn ich nicht irre, auf dem Wosnessenski-Prospekt angeboten
werden. Du musst dir doch selbst sagen: Könnte ich wohl sonst in ihm Platz finden?«

»Ist es möglich?«, rief ich in begreiflicher Verwunderung. »Ist das Krokodil
wirklich völlig leer?«

»Völlig«, versetzte Iwan Matwejitsch streng und nachdrücklich. »Und aller
Wahrscheinlichkeit nach beruht diese Einrichtung auf den Naturgesetzen selbst.
Das Krokodil besitzt nur einen Rachen, der mit spitzen Zähnen besetzt ist, und zu
dem Rachen noch einen sehr langen Schwanz; das ist alles, tatsächlich alles. In der
Mitte zwischen diesen beiden Endstücken befindet sich ein leerer Raum, der mit
einer Art Kautschuk umspannt ist; wahrscheinlich ist es tatsächlich Kautschuk.«

»Aber die Rippen, der Magen, die Därme, die Leber, das Herz?«, unterbrach ich
ihn direkt ingrimmig.

»Nichts, überhaupt nichts davon ist hier vorhanden, und sicher ist auch nie so
etwas vorhanden gewesen. All das ist nur müßige Fantasie leichtfertiger Reisen-
der. In derselben Weise wie ein Hämorrhoidarius sein Gummikissen aufbläst,
kann ich jetzt das Krokodil aufblasen. Es ist unglaublich dehnbar. Sogar du könntest als Hausfreund neben mir Platz finden, wenn du solchen Großmut besäßest,
und auch dann würde Raum übrig sein. Ich denke sogar daran, zur Not Jelena
Iwanowna hier hereinkommen zu lassen. Übrigens deckt sich diese Beschaffenheit
des Krokodils durchaus mit den Lehren der Naturwissenschaft. Denn gesetzt den
Fall, es würde dir die Aufgabe gestellt, ein neues Krokodil zu konstruieren, so
würde natürlich die Frage auftreten: Welche ist die Haupteigenschaft des Krokodils? Die Antwort ist klar: dass es Menschen verschlingt. Wie kann man nun durch
die Konstruktion erreichen, dass es imstande ist, Menschen zu verschlingen? Die
Antwort ist noch klarer: dadurch, dass man in ihm einen leeren Raum konstruiert.
Die Physik hat schon längst festgestellt, dass die Natur keine Leere duldet. In
Übereinstimmung damit muss das Innere des Krokodils leer sein, damit das Tier

die Leere nicht duldet und folglich alles, was kommt, verschlingt und sich damit anfüllt. Und das ist die einzige vernünftige Ursache, warum alle Krokodile uns Menschen verschlingen. Anders verhält es sich mit der Konstruktion des menschlichen Organismus: Je leerer zum Beispiel der Kopf eines Menschen ist, umso weniger hat er das Verlangen, sich anzufüllen; das ist die einzige Ausnahme von der allgemeinen Regel. All das ist mir jetzt sonnenklar; zu dieser Einsicht bin ich durch den eigenen Verstand und durch die Erfahrung gelangt, indem ich mich sozusagen in den Eingeweiden der Natur, in ihrer Retorte befinde und auf ihren Pulsschlag lausche. Sogar die Etymologie passt zu meiner Ansicht; denn selbst der Name ›Krokodil‹ bedeutet Gefräßigkeit. Krokodil, crocodillo, ist offenbar ein italienisches Wort, das vielleicht aus der Zeit der ägyptischen Pharaonen stammt und öffenbar von dem französischen Verbum croquer herkommt, das ›knabbern‹ und überhaupt ›als Nahrung gebrauchen‹ bedeutet. All dies beabsichtige ich dem in Jelena Iwanownas Salon versammelten Publikum in einer ersten Vorlesung vorzutragen, sobald man mich in dem Kasten dorthin transportiert hat.«

»Lieber Freund, möchtest du nicht jetzt wenigstens ein Abführmittel nehmen?«, rief ich unwillkürlich. Er fiebert, er fiebert, er redet im Fieber, dachte ich erschrocken.

»Unsinn!«, antwortete er verächtlich. »Und überdies wäre das in meiner jetzigen Situation ganz unangebracht. Übrigens wusste ich es halb im Voraus, dass du von einem Abführmittel zu reden anfangen würdest.«

»Aber, lieber Freund, wie ... wie nimmst du denn jetzt Nahrung zu dir? Hast du heute zu Mittag gegessen?«

»Nein, aber ich bin satt und werde höchstwahrscheinlich jetzt nie mehr Nahrung brauchen. Und das ist ebenfalls völlig verständlich: Indem ich mit meiner Person das Innere des Krokodils ausfülle, mache ich das Tier für immer satt. Jetzt braucht es mehrere Jahre nicht gefüttert zu werden. Andererseits, da es selbst von meiner Person satt ist, gibt es natürlicherweise auch mir von allen Lebenskräften aus seinem Körper ab, das ist etwa so wie bei manchen raffinierten Koketten, die ihren Körper zur Nacht mit rohen Koteletts bedecken und dann nach dem morgendlichen Bad frisch, elastisch, vollblütig und verführerisch sind. Auf diese Weise empfange ich, während ich mit meiner Person das Krokodil ernähre, umgekehrt auch von ihm Nahrung; also ernähren wir uns wechselseitig. Aber da es sogar für ein Krokodil schwer ist, einen solchen Menschen wie mich zu verdauen, so muss es selbstverständlich dabei ein gewisses Magendrücken empfinden (obwohl es gar keinen Magen hat), und dies ist der Grund, weshalb ich mich nur selten von einer Seite auf die andere drehe, um dem Ungeheuer nicht unnötig Schmerz zu bereiten. Ich könnte mich zwar umdrehen, unterlasse es aber aus Humanität. Das ist das einzige Übel an meiner jetzigen Lage, und in gewissem Sinne hat Timofej Semjonytsch recht, wenn er von mir sagt, ich läge auf der faulen Haut.

Aber ich werde zeigen, dass man dem Schicksal der Menschheit eine andere Wendung geben kann, auch wenn man bequem auf der faulen Haut liegt. Alle großen Ideen und Richtungen unserer Zeitungen und Journale sind offenbar von Leuten geschaffen, die sich in dieser Haltung befanden, deshalb nennt man sie auch Stubengelehrte, aber es spielt keine Rolle, dass sie so heißen! Ich erfinde jetzt ein vollkommenes soziales System, und du glaubst gar nicht, wie leicht das ist! Man braucht sich nur allein in einen Winkel zurückzuziehen oder in ein Krokodil hineinzusteigen und die Augen zu schließen, und sogleich erfindet man ein vollkommenes Paradies für die ganze Menschheit. Vorhin, als ihr weggegangen wart, habe ich mich sofort ans Erfinden gemacht und schon drei Systeme erfunden; jetzt beschäftige ich mich mit dem vierten. Allerdings muss man zuerst alles Umstürzen; aber vom Innern eines Krokodils aus ist so ein Umsturz ganz leicht zu bewerkstelligen! Ja, noch mehr: vom Innern eines Krokodils aus wird alles gewissermaßen deutlicher sichtbar ... Übrigens gibt es in meiner Situation doch noch einzelne, wenn auch nur unbedeutende Mängel: Im Innern des Krokodils ist es etwas feucht, und alles ist von Schleim überzogen; auch riecht es ein bisschen nach Gummi, ganz wie meine Überschuhe vom Vorjahr. Aber das ist alles, weiter ist nichts Unangenehmes vorhanden.«

»Iwan Matwejitsch«, unterbrach ich ihn, »all das klingt so wunderbar, dass ich es kaum glauben kann. Hast du wirklich die Absicht, dein Leben lang nicht mehr Mittagbrot zu essen?«

»Ach, um was für Torheiten machst du dir Sorgen, du niedrigdenkender Hohlkopf! Ich rede mit dir von großen Ideen, und du ... So wisse denn, dass ich schon allein durch die großen Ideen gesättigt werde, die die Nacht erhellen, die mich umgibt. Übrigens hat der gutherzige Besitzer des Untiers nach Beratung mit seiner gutherzigen Frau schon vorhin beschlossen, jeden Morgen in den Rachen des Krokodils ein pfeifenartig gebogenes Metallröhrchen zu schieben, durch das ich dann Kaffee oder Bouillon mit aufgeweichtem Weißbrot einsaugen kann. Das Röhrchen ist bereits in der Nachbarschaft bestellt; aber meiner Ansicht nach ist das ein überflüssiger Luxus. Ich hoffe, mindestens tausend Jahre zu leben, wenn es richtig ist, dass das Leben der Krokodile so lange dauert. Gut, dass ich daran denke: Sieh doch gleich morgen in einer Naturgeschichte nach und teile mir alles darüber mit; denn ich könnte mich irren und das Krokodil mit einem anderen Mineral verwechseln. Nur ein Gedanke beunruhigt mich: Da ich einen Stoffanzug und Stiefel anhabe, so kann mich das Krokodil offenbar nicht verdauen. Überdies bin ich am Leben und widersetze mich daher dem Verdautwerden mit ganzer Willenskraft; denn es ist begreiflich, dass ich nicht wie jede andere Nahrung verwandelt werden möchte, da dies doch für mich zu erniedrigend wäre. Aber ich fürchte eins: In dem Zeitraum von tausend Jahren wird der Stoff meines Rocks, leider russisches Fabrikat, vielleicht vermodern, und wenn ich dann unbekleidet bin, werde ich möglicherweise trotz meiner Entrüstung allmählich verdaut werden, auch wenn ich das tagsüber um keinen Preis erlauben und zulassen werde, so wird mich doch bei Nacht, im Schlaf, wo der Mensch den Willen nicht regieren kann, das erniedrigende Schicksal einer Kartoffel, eines Pfannkuchens oder eines Kalbsbratens treffen. Diese Vorstellung versetzt mich in Raserei. Schon aus dem Grund müsste man den Zolltarif ändern und den Import englischer Stoffe begünstigen, die haltbarer sind und daher der Natur länger widerstehen werden, falls jemand in ein Krokodil gerät. Bei der ersten Gelegenheit werde ich meinen Gedanken einem Staatsmann und gleichzeitig auch den Redakteuren unserer politischen Petersburger Zeitungen mitteilen. Sie sollen darum ein tüchtiges Geschrei machen! Ich hoffe, dass das nicht der einzige Gedanke sein wird, den sie von mir entlehnen werden. Ich sehe voraus, dass jeden Morgen eine ganze Schar dieser Leute, mit großen Notizbüchern bewaffnet, sich um mich drängen wird, um meine Gedanken über die Depeschen vom Vortag zu erhaschen. Kurz, ich sehe die Zukunft im rosigsten Licht.«

»Hitziges Fieber, hitziges Fieber!«, flüsterte ich vor mich hin. »Und die Freiheit, lieber Feund?«, fragte ich, da ich seine Ansicht vollständig kennenlernen wollte.

»Du befindest dich sozusagen in einem Gefängnis, während der Mensch doch die Freiheit genießen soll.«

»Du bist dumm«, antwortete er. »Die Wilden lieben die Unabhängigkeit; die Weisen lieben die Ordnung; es gibt aber keine Ordnung ohne ...«

»Iwan Matwejitsch, bitte, mäßige dich!«

»Schweig und höre!«, kreischte er, ärgerlich darüber, dass ich ihn unterbrochen hatte. »Noch niemals hat mein Geist in solchen Gefilden gelebt wie jetzt. In meiner engen Behausung fürchte ich nur eins: die literarische Kritik der umfangreichen Zeitschriften und den Spott unserer Witzblätter. Ich fürchte, dass leichtsinnige Besucher, Dummköpfe und Neider und überhaupt die Nihilisten versuchen werden, mich lächerlich zu machen. Aber ich werde dagegen meine Maßnahmen treffen. Mit Ungeduld erwarte ich die morgigen Äußerungen des Publikums und besonders die Meinungen der Tagespresse. Mach mir gleich morgen Mitteilung von dem, was die Zeitungen sagen!«

»Gut; ich werde morgen einen ganzen Packen Zeitungen herbringen.«

»Morgen ist es wohl noch zu früh, auf Äußerungen in den Zeitungen zu warten; solche Veröffentlichungen werden immer erst nach vier Tagen gedruckt. Aber komm von nun an jeden Abend durch die Hintertür vom Hof aus herein! Ich beabsichtige, dich als meinen Sekretär anzustellen. Du sollst mir die Zeitungen und Journale vorlesen, und ich werde dir meine Gedanken diktieren und meine Aufträge geben. Besonders vergiss die Depeschen nicht! Sorge dafür, dass täglich alle europäischen Depeschen hier sind! Aber nun genug; wahrscheinlich möchtest du jetzt schlafen. Geh nach Hause und mach dir keine Gedanken darüber, was ich soeben über die Kritik gesagt habe: Ich fürchte sie nicht; denn sie befindet sich selbst in einer kritischen Lage. Man braucht nur weise und tugendhaft zu sein, dann steht man auch mit Sicherheit auf einem hohen Piedestal. Wenn kein Sokrates, so doch ein Diogenes, oder auch beides zugleich; das wird meine zukünftige Rolle in der menschlichen Gesellschaft sein.«

Mit einer Leichtfertigkeit und Aufdringlichkeit (allerdings fieberte er ja!) beeilte sich Iwan Matwejitsch, mir seine Ansichten darzulegen, wie es jene alten Weiber tun, von denen man sagt, dass sie absolut nicht dichthalten können. Und auch alles, was er mir über das Krokodil mitgeteilt hatte, schien mir sehr verdächtig. Wie sollte es denn möglich sein, dass das Krokodil ganz leer war? Ich möchte wetten, dass er damit nur aus Eitelkeit prahlte und zum Teil auch, um mich zu ärgern. Allerdings war er krank, und einen Kranken soll man respektieren; aber ich gestehe offen, dass ich Iwan Matwejitsch nie leiden konnte. Mein Leben lang, schon seit der Kindheit, wünschte ich, mich von seiner Bevormundung frei zu machen, ohne es jedoch fertigzubringen. Tausendmal wollte ich mich ganz von ihm lossagen, und jedes Mal zog es mich wieder zu ihm, als hätte ich immer gehofft, ihm einmal etwas vorwerfen und mich an ihm rächen zu können. Ein sonderbares Ding, diese Freundschaft! Ich kann positiv sagen, dass ich zu neun Zehnteln aus Hass mit ihm befreundet war. Diesmal schieden wir jedoch in gefühlvoller Weise.

»Ihr Freund ist ein sehr kluger Mensch!«, bemerkte halblaut zu mir der Deutsche, der bereitstand, mich hinauszubegleiten; er hatte die ganze Zeit über unserem Gespräch aufmerksam zugehört.

»Apropos«, sagte ich, »um es nicht zu vergessen: Wie viel würden Sie für Ihr Krokodil verlangen, falls man daran dächte, es Ihnen abzukaufen?«

Iwan Matwejitsch, der meine Frage gehört hatte, wartete gespannt auf die Antwort. Offenbar wünschte er nicht, dass der Deutsche einen geringen Preis fordere; wenigstens räusperte er sich bei meiner Frage auf eine ganz besondere Art.

Zuerst wollte der Deutsche überhaupt nichts davon hören; er wurde sogar ärgerlich.

»Niemand soll es wagen, mir mein Krokodil abzuwerben«, schrie er zornig und wurde dabei rot wie ein gekochter Krebs. »Ich will das Krokodil nicht verkaufen. Ich gebe es nicht für eine Million Taler her. Ich habe heute hundertdreißig Taler vom Publikum eingenommen, und morgen werde ich zehntausend Taler einnehmen und dann täglich hunderttausend Taler. Ich will es nicht verkaufen.«

Iwan Matwejitsch kicherte vor Vergnügen.

Meinen Ärger unterdrückend (denn ich erfüllte die Pflicht eines wahren Freundes), wies ich den verrückten Deutschen kaltblütig mit Vernunftgründen darauf hin, dass seine Berechnungen nicht ganz richtig seien; wenn er täglich hunderttausend Taler einnehme, so werde nach vier Tagen ganz Petersburg bei ihm gewesen sein, und dann könne er von keinem mehr Geld einnehmen. Leben und Tod ständen in Gottes Hand, das Krokodil könne doch noch platzen oder Iwan Matwejitsch könne krank werden und sterben und so weiter und so fort.

Der Deutsche wurde nachdenklich.

»Ich werde Ihrem Freund Tropfen aus der Apotheke geben«, sagte er nach einiger Überlegung; »dann wird er nicht sterben.«

»Auf Tropfen ist kein Verlass«, erwiderte ich. »Ziehen Sie aber auch in Betracht, dass sich daraus ein gerichtlicher Prozess entwickeln kann! Iwan Matwejitschs Gattin kann ihren Ehemann zurückverlangen. Sie möchten gern reich werden, aber beabsichtigen Sie auch, dieser Frau eine Pension zu zahlen?«

»Nein, das beabsichtige ich nicht!«, antwortete der Deutsche fest und entschieden.

»Nein, das beabsichtigen wir nicht!«, bestätigte seine Frau gehässig.

»Wäre es also für Sie nicht besser, jetzt mit einem Mal eine zwar mäßige, aber dafür sichere, bestimmte Summe zu nehmen, als sich auf Ungewisses einzulassen? Ich halte es für meine Pflicht hinzuzufügen, dass ich Sie nur aus bloßer Neugier frage.«

Der Deutsche nahm seine Frau bei der Hand und zog sich mit ihr zur Absprache in die Ecke zurück, wo der Käfig mit dem größten und hässlichsten Affen der ganzen Kollektion stand.

»Nun, du wirst ja sehen!«, sagte Iwan Matwejitsch zu mir.

Was mich anlangt, so hatte ich in diesem Augenblick den brennenden Wunsch, zuerst den Deutschen gehörig durchzuprügeln, als zweite noch gehöriger seine Frau und als dritten mit ganz besonderer Gründlichkeit Iwan Matwejitsch für seine grenzenlose Eigenliebe. Aber all das war noch gar nichts im Vergleich zu der Antwort des habgierigen Deutschen. Nachdem er sich mit seiner Frau beraten hatte, forderte er für sein Krokodil fünfzigtausend Rubel in Staatsschuldscheinen der letzten inländischen Prämienanleihe, ein Steinhaus in der Gorochowaja, daneben eine eigene Apotheke und außerdem noch den Rang eines russischen Obersten.

»Siehst du wohl?«, rief Iwan Matwejitsch triumphierend. »Ich habe es dir ja gesagt! Abgesehen von der letzten, unsinnigen Forderung, der Beförderung zum Obersten, hat der Mann vollkommen recht; denn er begreift völlig den jetzigen Wert des Ungeheuers, das er vorführt. Die ökonomischen Maximen gehen über alles!«

»Aber ich bitte Sie!«, rief ich ärgerlich dem Deutschen zu. »Wofür wollen Sie denn zum Obersten ernannt werden? Sie haben doch keine Heldentat vollbracht, sich keinen Kriegsruhm erworben und überhaupt nicht gedient! Muss man Sie da nicht für verrückt halten?«

»Verrückt!«, rief der Deutsche gekränkt. »Nein, ich bin ein sehr kluger Mensch; aber Sie sind sehr dumm! Ich verdiene den Rang eines Obersten, weil ich ein Krokodil zeige, in dem ein lebendiger Hofrat sitzt, aber ein Russe kann nicht so ein Krokodil zeigen, in dem ein lebendiger Hofrat sitzt! Ich bin ein außerordentlich kluger Mensch und wollte sehr gern Oberst werden!«

»Also leb wohl, Iwan Matwejitsch!«, rief ich, zitternd vor Wut, und verließ beinahe im Laufschritt das Krokodilzimmer.

Ich fühlte, dass ich keine Minute länger für meine Handlungsweise garantieren konnte. Die sinnlosen Hoffnungen dieser beiden Narren waren unerträglich. Die kalte Luft erfrischte mich und milderte einigermaßen meine Empörung. Endlich spuckte ich energisch fünfzehnmal nach beiden Seiten aus, nahm eine Droschke, fuhr nach Hause, entkleidete mich und warf mich aufs Bett. Am meisten ärgerte ich mich darüber, dass ich mich hatte zu seinem Sekretär machen lassen. Nun; konnte ich in Erfüllung der Pflicht eines Freundes mich jeden Abend zu Tode langweilen! Ich hatte die größte Lust, mich dafür durchzuprügeln, und als ich bereits das Licht gelöscht und die Bettdecke über mich gezogen hatte, versetzte ich mir wirklich mehrere Faustschläge gegen den Kopf und andere Körperteile. Dies brachte mir einige Erleichterungen, und ich versank endlich in einen recht festen Schlaf, weil ich sehr müde war. Die ganze Nacht über träumte ich nur von Affen, aber kurz vor Tagesanbruch träumte ich von Jelena Iwanowna ...

4

Von Affen hatte ich, wie ich vermute, deswegen geträumt, weil ich sie bei dem Krokodilbesitzer in Käfigen gesehen hatte; aber Jelena Iwanowna bildet ein Kapitel für sich.

Ich will gleich von vornherein sagen: Ich liebte diese Dame; aber ich beeile mich, beeile mich ganz besonders, hinzuzufügen: Ich liebte sie wie ein Vater, nicht mehr und nicht weniger. Ich schließe das daraus, dass ich oftmals ein unwiderstehliches Verlangen verspürte, sie auf das Köpfchen oder das rote Wänglein zu küssen. Und obwohl ich das nie tat, so hätte ich doch, wie ich bekenne, mich nicht einmal geweigert, sie auf die Lippen zu küssen. Und nicht bloß auf die Lippen, sondern auch auf die Zähnchen, die immer, wenn sie lachte, so reizend zum Vorschein kamen wie eine Reihe schöner, auserlesener Perlen. Und sie lachte erstaunlich oft. Iwan Matwejitsch nannte sie in Augenblicken der Zärtlichkeit sein allerliebstes Närrchen, eine im höchsten Grad zutreffende, charakteristische Bezeichnung. Sie war eine Dame wie aus Marzipan; Punktum. Darum war es mir völlig unbegreiflich, wie dieser selbe Iwan Matwejitsch jetzt auf den Einfall kam, in seiner Gattin unsere russische Eugénie Tour zu finden. Jedenfalls machte mein Traum, die Affen dabei ausgenommen, auf mich den angenehmsten Eindruck, und als ich mir bei meinem morgendlichen Tässchen Tee alle Ereignisse des Vortages noch einmal durch den Kopf gehen ließ, beschloss ich, gleich auf dem Wege zu meinem Dienst bei Jelena Iwanowna vorbeizugehen, wozu ich übrigens als Hausfreund verpflichtet war.

In einem kleinen, vor dem Schlafzimmer gelegenen Zimmerchen, das bei ihnen der »kleine Salon« genannt wurde, obwohl auch ihr »großer Salon« eigentlich klein war, saß auf einem kleinen, eleganten Sofa an einem kleinen Teetischchen in einem luftigen halb offenen Morgenrock Jelena Iwanowna und trank ihren Kaffee aus einem kleinen Tässchen, in das sie einen winzigen Zwieback tauchte. Sie war berückend schön, erschien mir aber etwas nachdenklich.

»Ach, Sie sind es, Sie böser Mensch!«, begrüßte sie mich und lächelte zerstreut. »Setzen Sie sich, Sie Ungetreuer, und trinken Sie einen Kaffee. Nun, was haben Sie gestern getan? Sind Sie auf dem Maskenball gewesen?«

»Sind Sie denn dort gewesen? Ich gehe zu solchen Vergnügungen nicht ... außerdem habe ich gestern unseren Gefangenen besucht ...«

Ich seufzte und machte, während ich die Tasse Kaffee in Empfang nahm, eine fromme Miene.

»Wen? Was für einen Gefangenen? Ach ja! Der Ärmste! Nun, was macht er? Langweilt er sich? Aber wissen Sie ... ich wollte Sie fragen ... kann ich jetzt die Scheidung einreichen?«

»Die Scheidung!«, rief ich entrüstet und hätte beinahe den Kaffee vergossen. Dahinter steckt der Brünette!, dachte ich im Stillen ingrimmig.

Es gab da nämlich einen gewissen brünetten Herrn mit einem Schnurrbärtchen, der in der Abteilung für Bauwesen angestellt war, schon sehr viel bei dem Ehepaar verkehrte und es vortrefflich verstand, Jelena Iwanowna zum Lachen zu bringen. Ich muss gestehen, ich hasste diesen Menschen und zweifelte nicht im geringsten daran, dass er gestern mit Jelena Iwanowna zusammen gewesen war, entweder auf dem Maskenball oder vielleicht auch hier, und ihr allen möglichen Unsinn vorgeschwatzt hatte!

»Aber wie soll denn das werden?«, sagte Jelena Iwanowna auf einmal hastig, wie auswendig gelernt. »Wenn er dort in dem Krokodil sitzt und nicht wiederkommt – und ich soll hier auf ihn warten! Ein Ehemann muss im Haus wohnen und nicht in einem Krokodil!«

»Aber das ist doch nur ein unvorhergesehener Zufall!«, begann ich in sehr begreiflicher Erregung.

»Ach nein, sagen Sie nichts; ich will nichts hören!«, schrie sie; sie war plötzlich ganz zornig geworden. »Sie sind immer mein Gegner, Sie hässlicher Mensch! Mit Ihnen ist nichts anzufangen; Sie können einem nie einen Rat geben! Mir sagen schon fremde Leute, die Scheidung werde mir bewilligt, weil Iwan Matwejitsch doch kein Gehalt mehr bekommen wird.«

»Jelena Iwanowna! Sind Sie es wirklich, die ich so reden höre?«, rief ich pathetisch. »Welcher schändliche Mensch hat Ihnen so etwas einflüstern können? Eine Scheidung aus einem so nichtigen Grund wie dem Wegfall des Gehalts ist ja ein Ding der Unmöglichkeit. Und der arme Iwan Matwejitsch glüht ordentlich vor Liebe zu Ihnen, selbst in den Eingeweiden des Ungeheuers. Noch mehr: Er schmilzt vor Liebe dahin wie ein Stück Zucker. Noch gestern Abend, während Sie sich auf dem Maskenball amüsierten, erwähnte er, nötigenfalls werde er sich vielleicht dazu entschließen, Sie als seine angetraute Gattin zu sich in das Innere des Tiers zu rufen, umso mehr, als das Krokodil sehr geräumig sei und nicht nur für zwei, sondern sogar für drei Personen Platz biete ...«

Und nun erzählte ich ihr sogleich diesen interessanten Teil meines gestrigen Gesprächs mit Iwan Matwejitsch.

»Wie? Was?«, rief sie erstaunt. »Auch ich soll mit zu Iwan Matwejitsch hineinkriechen? Ist das eine Idee! Und wie soll ich denn überhaupt hineinkriechen, in Hut und Krinoline? Mein Gott, was für eine Dummheit! Und was für eine Figur werde ich machen, wenn ich da hineinkrieche und womöglich jemand dabei zusieht ... Das ist ja lächerlich! Und was soll ich denn da essen ... Und ... und wie soll ich mich da verhalten, wenn ... Ach, mein Gott, was sie sich ausgedacht haben! ... Sie sagen, es riecht nach Gummi? Und wie soll ich mich verhalten, wenn ich mich mit ihm zanke; soll ich dann noch neben ihm liegen bleiben? Pfui, wie abstoßend das ist!«

»Einverstanden, liebste Jelena Iwanowna; mit allen diesen Gründen bin ich vollkommen einverstanden«, unterbrach ich sie, dabei bemühte ich mich, mit jenem erklärlichen Eifer zu sprechen, der den Menschen immer erfasst, wenn er fühlt, dass die Wahrheit auf seiner Seite ist; »nur einen Umstand haben Sie bei all den Erwägungen nicht gewürdigt, nämlich dass er ohne Sie nicht leben kann, da er Sie ja dorthin ruft. Also ist es Liebe, leidenschaftliche, treue, sehnsuchtsvolle Liebe ... Sie haben die Liebe nicht gewürdigt, liebe Jelena Iwanowna, die Liebe!«

»Ich will es nicht, ich will es nicht, und ich will auch nichts mehr davon hören!«, rief sie und winkte mit ihrem kleinen, hübschen Händchen ab, an dem die soeben gewaschenen und gebürsteten Nägelchen rosig schimmerten. »Sie garstiger Mensch! Sie werden mich noch zum Weinen bringen. Kriechen Sie doch selbst hinein, wenn Ihnen das Vergnügen macht! Sie sind ja sein Freund; na, legen Sie sich aus Freundschaft neben ihn und disputieren Sie mit ihm das ganze Leben lang über irgendwelche langweiligen Wissenschaften!«

»Sie ziehen diesen Vorschlag ganz ohne Grund ins Lächerliche«, unterbrach ich die leichtsinnige Frau ernst und würdevoll. »Iwan Matwejitsch hat mich ohnehin eingeladen, zu ihm zu kommen. Allerdings, Sie ruft Ihre Pflicht als Gattin, mich nur Edelmut des Herzens; aber als Iwan Matwejitsch mir gestern von der außerordentlichen Dehnbarkeit des Krokodils erzählte, deutete er in sehr verständlicher

Weise an, dass nicht nur für Sie beide, sondern sogar auch für mich als Hausfreund mit Ihnen zusammen dort Platz sei, zu dritt, wenn ich dazu Lust hätte, und deshalb ...«

»Wie, zu dritt?«, rief Jelena Iwanowna und blickte mich verwundert an. »Wie werden wir denn da ... Also alle drei werden wir da zusammen sein? Hahaha! Was seid ihr beide doch für Dummköpfe! Hahaha! Ich werde Sie sicher dort die ganze Zeit über kneifen, Sie Taugenichts, hahaha, hahaha!«

Sie warf sich gegen die Sofalehne zurück und lachte, bis ihr die Tränen kamen. Alles dies, die Tränen und das Lachen, war so bezaubernd, dass ich mich nicht mehr halten konnte und entzückt nach ihrem Händchen griff, um es zu küssen, was sie mir nicht verwehrte, obwohl sie mich zum Zeichen der Versöhnung leicht an den Ohren zog.

Darauf wurden wir beide ganz vergnügt, und ich erzählte ihr eingehend all die Pläne, die Iwan Matwejitsch am Vortag entwickelt hatte. Die Idee von den Empfangsabenden und dem allabendlichen offenen Salon gefiel ihr sehr.

»Nur werde ich sehr viel neue Garderobe brauchen«, bemerkte sie, »und daher müsste Iwan Matwejitsch mir möglichst bald und möglichst viel Geld schicken. Aber ... aber wie wird das aussehen«, fügte sie bedenklich hinzu, »wie wird das aussehen, wenn er in dem Kasten zu mir hergetragen wird? Das wäre sehr lächerlich. Ich will nicht, dass man meinen Mann im Kasten herträgt. Da müsste ich mich zu sehr vor meinen Gästen schämen ... Das will ich nicht; nein, das will ich nicht ...«

»Apropos, um es nicht zu vergessen: War Timofej Semjonytsch gestern Abend bei Ihnen?«

»Ach ja, er war hier; er kam, um mich zu trösten, und denken Sie sich, wir haben die ganze Zeit zusammen ›Eigene Trümpfe‹ gespielt. Er setzte Konfekt ein, und wenn ich verlor, küsste er mir die Hand. So ein Taugenichts, und denken Sie sich, es fehlte nicht viel, so wäre er mit mir auf den Maskenball gefahren! Wahrhaftig!«

»Das ist die Begeisterung!«, bemerkte ich. »Und wer sollte auch von Ihnen nicht begeistert sein, Sie Zauberin!«

»Ach, nun kommen Sie mit Ihren Komplimenten! Warten Sie, ich werde Sie dafür unterwegs kneifen. Ich habe jetzt vorzüglich zu kneifen gelernt. Nun, wie gefällt Ihnen das? Ja, apropos, Sie sagen, Iwan Matwejitsch habe gestern sehr viel von mir gesprochen?«

»Nnnein, sehr viel eigentlich nicht ... Ich muss Ihnen gestehen, er denkt jetzt mehr an das Schicksal der ganzen Menschheit und will ...«

,,Na, mag er! Reden Sie nicht weiter davon! Gewiss langweilt er sich schrecklich. Ich werde ihn auch einmal besuchen. Morgen will ich bestimmt hinfahren. Nur heute nicht: Ich habe Kopfschmerzen, und außerdem werden dort so viel Leute sein ... Alle werden sagen: ›Das ist seine Frau‹ und da geniere ich mich ... Leben Sie wohl! Am Abend sind Sie doch dort?«

»Gewiss, gewiss. Er hat gesagt, ich solle kommen und die Zeitungen bringen.«

»Nun, das ist ja schön! Gehen Sie zu ihm und lesen Sie ihm vor! Zu mir aber kommen Sie, bitte, heute nicht mehr! Mir ist nicht gut, und vielleicht mache ich auch einen Besuch. Nun, leben Sie wohl, Sie böser Mensch!«

Der Brünette wird heute Abend bei ihr sein, dachte ich im Stillen.

Im Büro ließ ich mir natürlich nicht anmerken, was ich für Mühe und Sorge hatte. Aber bald fiel mir auf, dass einige fortschrittliche Zeitungen an diesem Morgen merkwürdig schnell bei meinen Kollegen von Hand zu Hand gingen und mit außerordentlich ernsten Mienen gelesen wurden. Die erste, die in meine Hände kam, war der »Listok«, eine kleine Zeitung ohne jede besondere Richtung, sondern nur von allgemein humanem Charakter, weswegen sie bei uns verachtet, aber von den meisten trotzdem gelesen wurde.

Nicht ohne Erstaunen las ich darin Folgendes:

»Gestern verbreiteten sich in unserer ausgedehnten, mit prächtigen Gebäuden geschmückten Residenz sehr merkwürdige Gerüchte. Ein gewisser Herr N., ein bekannter Gourmand aus der höheren Gesellschaft, dem wahrscheinlich die Küche bei Borel und im ...schen Klub langweilig geworden war, ging in die Passage, in einen Ausstellungsraum, wo ein gewaltiges, soeben erst in die Residenz gebrachtes Krokodil gezeigt wird, und forderte, es solle ihm zum Mittagessen angerichtet werden. Nachdem er mit dem Besitzer gehandelt hatte, machte er sich sogleich an die Verzehrung desselben (das heißt nicht des Besitzers, eines sehr friedlichen, ordnungsliebenden Deutschen, sondern seines Krokodils), indem er mit einem Federmesser von dem noch lebenden Tier saftige Stücke abschnitt und mit außerordentlicher Geschwindigkeit verschlang. Allmählich verschwand das ganze Krokodil in seinem feisten Wanst, und er begann darauf auch den Ichneumon, den ständigen Begleiter des Krokodils, zu verzehren, wahrscheinlich in der Annahme, dass er ebenso wohlschmeckend sei. Wir haben durchaus nichts gegen dieses neue Gericht einzuwenden, das den ausländischen Feinschmeckern schon längst bekannt ist. Wir haben ihm sogar eine solche Entwicklung vorausgesagt. Die englischen Lords, die nach Ägypten reisen, fangen dort in großen Jagdgesellschaften die Krokodile und genießen den Rücken der Ungeheuer als Beefsteak mit Senf, Zwiebeln und Kartoffeln. Die Franzosen, die mit Lesseps ins Land gekommen sind, ziehen die in heißer Asche gebackenen Pfoten vor, was sie übrigens den Engländern zum Trotz tun, die sich über sie lustig machen. Wahrscheinlich wird man bei uns sowohl das eine wie das andere zu schätzen wissen. Unsererseits freuen wir uns über diesen neuen Zweig der gewerblichen Tätigkeit, an der es in unserm mächtigen, vielgestaltigen Vaterland noch so sehr mangelt. Nach diesem ersten Krokodil, das im Magen eines Petersburger Gourmands verschwunden ist, wird es wahrscheinlich kaum ein Jahr dauern, bis man bei uns diese Bestien zu Hunderten importiert. Und warum sollte man sie nicht in Russland akklimatisieren? Wenn das Newawasser für diese interessanten Ausländer zu kalt ist, so gibt es ja in der Residenz Teiche und in der Umgebung Flüsse und Seen. Warum sollte man zum Beispiel nicht Krokodile in Pargolowo halten oder in Pawlowsk oder in Moskau in den Presnenskije-Teichen und in der Samoteka? Sie würden einerseits unseren erfahrenen Feinschmeckern eine angenehme, gesunde Nahrung bieten und könnten andererseits gleichzeitig die Damen amüsieren, die sich an den Teichen ergehen, und die Kinder in Naturgeschichte unterrichten. Aus der Haut des Krokodils könnten Futterale, Koffer, Zigarettenetuis und Brieftaschen hergestellt werden, und vielleicht würde mancher russische Tausender in fettigen Kreditscheinen, wie sie bei den Kaufleuten besonders beliebt sind, in Krokodilhaut aufbewahrt werden. Wir hoffen, noch mehrmals auf diesen interessanten Gegenstand zurückzukommen.«

Ich hatte zwar etwas Derartiges geahnt; und doch befremdete mich dieser übereilte Bericht. Da ich niemanden zur Hand hatte, dem ich meine Empfindungen hätte mitteilen können, wandte ich mich an Prochor Sawitsch, der mir gegenüber saß, und nahm wahr, dass er mich schon lange anblickte und den »Wolos« in der Hand hatte, als wollte er ihn mir hinreichen. Schweigend nahm er von mir den »Listok« in Empfang und gab mir den »Wolos«, nachdem er durch einen kräftigen Strich mit dem Fingernagel einen Artikel bezeichnet hatte, auf den er wahrscheinlich meine Aufmerksamkeit lenken wollte. Dieser Prochor Sawitsch war ein sonderbarer Mensch: Ein wortkarger alter Junggeselle, er war mit keinem von uns befreundet, redete im Büro fast mit niemandem, hatte stets und über alles seine eigene Meinung, teilte sie aber nicht gern mit. Er lebte ganz für sich. Seine Wohnung kannte kaum einer von uns.

Folgendes las ich an der bezeichneten Stelle des »Wolos«: »Es ist allgemein bekannt, dass wir Russen fortschrittsfreundlich und human sind und darin hinter dem westlichen Europa nicht Zurückbleiben wollen. Aber trotz all unserer Bemühungen und trotz der Anstrengungen unserer Zeitung sind wir noch lange nicht ›reif geworden‹, wie das ein empörendes Vorkommnis bezeugt, das sich gestern in der Passage zugetragen hat und das wir schon vorausgesagt hatten: In der Hauptstadt ist ein Ausländer eingetroffen und hat ein eigenes Krokodil mitgebracht, das er in der Passage dem Publikum zeigen wollte. Wir eilten sogleich hin, um diesen neuen Zweig nützlich gewerblicher Tätigkeit, an der es unserm mächtigen, vielgestaltigen Vaterland überhaupt noch mangelt, freudig zu begrüßen. Da erscheint plötzlich gestern Nachmittag um halb fünf Uhr in dem Ausstellungslokal des Ausländers ein ungewöhnlich dicker Herr in angetrunkenem Zustand, bezahlt das Eintrittsgeld und kriecht sogleich ohne irgendwelche vorherige Bemerkung in den Rachen des Krokodils, das sich natürlich genötigt sieht, ihn hinunterzuschlucken, schon aus dem Selbsterhaltungstrieb heraus, um nicht zu ersticken. Nachdem sich der Unbekannte in das Innere des Krokodils gestürzt hat, schläft er sofort ein. Weder das Geschrei des ausländischen Eigentümers noch das Wehklagen der Familie desselben noch Drohungen, sich an die Polizei zu wenden, machen auf ihn irgendwelchen Eindruck. Aus dem Innern des Krokodils ist nur Lachen zu vernehmen und die Herausforderung, das Krokodil aufzuschneiden.« (Sic!) »Das arme Säugetier aber, das eine solche Masse hat verschlingen müssen, vergießt vergebens Tränen. Ein ungebetener Gast ist schlimmer als ein Tatar; aber diesem Sprichwort zum Trotz will der dreiste Eindringling nicht hinausgehen. Wir wissen nicht, wie eine solche barbarische Handlungsweise zu erklären ist, die von unserer Unreife zeugt und uns in den Augen des Ausländers diskreditiert. Die Überschwänglichkeit des russischen Wesens hat da einen würdigen Beleg gefunden. Man fragt sich, was der ungebetene Besucher eigentlich wollte. Vielleicht eine warme, komfortable Wohnung? Aber es gibt in der Residenz eine Menge schöner Häuser mit billigen, sehr komfortablen Wohnungen, mit Wasserleitung aus der Newa und mit Gasbeleuchtung auf der Treppe; ja, nicht selten halten die Hauswirte sogar einen Portier. Wir lenken die Aufmerksamkeit unserer Leser noch auf die höchst barbarische Behandlung von Haustieren; dem ausländischen Krokodil fällt es natürlich schwer, eine solche Masse zu verdauen, und nun liegt es aufgedunsen da und erwartet unter unerträglichen Qualen den Tod. In Westeuropa wird schon lange jeder, der Haustiere unmenschlich behandelt, gerichtlich bestraft. Aber obwohl wir manche westeuropäische Einrichtung übernommen haben, die Gasbeleuchtung, die Trottoirs, die Häuserbauweise, so können wir uns noch immer nicht von unseren veralteten Ansichten losmachen.

Die Häuser sind zwar neu, die Ansichten aber alt, und nicht einmal die Häuser sind neu, zumindest nicht die Treppen. Wir haben schon mehrmals in unserer Zeitung darauf hingewiesen, dass auf der Petersburger Seite im Haus des Kaufmanns Lukjanow die unteren Stufen der hölzernen Treppe verfault sind und sich gesenkt haben, sodass sie schon lange eine Gefahr für die dort im Dienst stehende Soldatenfrau Afimja Skapidarowa bilden, die die Treppe oft mit Wasser oder mit einem Armvoll Holz hinaufsteigen muss. Endlich hat unsere Voraussage ihre Bestätigung gefunden: Gestern Abend um halb neun ist die Soldatenfrau Afimja Skapidarowa mit einer Suppenterrine hingefallen und hat sich das Bein gebrochen. Wir wissen nicht, ob Herr Lukjanow jetzt seine Treppe reparieren wird; der Russe wird immer erst durch Schaden klug; aber das Opfer dieser üblen Eigenschaft ist wohl bereits ins Krankenhaus gebracht worden. Ebenso wiederholen wir immer wieder, dass die Hausmeister, die auf der Wyborger Seite den Schmutz vom Trottoir fegen, die Beine der Passanten nicht beschmutzen dürfen; auch sollen sie den

Schmutz in Haufen zusammenfegen, wie das in Westeuropa geschieht« und so weiter und so fort.

»Was soll das heißen?«, fragte ich und blickte Prochor Sawitsch einigermaßen erstaunt an. »Was soll das heißen?«

»Was meinen Sie denn?«

»Aber ich bitte Sie! Statt Iwan Matwejitsch zu bemitleiden, bemitleiden sie das Krokodil!«

»Nun, was ist dabei? Da haben sie nun sogar eine Bestie, ein ›Säugetier‹, bemitleidet; also worin stehen wir noch hinter Westeuropa zurück? Dort hat man ebenfalls viel Mitleid mit den Krokodilen. Hihihi!«

Nach diesen Worten versenkte sich der wunderliche Prochor Sawitsch in seine Akten und sagte kein Wort mehr.

Den »Wolos« und den »Listok« steckte ich in die Tasche und suchte mir außerdem zur Abendunterhaltung für Iwan Matwejitsch so viele alte Nummern der »Sankt Peterburgskije iswestija« und des »Wolos« zusammen, als ich nur finden konnte, und obgleich es bis zum Abend noch lange hin war, schlich ich mich diesmal doch etwas früher aus dem Büro fort, um mich zur Passage zu begeben und wenigstens von weitem zu sehen, was dort vorging, und die verschiedenen Meinungen und Urteile der Leute zu hören. Ich sagte mir im Voraus, dass dort ein großes Gedränge sein werde, und verbarg nach Möglichkeit mein Gesicht im Mantelkragen, weil ich mich ein bisschen schämte; so wenig sind wir noch gewohnt, uns in der Öffentlichkeit zu bewegen. Aber ich fühle, dass ich kein Recht habe, angesichts einer so merkwürdigen, eigenartigen Begebenheit meine eigenen prosaischen Empfindungen zum Ausdruck zu bringen.

Bobok

Aufzeichnungen eines Unbekannten

Diesmal setze ich die »Aufzeichnungen eines Unbekannten« hierher. Nicht ich bin dieser Unbekannte, sondern eine ganz andere Person. Ich glaube, weiter bedarf es keiner Vorrede.

Semjon Ardaljonowitsch fragte mich vorgestern unvermittelt: »Du meine Güte, Iwan Iwanytsch, sag mal, wirst du denn jemals nüchtern sein?«

Ein sonderbares Verlangen. Ich fühle mich nicht beleidigt; ich bin ein stiller, bescheidener Mann; allerdings hat man aus mir schon einen Verrückten gemacht. Ein Maler malte gelegentlich einmal mein Porträt. »Du bist doch ein Schriftsteller«, sagte er. Ich ließ es mir gefallen, und er stellte das Bild auch aus. Und dann las ich: »Treten Sie näher und betrachten Sie dieses kranke, dem Irrsinn nahe Gesicht.«

Na, meinetwegen; aber wie konnte er das nur so geradezu drucken lassen? Was man drucken lässt, muss doch alles edel klingen; Ideale braucht man, aber so etwas hier ...

Es hätte wenigstens nur andeutungsweise gesagt werden sollen; dazu sind doch die stilistischen Kunstgriffe da. Aber nein, das hat er nicht gewollt. Heutzutage sind Humor und guter Stil verschwunden, und Schimpfworte werden für Esprit gehalten. Ich fühle mich nicht beleidigt; ich bin nicht Gott weiß was für ein Schriftsteller, dass ich den Verstand verlieren müsste. Ich habe eine Novelle geschrieben – sie wurde nicht gedruckt. Ich schrieb ein Feuilleton – es wurde abgelehnt. Solche Feuilletons habe ich viele zu verschiedenen Redaktionen hingetragen; sie wurden überall abgelehnt: »Es fehlt Ihnen die Würze«, hieß es.

»Was für Würze?«, fragte ich die Leute spöttisch. »Vielleicht attisches Salz?«

Sie verstanden mich nicht einmal. Ich mache hauptsächlich Übersetzungen aus dem Französischen für die Verlagsbuchhändler. Ich schreibe auch Reklameschilder für Kaufleute: »Eine Rarität! Roter Tee aus eigenen Plantagen ...« Für einen Panegyrikus auf Seine Exzellenz den verstorbenen Pjotr Matwejewitsch habe ich einen guten Batzen Geld bekommen. Auf Bestellung eines Verlegers habe ich ein Büchlein verfasst: »Die Kunst, den Damen zu gefallen.« Derartige Büchlein habe ich in meinem Leben Stücker sechs herausgebracht. Ich möchte gern Voltaires Bonmots sammeln; aber ich fürchte, sie werden unseren Zeitgenossen abgeschmackt vorkommen. Voltaire passt nicht in die Gegenwart; heutzutage herrscht der Knüppel, aber nicht Voltaire! Die letzten Zähne schlagen sie sich gegenseitig aus! Na, das ist also meine ganze literarische Tätigkeit. Vielleicht dazu noch die uneigennützigen Briefe mit meiner vollständigen Unterschrift, die ich den Redaktionen zuschicke. Ich erteile darin immer Ermahnungen und Ratschläge, kritisiere sie und weise ihnen den Weg. An eine Redaktion habe ich in der vorigen Woche den vierzigsten Brief innerhalb von zwei Jahren abgesandt; ich habe also vier Rubel allein für Briefmarken ausgegeben. Mein Charakter ist nun einmal so hässlich; das ist es.

Ich denke mir, dass der Maler mich nicht wegen meiner Schriftstellerei gemalt hat, sondern wegen der beiden symmetrischen Warzen auf meiner Stirn: Das nennt man ein Phänomen. Ideen haben sie keine; so reiten sie denn jetzt auf Phänomenen herum. Na, aber wie sind ihm auch meine Warzen auf dem Porträt gelungen – wie sie leiben und leben! Das nennt man »Realismus«.

Was aber die Verrücktheit anlangt, so haben sie bei uns im vorigen Jahr viele für verrückt erklärt. Und in was für einem Stil: »Bei einem so eigenartigen Talent«, heißt es da, » ... und nun sehe man, was letzten Endes herausgekommen ist ... übrigens hätte man das längst vorhersehen müssen ...« Das ist ziemlich schlau angelegt, sodass man es vom rein künstlerischen Standpunkt aus sogar loben könnte. Na, und sie selbst erscheinen auf einmal noch klüger als vorher. Ja, ja, jemanden verrückt zu machen, das versteht man bei uns; aber klüger haben sie noch niemanden gemacht.

Der Klügste ist meiner Ansicht nach derjenige, der wenigstens einmal im Monat sich selbst einen Dummkopf nennt – eine Fähigkeit, die heutzutage so gut wie unerhört ist! Früher kam einem Dummkopf wenigstens einmal im Jahr zu Bewusstsein, dass er ein Dummkopf wat; aber jetzt überhaupt nicht mehr. Und man hat jetzt alles so durcheinandergebracht, dass es unmöglich ist, einen Dummen von einem Klugen zu unterscheiden. Das haben sie absichtlich getan.

Da fällt mir ein Witz ein, den die Spanier machten, als die Franzosen vor zweieinhalb Jahrhunderten bei sich das erste Irrenhaus erbauten: »Sie haben alle ihre Dummköpfe in ein besonderes Haus eingesperrt, um den Glauben zu erwecken, dass sie selbst klug seien.« Es ist ganz richtig: Durch, dass man einen andern ins Irrenhaus sperrt, beweist man noch nicht seinen eigenen Verstand. „K. ist verrückt geworden; folglich sind wir jetzt klug.« Nein, das folgt noch nicht daraus.

Aber hol's der Teufel ... warum protze ich denn mit meinem Verstand? Ich plappere doch bloß herum. Sogar meine Dienstmagd hat das schon satt. Gestern besuchte mich ein Freund: »Dein Stil verschlechtert sich«, sagte er; »er ist ganz zerhackt. Du hackst und hackst – das ist dann eine Einleitung; darauf kommt eine Einleitung zu dieser Einleitung; dann setzt du noch etwas in Klammern, und dann hackst und hackst du wieder weiter.«

Mein Freund hat recht. Mit mir geschieht etwas Sonderbares. Mein Charakter ändert sich, und mein Kopf tut weh. Ich beginne merkwürdige Dinge zu sehen und zu hören. Es sind nicht direkt Stimmen, aber mir ist, als murmelte jemand neben mir:»Bobok, Bobok, Bobok.«

Was hat das zu bedeuten:»Bobok«? Ich muss mich zerstreuen.

Ich ging aus, um mich zu zerstreuen, und es traf sich so, dass ich an einer Beerdigung teilnahm. Der Tote war ein entfernter Verwandter von mir gewesen, aber Kollegienrat. Eine Witwe und fünf Töchter, sämtlich unverheiratet. Wenn man nur an das Schuhzeug denkt, das die alle brauchen; was das kostet! Der Verstorbene hatte das nötige Geld verdient; aber jetzt – nur die kleine Pension. Da heißt es sich einschränken! Mich haben sie immer unfreundlich aufgenommen. Und ich wäre auch jetzt nicht hingegangen, wenn nicht ein so besonderer Fall vorgelegen hätte. Ich gab dem Sarg bis zum Kirchhof das Geleit zusammen mit den anderen; aber diese wandten sich von mir ab und taten stolz. Meine Dienstuniform ist allerdings recht schäbig. Ich glaube, seit fünfundzwanzig Jahren bin ich nicht auf dem Kirchhof gewesen; das ist ein schöner Ort!

Erstens der Geruch. Etwa fünfzehn Leichen lagen in der Kirche aufgebahrt. Die Ausstattung der Särge war unterschiedlich teuer; sogar zwei Katafalke waren da: einer für einen General und einer für eine vornehme Dame. Viele traurige Gesichter, viel geheuchelte Trauer, aber auch viel unverhohlenes Fröhlichsein. Die Geistlichkeit konnte sich nicht beklagen; sie hatte eine gute Einnahme. Aber der Geruch, der Geruch! Ich möchte hier nicht Geistlicher sein.

Die Gesichter der Leichen betrachtete ich nur mit Vorsicht, da ich meinen Nerven nicht viel zutraue. Manche hatten einen sanften Ausdruck, manche auch einen unangenehmen. Im Allgemeinen war das Lächeln hässlich; bei einigen sogar in hohem Grade. Ich mag das nicht sehen; ich träume davon.

Während der Messe ging ich hinaus an die frische Luft; es war ein grauer, aber trockener Tag. Dabei war es auch kalt; na, wir haben ja schon Oktober. Ich ging zwischen den offenen Grüften umher. Da gab es verschiedene Rangstufen. Dritter Klasse zu dreißig Rubeln: recht anständig und nicht allzu teuer. Die beiden ersten, die allerfeinsten, waren in der Kirche und in der Vorhalle; na, die kosteten gehörig etwas. Dritter Klasse wurden diesmal sechs Leichen bestattet, darunter der General und die vornehme Dame.

Ich blickte in die Grüfte hinein – schauderhaft: Wasser, und was für Wasser! Ganz grün und ... na, lassen wir das! Der Totengräber schöpfte fortwährend das Wasser mit einer Schaufel heraus. Während der Gottesdienst noch andauerte, schlenderte ich durch das Kirchhofstor hinaus. Da steht gleich daneben ein Armenhaus und nicht viel weiter ein Restaurant. Ein ganz leidliches, nicht übel: kalte Speisen und alles. Es war voller Leute, die den Toten das Geleit gegeben hatten.

Ich bemerkte viel Fröhlichkeit und echte Lebenslust. Ich aß einen Bissen und trank ein Glas Schnaps.

Darauf beteiligte ich mich eigenhändig am Tragen des Sarges von der Kirche zum Grab. Wie kommt es, dass die Leichen im Sarg so schwer werden? Man sagt, durch die Starrheit; der Körper könne sich nicht mehr selbst regieren ... oder andern derartigen Unsinn; das widerspricht der Mechanik und dem gesunden Menschenverstand. Ich kann es nicht leiden, wenn Leute, die kaum die Allgemeinbildung besitzen, unbedingt spezielle Fragen entscheiden wollen; aber das geschieht bei uns massenhaft. Zivilbeamte lieben es, über militärische Dinge zu urteilen, sogar über solche, die zum Ressort eines Feldmarschalls gehören, und Leute mit technischer Bildung urteilen mit Vorliebe über Philosophie und politische Ökonomie.

Zum Leichenmahl fuhr ich nicht hin. Ich habe meinen Stolz; und wenn mich Leute nur bei äußerster Notwendigkeit empfangen, warum soll ich mich dann zu ihren Mahlzeiten einstellen, selbst wenn es Leichenmahle sind? Ich verstehe nur nicht, warum ich auf dem Kirchhof blieb; ich setzte mich auf einen Grabstein und versank in Gedanken.

Ich begann mit der Moskauer Ausstellung und endete damit, über das Staunen als Thema nachzudenken. Über das Staunen gelangte ich zu folgendem Resultat:

Über alles zu staunen ist natürlich dumm; über nichts zu staunen macht sich weitaus hübscher und gilt daher als guter Ton. Aber in Wirklichkeit ist das kaum so. Meiner Ansicht nach ist über nichts zu staunen weit dümmer als über alles zu staunen. Außerdem: über nichts zu staunen ist fast dasselbe wie nichts zu achten. Ein dummer Mensch kann eben keine Achtung empfinden.

»Vor allen Dingen möchte ich Achtung empfinden. Ich lechze direkt danach, Achtung zu empfinden«, sagte einmal dieser Tage ein Bekannter zu mir.

Er lechzt danach, Achtung zu empfinden! Meine Güte, dachte ich, was würde aus dir werden, wenn du jetzt wagtest, das drucken zu lassen!

Ich vergaß ganz mich und meine Umgebung. Ich lese nicht gern Grabschriften; es ist immer ein und dasselbe. Auf dem Grabstein neben mir lag der Rest eines Butterbrots: dumm und zu dem Ort nicht passend. Ich warf ihn auf die Erde, da es nicht »Brot«, sondern nur ein Butterbrot war. Übrigens ist es, wie ich glaube, keine Sünde, Brot auf die Erde zu krümeln, wohl aber auf den Fußboden. Ich will doch in Suworins Kalender nachsehen.

Es ist anzunehmen, dass ich lange so dasaß, sogar sehr lange; ja, ich lehnte mich sogar auf den langen Stein, der die Gestalt eines marmornen Sarges hatte. Aber wie ging es nur zu, dass ich auf einmal allerlei Laute zu hören begann? Zuerst schenkte ich dem keine Beachtung und verhielt mich gleichgültig. Aber das Gespräch dauerte fort. Ich hörte dumpfe Töne, als hätten die Redenden Kissen vor dem Mund; trotzdem waren die Töne vernehmlich und sehr nah. Ich kam zu mir, richtete mich auf und begann aufmerksam zu horchen.

»Exzellenz, aber das ist doch einfach unmöglich! Sie haben Cœur angesagt; ich gehe mit, und auf einmal spielen Sie die Karo-Sieben. Das hätte doch vorher verabredet werden müssen, wegen Karo.«

»Na, soll ich denn die ganze Partie vorher auswendig lernen? Wo bleibt da der Reiz?«

»Nein, so geht das nicht, Exzellenz; ohne Sicherung geht es wirklich nicht. Wir müssen unbedingt einen Dummkopf als dritten Mann nehmen und manchmal falsch geben.«

»Na, einen Dummkopf werden wir hier nicht auftreiben.« Was waren das für wunderliche Worte! Seltsam und unerwartet! Die eine Stimme klang fest und bestimmt; die andere hatte etwas Weiches und Süßliches; ich würde es nicht glauben, wenn ich es nicht selbst gehört hätte. Ich befand mich doch meiner Ansicht nach nicht beim Leichenmahl. Aber wie ging es zu, dass hier Preference gespielt wurde, und was war das für eine Exzellenz? Dass die Stimmen aus den Gräbern kamen, daran konnte kein Zweifel bestehen. Ich beugte mich hinab und las die Inschrift auf dem Denkmal.

»Hier ruht der Generalmajor Perwojedow ... Ritter der und der Orden.« Hm! »Gestorben am ...ten August des Jahres ... im Alter von siebenundfünfzig ... Ruhe sanft, du teure Asche, bis zum Tag der fröhlichen Auferstehung!«

Hm! Hol's der Teufel, wirklich ein General! Auf dem andern Grab, aus dem die schmeichlerische Stimme gekommen war, befand sich noch kein Denkmal: Es lag nur eine Steinplatte darauf; es musste also wohl ein erst kürzlich Begrabener sein. Nach der Stimme zu urteilen ein Hofrat.

»Och-ho-ho-ho!«, ertönte nun eine neue Stimme etwa zwanzig Schritte von der Ruhestätte des Generals aus einem ganz frischen Grabhügel hervor. Es war eine Männerstimme, die Stimme eines Mannes aus dem einfachen Volk, aber in andächtig gerührter Manier abgeschwächt. »Och-ho-ho-ho!«

»Ach, schon wieder hat er Aufstoßen!«, ließ sich auf einmal die gereizte, angeekelt und hochmütig klingende Stimme einer Dame vernehmen, die anscheinend den höchsten Kreisen angehört hatte. »Es ist eine Strafe für mich, neben diesem Krämer liegen zu müssen!«

»Mir hat gar nicht aufgestoßen; ich habe ja auch keine Nahrung zu mir genommen; sondern das ist nur so meine Natur. Und Sie, gnädige Frau, können immer noch nicht von Ihren Launen lassen.«

»Warum haben Sie sich denn gerade hierhergelegt?«

»Ich bin hierhergelegt worden; meine Frau und meine kleinen Kinder haben mich hierhergelegt, nicht ich mich selbst. Das ist das Geheimnis des Todes! Ich hätte mich um keinen Preis neben Sie gelegt, um keinen Preis; aber ich liege hier für mein eigenes Geld, dem bezahlten Preis entsprechend. Denn das können wir uns immer leisten, ein Grab dritter Klasse zu bezahlen.«

»Ja, Sie haben Geld zusammengescharrt; haben wohl immer den Käufern zuwenig herausgegeben?«

»Wie könnte ich Ihnen zuwenig herausgeben, da Sie seit dem Januar, glaub ich, nie bei uns bezahlt haben? In meinem Laden liegt noch eine hübsche kleine Rechnung für Sie.«

»Na, das ist doch ein dummes Benehmen; hier zu untersuchen, wie viel einer schuldig ist, das ist doch meiner Ansicht nach sehr dumm! Gehen Sie nach oben! Bringen Sie Ihre Forderung bei meiner Nichte an; die ist meine Erbin.«

»Aber wie kann ich jetzt Forderungen anbringen, und wo kann ich hingehen? Wir haben doch beide unser Lebensziel erreicht und sind vor Gottes Gericht in gleicher Weise Sünder.«

»Sünder!«, äffte ihn die Tote verächtlich nach. »Unterstehen Sie sich nicht, weiter mit mir zu reden!«

»Och-ho-ho-ho!«

»Aber der Krämer gehorcht der Dame doch, Exzellenz.« »Warum sollte er ihr auch nicht gehorchen?«

»Nun ja, Exzellenz; indessen, es besteht hier doch eine neue Ordnung.«

»Was denn für eine neue Ordnung?«

»Aber wir sind doch sozusagen gestorben, Exzellenz.«

»Ach ja! Na, aber es geht wenigstens ordnungsgemäß zu ...«

Sie hatten mir einen Dienst erwiesen, das war nicht zu leugnen, hatten mich unterhalten! Wenn es schon hier so zuging, was konnte man dann im oberen Stockwerk verlangen? Aber was war das für ein Benehmen! Ich fuhr jedoch fort zu horchen, obgleich ich reichlich empört war.

»Nein, ich müsste wieder lebendig werden! Nein ... ich, wissen Sie ... ich müsste wieder lebendig werden!«, ertönte plötzlich eine neue Stimme irgendwo in dem Raum zwischen dem General und der reizbaren Dame.

»Hören Sie nur, Exzellenz, unser Nachbar stimmt wieder sein altes Lied an. Drei Tage lang schweigt er mäuschenstill, und dann auf einmal: ›Ich müsste wieder lebendig werden; nein, ich müsste wieder lebendig werden!‹ Und wissen Sie, das bringt er mit solchem Appetit heraus, hihi!«

»Und mit solcher Leichtfertigkeit!«

»Das überkommt ihn so, Exzellenz, und wissen Sie, er schläft ein, schläft schon ganz ein; er ist ja schon seit dem April hier; und da kommt er auf einmal mit seinem ›Ich müsste wieder lebendig werden‹!«

»Es ist aber langweilig«, bemerkte Seine Exzellenz.

»Freilich, Exzellenz. Soll ich vielleicht Awdotja Ignatjewna wieder ein bisschen hänseln, hihi?«

»Nein, bitte, unterlassen Sie das! Ich kann dieses zänkische Weibsbild nicht ausstehen.«

»Und ich meinerseits kann Sie beide nicht ausstehen!«, rief ihnen das zänkische Weibsbild verächtlich zu. »Sie sind beide furchtbar langweilig und verstehen nicht von idealen Dingen zu reden. Ich kenne von Ihnen, Exzellenz (bitte, tun Sie nur nicht stolz!), ich kenne von Ihnen ein Histörchen, wie ein Bedienter Sie am Morgen mit dem Besen unter einem Ehebett hervorgefegt hat.«

»Ein grässliches Frauenzimmer!«, murmelte der General durch die Zähne.

»Verehrte Awdotja Ignatjewna«, begann auf einmal wieder der Kaufmann in weinerlichem Ton, »meine Gnädigste, sagen Sie mir, ohne mir etwas Böses nachzutragen: Macht meine Seele noch eine Läuterungspein durch, oder was geschieht sonst?«

»Ach, kommt er wieder mit seiner alten Leier; ich habe es doch geahnt; denn ich spüre einen Geruch von ihm, einen Geruch; das kommt davon, dass er sich hin und her dreht!«

»Ich drehe mich nicht hin und her, meine verehrte Dame, und es geht von mir kein besonderer Geruch aus; denn mein ganzer Körper hat sich noch in seinem früheren Zustand erhalten. Aber Sie selbst, gnädige Frau, sind schon etwas angegangen; deshalb ist der Geruch wirklich unerträglich, sogar für den hiesigen Ort. Ich schweige davon nur aus Höflichkeit.« »Ach, der schändliche Verleumder! Er stinkt schauderhaft, und dann schiebt er die Schuld auf mich.«

»Och-ho-ho-ho! Wenn doch recht bald meine Gedächtnisfeier wäre; dann werde ich über mir die jammernden Stimmen der Meinigen hören, das Schluchzen meiner Frau und das leise Weinen der Kinder ...«

»Na, und worüber weint er nun? Die werden sich bei der Gedächtnisfeier die Kutja gut schmecken lassen. Ach, wenn doch jemand erwachte!«

»Awdotja Ignatjewna«, begann der schmeichlerische Beamte, »warten Sie nur noch einen Augenblick; es werden gleich einige Neuangekommene zu reden anfangen!«

»Sind auch jüngere Leute darunter?«

»Ja, auch jüngere Leute, Awdotja Ignatjewna, sogar junge Männer sind dabei.«

»Ach, das ist wunderschön!«

»Nun? Haben sie denn noch nicht angefangen?«, erkundigte sich Seine Exzellenz.

»Sogar die Vorgestrigen sind noch nicht zu sich gekommen, Exzellenz; Sie wissen ja selbst, manchmal schweigen sie eine ganze Woche lang. Nur gut, dass gestern, vorgestern und heute gleich eine ganze Menge hergebracht worden ist. Sonst sind ja bei uns im Umkreis von etwa vierzig Schritt fast lauter Vorjährige.«

»Ja, das kann interessant werden.«

»Sehen Sie Exzellenz, da ist heute der Wirkliche Geheimrat Tarassewitsch begraben worden. Ich habe es an den Stimmen erkannt. Sein Neffe ist ein Bekannter von mir, und der hat vorhin den Sarg mit herabgelassen.«

»Hm, wo liegt er denn?«

»Etwa fünf Schritte von Ihnen entfernt, Exzellenz, links. Fast dicht an Ihrem Fußende ... Mit dem sollten Sie sich bekannt machen, Exzellenz.«

»Hm, nein ... ich kann doch dabei nicht den ersten Schritt tun.«

»Er wird selbst den Anfang machen, Exzellenz. Er wird sich sogar geschmeichelt fühlen; überlassen Sie die Sache nur mir, Exzellenz; ich werde ...«

»Ach, ach ... ach, was geht nur mit mir vor?«, stöhnte auf einmal ein Neuangekommener mit schwacher, ängstlicher Stimme.

»Ein Neuer, Exzellenz, ein Neuer, Gott sei Dank; und wie schnell er wieder zu sich gekommen ist! Manchmal schweigen sie eine Woche lang.«

»Ach, wie es scheint, ist es ein junger Mann!«, kreischte Awdotja Ignatjewna entzückt.

»Ich ... ich ... ich bin an einer Komplikation gestorben, und so plötzlich!«, stammelte der junge Mann wieder. »Doktor Schulz sagte mir noch tags zuvor: ›Sie haben eine Komplikation‹, und am andern Morgen starb ich plötzlich. Ach! Ach!«

»Nun, da ist nichts zu machen, junger Mann«, bemerkte herablassend der General, der sich offenbar über den Neuangekommenen freute; »da muss man sich trösten! Wir heißen Sie sozusagen in unserem Tal Josaphat willkommen. Wir sind gute Menschen; lernen Sie uns nur erst näher kennen, dann werden Sie uns schon zu schätzen wissen. Generalmajor Wassili Wassiljew Perwojedow, zu Ihren Diensten.«

»Ach, nein! Nein, nein, ich kann unter keinen Umständen hierbleiben. Ich bin in der Behandlung von Doktor Schulz; wissen Sie, es bildete sich bei mir eine Komplikation; zuerst warf sich die Krankheit auf die Brust, und ich bekam Husten; aber dann erkältete ich mich: Brustschmerzen und Grippe ... und dann ganz unerwartet ... vor allen Dingen ganz unerwartet ...«

»Sie sagen, es sei am Anfang die Brust gewesen«, mischte sich behutsam der Beamte ins Gespräch, als wollte er den Neuangekommenen ermutigen.

»Ja, die Brust und der Schleim; aber dann hörte der Schleim auf einmal auf, und es war nur noch die Brust, und ich konnte nicht mehr atmen ... und wissen Sie ...«

»Ich weiß, ich weiß. Aber wenn es die Brust war, hätten Sie sich so schnell wie möglich an Doktor Eck wenden müssen und nicht an Doktor Schulz.«

»Aber wissen Sie, ich hatte immer vor, Doktor Botkin zu nehmen ... und plötzlich ...«

»Na, Botkin schröpft seine Patienten gern«, bemerkte der General.

»Ach nein, er schröpft gar nicht; ich habe gehört, er sei so sorgfältig und könne alles Vorhersagen.«

»Seine Exzellenz bemerkte das in Bezug auf die Preise«, belehrte ihn der Beamte.

»Ach, nicht doch, er nimmt nur drei Rubel für einen Besuch, und er untersucht einen so genau, und seine Rezepte ... und ich wollte es unter allen Umständen tun, weil mir das gesagt worden war ... Was meinen Sie, meine Herren, was soll ich tun: Soll ich mich an Eck wenden oder an Botkin?«

»Was? An wen Sie sich wenden sollen?«, sagte der General mit einem freundlichen Lachen, von dem sein Leichnam schütterte. Der Beamte sekundierte ihm mit Fistelstimme.

»Mein lieber Junge, mein lieber fröhlicher Junge, wie ich dich liebe!«, kreischte Awdotja Ignatjewna ganz entzückt. »Ja, wenn man so einen neben mich gelegt hätte!«

Nein, das war mir aber doch zu stark! Und das wollte ein Toter der Neuzeit sein! Indessen beschloss ich, noch weiter zuzuhören und mich mit meinen Schlussfolgerungen nicht zu übereilen. Dieser neuangekommene Grünschnabel – ich erinnerte mich, wie er eine Weile vorher im Sarg ausgesehen hatte: Es war der Ausdruck eines ängstlichen Küchleins gewesen, der widerwärtigste auf der Welt! Aber was geschah weiter?

Es begann ein solcher Tumult, dass ich nicht einmal alles im Gedächtnis behalten habe; denn sehr viele erwachten gleichzeitig: So erwachte ein Staatsrat und begann mit dem General ohne jeden Verzug ein Gespräch über das Projekt einer neuen Subkommission im Ministerium und über die wahrscheinliche, mit der Einrichtung der Subkommission verknüpfte Versetzung amtlicher Persönlichkeiten, ein Gespräch, mit dem er das höchste Interesse des Generals erregte. Ich muss gestehen, dass auch ich selbst viel Neues erfuhr, sodass ich mich über die Wege wunderte, auf denen man manchmal in dieser Hauptstadt Neuigkeiten über die Selbstverwaltung zu erfahren bekommt.

Hierauf wurde ein Ingenieur halb wach, murmelte aber noch lange völligen Unsinn, sodass die Unsrigen ihm nicht mit Fragen zusetzten, sondern ihn einstweilen noch stilliegen und sich erholen ließen.

Endlich bekundete auch die erst vor kurzer Zeit unter dem Katafalk beerdigte vornehme Dame Symptome des Grabeslebens. Lebesjatnikow (denn so hieß, wie sich herausstellte, der schmeichlerische, mir verhasste Hofrat, der seinen Platz neben dem General Perwojedow hatte) war sehr erstaunt darüber, dass diesmal alle so bald erwachten, und entwickelte infolgedessen eine geschäftige Tätigkeit. Ich muss gestehen, dass auch ich mich wunderte; übrigens waren einige der Erwachten schon vor zwei Tagen begraben worden, wie zum Beispiel ein sehr junges

Mädchen (es war erst sechzehn Jahre alt), das immerzu kicherte, widerwärtig und wollüstig kicherte.

»Exzellenz, der Geheimrat Tarassewitsch wacht auf!«, meldete Lebesjatnikow auf einmal mit besonderer Eilfertigkeit.

»Nun? Was gibt's?«, fragte der zu sich kommende Geheimrat missmutig mit lispelnder, zischelnder Stimme; in seinem Tonfall lag etwas Launenhaftes, Gebieterisches. Ich horchte mit gespannter Aufmerksamkeit; denn in den letzten Tagen hatte ich etwas über diesen Tarassewitsch gehört, etwas im höchsten Grade Aufsehenerregendes, Unmoralisches.

»Ich bin es, Exzellenz; vorläufig nur ich.«

»Was wünschen Sie, und was ist Ihnen gefällig?«

»Ich möchte mich nur nach Euer Exzellenz Befinden erkundigen; anfangs fühlt sich hier jeder einigermaßen beengt, weil er es nicht gewohnt ist. General Perwojedow würde gern die Ehre haben, Euer Exzellenz Bekanntschaft zu machen, und hofft ...«

»Ich habe nie von ihm gehört.«

»Ich bitte Sie, Exzellenz, General Perwojedow, Wassili Wassiljewitsch ...«

»Sind Sie General Perwojedow?«

»Nein, Exzellenz, ich bin nur der Hofrat Lebesjatnikow, Ihnen zu dienen; aber General Perwojedow ...«

»Dummes Zeug! Ich ersuche Sie, mich in Ruhe zu lassen.«

»Hören Sie auf!« General Perwojedow selbst hemmte schließlich würdevoll die hässliche Eilfertigkeit seines Klienten.

»Er ist noch nicht richtig aufgewacht, Exzellenz; das muss man berücksichtigen; er spricht so, weil er es nicht gewohnt ist; sobald der richtig aufgewacht ist, wird er es anders aufnehmen ...«

»Hören Sie auf!«, sagte der General noch einmal.

»Wassili Wassiljewitsch! Heda, Sie Exzellenz!«, rief auf einmal laut und frech dicht neben Awdotja Ignatjewna eine ganz neue Stimme, die Stimme eines dreisten Lebemanns, mit modisch müder Aussprache und mit unverschämt klingender Trennung der einzelnen Silben. »Ich höre Ihnen allen schon seit zwei Stunden zu; ich liege ja hier schon drei Tage; Sie erinnern sich meiner, Wassili Wassiljewitsch? Klinewitsch; wir sind einander bei Wolokonskis begegnet, wo Sie, ich weiß nicht, warum, ebenfalls Zutritt hatten.«

»Wie, Graf Pjotr Petrowitsch ... sind Sie wirklich auch ... und in so jungen Jahren ... Wie leid mir das tut!«

»Auch mir selbst tut es leid; aber eigentlich ist es mir ganz egal, und ich will auch von hier aus noch alles Mögliche erreichen. Ich bin auch kein Graf, sondern

Baron, nur Baron. Wir sind so eine Art räudiger kleiner Barone, aus dem Lakaienstand hervorgegangen, ich spucke auf diese Abstammung. Ich bin nur ein Taugenichts aus der Talmigesellschaft und gelte als liebenswürdiger Gassenjunge. Mein Vater war ein General von geringer Sorte; aber meine Mutter wurde einstmals en haut lieu empfangen. Ich habe mit dem Juden Sifel zusammen im vorigen Jahr für fünfzigtausend Rubel falsche Banknoten gedruckt und ihn dann denunziert; das ganze Geld aber hat Juliette Charpentier de Lusignan nach Bordeaux mitgenommen. Und denken Sie sich, ich war schon richtig verlobt, mit einem Fräulein Schtschewalewskaja; es fehlten ihr noch drei Monate an sechzehn Jahren; sie besuchte noch das Institut; neunzigtausend Rubel Mitgift sollte sie bekommen. Awdotja Ignatjewna, erinnern Sie sich noch, wie Sie mich vor fünfzehn Jahren, als ich noch ein vierzehnjähriger Page war, verführt haben?«

»Ach, Sie sind das, Sie Taugenichts; na, wenn Sie auch Gott hergesandt hat, so werden Sie doch hier ...«

»Sie haben ungerechterweise Ihren Nachbarn, den Kaufmann, wegen schlechten Geruchs verdächtigt. Ich habe dazu geschwiegen und nur innerlich gelacht. Das bin ja ich; mich hat man deswegen schon in einem zugenagelten Sarg hergebracht.«

»Ach, Sie Ekel! Aber ich freue mich dennoch; Sie können sich gar nicht denken, Klinewitsch, Sie können sich gar nicht denken, welch ein Mangel an Leben und Esprit hier herrscht!«

»Nun ja, nun ja, und ebendarum beabsichtige ich, hier etwas Neues, Originelles einzuführen. Exzellenz – ich meine nicht Sie, Perwojedow, sondern den andern –, Exzellenz, Herr Tarassewitsch, Geheimrat! So antworten Sie doch! Ich bin Klinewitsch, der Sie zur Fastenzeit zu Mademoiselle Fury führte. Hören Sie?«

»Ich höre Sie, Klinewitsch, und freue mich sehr, und Sie können mir glauben ...«

»Ich glaube Ihnen keine Silbe; ich spucke darauf! Ich möchte Sie, lieber Alter, einfach abküssen; aber Gott sei Dank, ich kann es nicht. Wissen Sie wohl, meine Herren, was dieser grand-père angerichtet hat? Er ist vorgestern oder vorvorgestern gestorben, und können Sie sich das denken: In der von ihm verwalteten staatlichen Kasse hat er ein Manko von vierhunderttausend Rubeln hinterlassen. Die Summe war für Witwen und Waisen bestimmt, und er verwaltete aus irgendwelchem Grund die Kasse allein, sodass sie schließlich acht Jahre lang nicht revidiert worden ist. Ich stelle mir lebhaft vor, was da jetzt alle für lange Gesichter machen und wie sie seiner gedenken. Nicht wahr, eine wonnevolle Vorstellung! Ich habe mich das ganze letzte Jahr darüber gewundert, wie ein solcher siebzigjähriger Greis, mit Gicht in Händen und Füßen, sich noch so viel Kraft zu Ausschweifungen hatte bewahren können, und da hatten wir nun des Rätsels Lösung. Diese Witwen und Waisen – schon der bloße Gedanke an sie musste ihn in Glut versetzen! Ich wusste schon längst davon; ich war der Einzige, der davon wusste; mir hatte es Mademoiselle Charpentier mitgeteilt, und als ich es erfahren hatte, da richtete ich an ihn sofort (es war gerade Ostersonntag) in freundschaftlicher Form das Ersuchen: ›Gib mir fünfundzwanzigtausend Rubel, sonst findet morgen bei dir eine Revision statt.‹ Und denken Sie sich: Es fanden sich damals in seinem Besitz nur dreizehntausend, sodass er jetzt, wie es scheint, gerade zur rechten Zeit gestorben ist. Grand-père, grand-père, hören Sie?«

»Cher Klinewitsch, ich bin mit Ihnen ganz einer Meinung, und Sie sind unnötigerweise auf solche Einzelheiten eingegangen. Es gibt im Leben so viele Leiden und Qualen und so wenig Lohn ... Ich wollte endlich zur Ruhe kommen, und so viel ich sehe, kann man hoffen, dass sich auch von hier aus allerlei erreichen lässt.«

»Ich möchte wetten, dass er schon Katisch Berestowa gewittert hat!«

»Wen? Was für eine Katisch?«, fragte der Alte mit einer Stimme, die vor sinnlicher Erregung zitterte.

»Aha, was für eine Katisch? Na, hier gleich links, fünf Schritte von mir, zehn Schritte von Ihnen. Sie ist schon seit vier Tagen hier, und wenn Sie wüssten, grandpère, was sie für ein Ferkelchen ist! Aus guter Familie, wohlerzogen, und – dabei doch ein Monstrum, ein Monstrum in höchstem Grade! Ich habe dort niemanden auf sie aufmerksam gemacht; ich bin der Einzige gewesen, der sie kannte ... Katisch, melde dich mal!«

»Hihihi!«, antwortete eine rissige Mädchenstimme; aber es war aus ihr so etwas wie Nadelstiche herauszuhören.»Hihihi!«

»Ist es eine klei-ne Blon-di-ne?«, stammelte der grand-père abgebrochen.

»Hihihi!«

»Ich ... ich stelle mir«, lallte der Alte, der kaum Luft bekam, »schon seit langem mit Vergnügen so eine kleine Blondine vor ... von fünfzehn Jahren ... und gerade unter solchen Umständen ...«

»Ach, Sie Ungeheuer!«, rief Awdotja Ignatjewna.

»Genug!«, sagte Klinewitsch entschieden.»Ich sehe, das Material ist ausgezeichnet. Wir werden uns hier unverzüglich aufs Beste einrichten. Die Hauptsache ist, die noch übrige Zeit vergnügt zu verbringen; aber was ist das für eine Zeit? Heda, Sie! Sie sind ja wohl so ein Beamter, Lebesjatnikow, nicht wahr? Ich habe gehört, dass Sie so genannt wurden!«

»Lebesjatnikow, Hofrat, Semjon Jewsejewitsch, Ihnen zu dienen; sehr erfreut, sehr erfreut, sehr erfreut.«

»Ich spucke darauf, dass Sie erfreut sind; aber Sie wissen hier ja wohl mit allem Bescheid. Sagen Sie mal erstens (ich wundere mich darüber schon seit gestern), auf welche Weise reden wir hier eigentlich?, Wir sind ja doch gestorben, aber trotzdem reden wir; wir bewegen uns auch gewissermaßen; aber trotzdem reden wir weder noch bewegen wir uns? Was ist das für ein wunderlicher Vorgang?«

»Das könnte Ihnen, Baron, wenn Sie wünschen, Platon Nikolajewitsch besser erklären als ich.«

»Was für ein Platon Nikolajewitsch? Reden Sie nicht drum herum! Zur Sache!«

»Unser Platon Nikolajewitsch hier ist ein aus dieser Stadt stammender Doktor der Philosophie, zugleich großer Naturforscher. Er hat mehrere philosophische Bücher herausgegeben; aber schon seit drei Monaten schläft er vollständig, sodass es jetzt kaum noch möglich sein dürfte, ihn aufzurütteln. Einmal in der Woche pflegt er ein paar nicht herpassende Worte zu murmeln.«

»Zur Sache, zur Sache!«

»Er erklärt alles mit einer höchst einfachen Tatsache, nämlich damit, dass wir oben, als wir noch lebten, den dortigen Tod irrtümlich für den wirklichen Tod hielten. Der Körper wird hier gewissermaßen noch einmal lebendig; die Überreste des Lebens konzentrieren sich, aber nur im Bewusstsein. So (ich verstehe nur nicht, es Ihnen zu verdeutlichen) dauert das Leben gewissermaßen infolge des Beharrungsvermögens fort. Alles ist seiner Ansicht nach irgendwo im Bewusstsein konzentriert und dauert noch, zwei oder drei Monate fort, manchmal sogar ein halbes Jahr. Es gibt zum Beispiel hier einen, der schon fast ganz in Verwesung übergegangen ist, aber doch einmal alle sechs Wochen immer noch plötzlich ein allerdings sinnloses Wort murmelt, von irgendwelchem Bobok: ›Bobok, Bobok‹ – also ist doch auch in ihm noch ein Rest von warmem Leben, ein kaum wahrnehmbares Fünkchen zurückgeblieben.«

»Rechter Unsinn. Aber wie geht es denn zu, dass ich Gestank rieche, obwohl ich keinen Geruchssinn mehr besitze?«

»Das ... hehe ... Na, an diesem Punkt wurden die Erklärungsversuche unseres Philosophen nun schon ziemlich nebelhaft. Gerade über den Geruchssinn bemerkte er nämlich, man rieche hier sozusagen den moralischen Gestank der Seele, damit man in diesen zwei, drei Monaten noch Zeit habe, sich auf sich selbst zu besinnen; das sei sozusagen eine letzte Gnadenfrist. Aber es will mir scheinen, Baron, dass das alles mystische Faselei ist, mag sie auch durch seinen Zustand sehr entschuldbar sein ...«

»Nun genug; ich bin überzeugt, auch alles Weitere wird Unsinn sein. Die Hauptsache ist: noch zwei oder drei Monate Leben und schließlich Bobok. Ich mache allen den Vorschlag, diese zwei Monate möglichst angenehm zu verbringen und sich dafür andere Grundsätze zu schaffen. Meine Herrschaften, ich schlage vor, sich über nichts zu schämen!«

»Ach ja, wir wollen uns über nichts schämen!«, erschollen viele Stimmen, und seltsamerweise sogar ganz neue, nämlich von solchen, die inzwischen neu erwacht waren. Mit besonderer Bereitwilligkeit gab der nun schon vollständig zu sich gekommene Ingenieur in dröhnendem Bass seine Zustimmung zu erkennen. Fräulein Katisch kicherte freudig.

»Ach, wie gern bin ich bereit, mich über nichts zu schämen!«, rief Awdotja Ignatjewna entzückt.

»Hören Sie, wenn schon Awdotja Ignatjewna gern bereit ist, sich über nichts zu schämen ...«

»Nein, nein, nein, Klinewitsch, ich habe mich geschämt, ich habe mich dort wirklich geschämt; aber hier bin ich äußerst, äußerst gern bereit, mich über nichts zu schämen!«

»Ich habe Verständnis für Ihren Vorschlag, Klinewitsch«, sagte der Ingenieur mit seiner tiefen Stimme, »die hiesige Art des Lebens auf neuen, und zwar vernünftigen Prinzipien aufzubauen.«

»Na, darauf spucke ich! In dieser Hinsicht tun wir gut, auf Kudejarow zu warten, der gestern hergebracht worden ist. Wenn der aufwacht, wird er Ihnen alles erklären. Das ist ein Geist, ein kolossaler Geist! Morgen werden sie, glaube ich, noch einen Naturforscher herschleppen, wahrscheinlich auch einen Offizier und, wenn ich mich nicht irre, in drei, vier Tagen einen Feuilletonisten, wohl mitsamt dem betreffenden Redakteur. Übrigens hol sie der Teufel, aber es wird sich hier bei uns eine besondere Gruppe zusammenfinden, und dann wird alles von selbst in Ordnung kommen. Aber inzwischen spreche ich den Wunsch aus, es solle nicht gelogen werden. Das ist das Einzige, was ich verlange; denn das ist die Hauptsache. Auf der Erde zu leben und nicht zu lügen ist unmöglich; denn das Leben und die Lüge sind Synonyme; na, aber hier wollen wir spasseshalber nicht lügen. Hol's der Teufel, es macht doch etwas aus, dass man begraben ist! Wir wollen alle laut unsere Streiche erzählen und uns über nichts mehr schämen. Ich werde vor allen andern von mir erzählen. Wissen Sie, ich gehöre zu den Sinnlichen. Das alles war da oben mit morschen Stricken zusammengebunden. Weg mit den Stricken; lassen Sie uns diese beiden Monate in der schamlosesten Aufrichtigkeit verbringen! Entblößen wir, uns und zeigen wir uns nackt!«

»Ja, zeigen wir uns nackt!«, riefen sie aus voller Kehle.

»Ich möchte mich furchtbar gern, furchtbar gern nackt zeigen!«, kreischte Awdotja Ignatjewna.

»Ach ... ach ... ach, ich sehe, dass es hier lustig zugehen wird; ich will nicht zu Doktor Eck!«

»Nein, ich müsste wieder lebendig werden; nein, wissen Sie, ich müsste wieder lebendig werden.«

»Hihihi!«, kicherte Katisch.

»Die Hauptsache ist, dass es uns niemand verbieten kann; und wenn auch Perwojedow, wie ich sehe, sich ärgert, so kann er mich doch nicht mit der Hand erreichen. Grand-père, sind Sie einverstanden?«

»Ich bin völlig einverstanden, völlig einverstanden, und mit dem größten Vergnügen meinerseits, aber unter der Bedingung, dass Katisch die erste ist, die ihre

Biografie erzählt.«»Ich protestiere! Ich protestiere mit aller Energie!«, sagte General Perwojedow in festem Ton.

»Exzellenz!« Der Taugenichts Lebesjatnikow versuchte hastig flüsternd und aufgeregt den General zu überreden. »Exzellenz, das wird ja für uns besonders vorteilhaft sein, wenn wir zustimmen. Wissen Sie, dieses junge Mädchen ... und dann alle die verschiedenen argen Streiche ...«

»Nun ja, allerdings, das junge Mädchen; aber ...«

»Besonders vorteilhaft, Exzellenz, wahrhaftig besonders vorteilhaft! Na, wenn auch nur zur Probe; machen wir wenigstens einen kleinen Versuch ...«

»Nicht einmal im Grab wird einem Ruhe gelassen!«

»Erstens, General, Sie spielen im Grabe Pre-fe-rence, und zweitens spuck-ken wir auf Sie!«, sagte Klinewitsch, die Silben trennend.

»Mein Herr, ich möchte Sie doch bitten, sich nicht zu vergessen!«

»Was? Sie können ja nicht zu mir herreichen; ich aber kann Sie von hier aus necken wie Juliettes Bologneserhündchen. Und erstens, meine Herren, ist er denn etwa hier noch General? Dort war er ein General; aber hier ist er ein Aas!«

»Nein, ich bin kein Aas ... ich bin auch hier ...«

»Hier verfaulen Sie im Sarg, und es bleiben von Ihnen nur sechs Messingknöpfe übrig.«

»Bravo, Klinewitsch, hahaha!«, schrien mehrere Stimmen. »Ich habe meinem Kaiser gedient! Ich habe einen Degen!«

»Mit Ihrem Degen können Sie Mäuse spießen, und außerdem haben Sie ihn nie gezogen.«

»Ganz gleich; ich habe einen Teil des Ganzen gebildet.«

»Was gibt es nicht alles für Teile eines Ganzen!«

»Bravo, Klinewitsch, bravo, hahaha!«

»Ich begreife nicht, was ein Degen eigentlich zu bedeuten hat«, bemerkte der Ingenieur.

»Wir werden vor den Preußen davonlaufen wie die Mäuse; sie werden uns völlig vernichten!«, rief eine entfernte, mir unbekannte Stimme, die buchstäblich vor Entzücken erstickte.

»Der Degen, mein Herr, ist die Ehre!«, rief der General; aber nur ich hörte ihn. Es erhob sich ein lang dauerndes, wütendes Geschrei, Geheul und Toben, aus dem nur noch Awdotja Ignatjewnas ungeduldiges hysterisches Kreischen herauszuhören war.

»Nur schnell, nur schnell! Ach, wann werden wir denn anfangen, uns über nichts zu schämen!«

»Och-ho-ho! Meine Seele macht wahrhaftig eine Läuterungspein durch!«, ließ sich die Stimme jenes einfachen Kaufmanns vernehmen, und ...

Und hier nieste ich auf einmal. Das kam ganz plötzlich und unbeabsichtigt; aber die Wirkung war eine überraschende: Alles wurde still wie auf einem Kirchhof und verschwand wie ein Traum. Richtige Grabesstille trat ein. Ich glaube nicht, dass sie sich vor mir schämten; sie hatten ja beschlossen, sich über nichts zu schämen! Ich wartete etwa fünf Minuten lang; aber kein Wort, kein Laut war zu hören. Es war auch nicht anzunehmen, dass sie eine Anzeige bei der Polizei fürchteten; denn was kann die Polizei dabei tun? Unwillkürlich gelange ich zu dem Schluss, dass sie doch irgendein dem Sterblichen unbekanntes Geheimnis besitzen müssen, das sie sorgfältig vor jedem Sterblichen hüten.

Na, dachte ich, ihr lieben Leutchen, ich werde euch schon mal wieder besuchen, und damit verließ ich den Kirchhof.

Nein, das kann ich nicht für zulässig halten; nein, wahrhaftig nicht! Ausschweifung an einem solchen Ort, Ausschweifung bei verwesenden Leichnamen, die dazu die letzten Augenblicke des Bewusstseins missbrauchen! Diese Augenblicke sind ihnen gegeben, geschenkt zu anderem Zweck, und sie ... Aber die Hauptsache, die Hauptsache bleibt doch: an einem solchen Ort! Nein, das kann ich nicht für zulässig halten ...

Ich werde auch die andern Klassen von Gräbern besuchen und überall horchen. Das ist es ja eben, dass man überall horchen muss und nicht nur in einer einzigen Klasse, um sich eine richtige Vorstellung zu bilden. Vielleicht stoße ich auch auf etwas Tröstliches.

Aber zu jenen Leuten werde ich unbedingt zurückkehren. Sie haben versprochen, ihre Lebensläufe und allerlei interessante Histörchen zu erzählen. Pfui! Aber ich werde wieder hingehen, unter allen Umständen; das ist mir Gewissenssache!

Ich werde diese Aufzeichnungen dem »Grashdanin« bringen; da ist auch das Porträt eines Redakteurs ausgestellt. Vielleicht druckt er sie ab.

Der Junge beim Herrn Jesus zur Weihnacht

1. Der Junge »mit dem Händchen«

Die Bettelkinder sind ein sonderbares Völkchen; ich träume von ihnen und sehe sie in Gedanken. Vor dem Weihnachtsabend und am Weihnachtsabend selbst traf ich immer auf der Straße an einer bestimmten Ecke einen kleinen Jungen, der gewiss nicht mehr als sieben Jahre alt war. Trotz der furchtbaren Kälte war er fast sommerlich gekleidet; nur der Hals war ihm mit einem alten Lappen umwickelt; also rüstete ihn doch jemand aus, bevor er ihn losschickte. Er ging »mit dem Händchen«; das ist der Fachausdruck und bedeutet: betteln. Den Ausdruck haben sich diese Kinder selbst erdacht. Solche Jungen wie ihn gibt es eine Menge; sie stellen sich einem in den Weg und heulen einem etwas Auswendiggelerntes vor; aber dieser heulte nicht, sondern redete so unschuldig, als wäre er es noch nicht gewohnt, und sah mir vertrauensvoll in die Augen – also war er in seiner Profession erst ein Anfänger. Auf meine Frage teilte er mir mit, er habe eine Schwester, die ohne Arbeit krank zu Hause sitze. Vielleicht war es die Wahrheit; nur erfuhr ich später, dass unzählig viele Jungen so reden. Sie werden »mit dem Händchen« selbst in die grimmigste Kälte hinausgeschickt, und wenn sie nichts nach Hause bringen, so bekommen sie mit Sicherheit Schläge. Wenn so ein Junge einige Kopeken zusammengebracht hat, dann kehrt er mit roten, steifgefrorenen Händen in eine Kellerwohnung zurück, wo eine Rotte von Fabrikarbeitern säuft, von der Sorte derjenigen, die, nachdem sie am Sonnabend in der Fabrik aufgehört haben zu arbeiten, nicht vor Mittwochabend wieder zur Arbeit zurückkehren. Dort in den Kellerwohnungen saufen mit ihnen zusammen auch ihre hungernden, vielgeprügelten Weiber, und ebendort wimmern ihre hungernden Säuglinge. Branntwein und Schmutz und Unsittlichkeit gibt es dort, besonders aber Branntwein. Mit den zusammengebettelten Kopeken wird der Junge gleich in die Schenke geschickt, um noch mehr Branntwein zu holen. Zum Spass gießen sie ihm manchmal ein Achtelstof in den Mund und lachen wiehernd, wenn ihm der Atem vergeht und er beinahe bewusstlos zu Boden fällt.

> Und ohne Mitleid goss er mir
> Den garstgen Branntwein in den Mund ...

Wenn er etwas älter ist, bringt man ihn so bald wie möglich in eine Fabrik; aber alles, was er durch seine Arbeit erwirbt, muss er wieder jenen Kerlen bringen, und die vertrinken es. Aber schon ehe sie in die Fabrik kommen, werden diese Kinder vollkommene Verbrecher. Sie treiben sich in der Stadt umher und kennen in allerlei Kellern Orte, wo sie unterschlüpfen und unbemerkt übernachten können. Einer von ihnen brachte mehrere Nächte nacheinander bei einem Hausknecht in einer Schenke zu, ohne dass dieser es bemerkte. Selbstverständlich werden sie kleine Diebe. Der Diebstahl wird sogar achtjährigen Kindern zur Leidenschaft, und mitunter wird ihnen das Verbrecherische einer solchen Handlungsweise gar nicht bewusst. Schließlich lernen sie alles ertragen: Hunger, Kälte, Schläge, wenn sie nur eines haben, nämlich die Freiheit, und so bald wie möglich laufen sie ihren ursprünglichen Gebietern fort, um sich auf eigene Faust herumzutreiben. So ein kleiner Wilder weiß manchmal gar nichts, weder in welcher Stadt er lebt, zu welchem Volk er gehört, noch ob es einen Gott oder einen Kaiser gibt; es werden über sie sogar ganz unglaubliche Dinge erzählt, und doch sind es Tatsachen.

2. Der Junge beim Herrn Jesus zur Weihnacht

Aber ich bin Novellist und habe, wie ich glaube, die folgende Geschichte selbst ersonnen. Warum schreibe ich: »wie ich glaube«? Ich weiß ganz genau, dass ich sie ersonnen habe; aber ich habe immer die Vorstellung, dass sich das irgendwo einmal begeben hat, und zwar gerade am Weihnachtsabend in einer sehr großen Stadt und bei furchtbarer Kälte.

Ein Junge steht mir vor Augen, ein noch sehr kleiner Junge, sechsjährig oder noch jünger. Dieser Junge erwachte am Morgen in einer feuchten, kalten Kellerwohnung. Er trug ein dürftiges Kittelchen und zitterte vor Frost. Der Atem flog als weißer Dampf aus seinem Mund, und in einer Ecke auf einem Kasten sitzend, ließ er vor Langeweile diesen Dampf absichtlich herausströmen und vergnügte sich damit, zu sehen, wie er davonflog. Aber er hatte großen Hunger. Mehrere Male seit dem Morgen war er an die Pritsche herangetreten, wo auf einer Unterlage, so dünn wie ein Eierkuchen, mit einem Bündel statt eines Kissens unter dem Kopf seine kranke Mutter lag. Wie war sie hierhergeraten? Wahrscheinlich war sie mit ihrem Jungen aus einer anderen Stadt gekommen und hier plötzlich erkrankt. Die Vermieterin der Schlafstellen hatte man schon vor zwei Tagen zur Polizei geholt; die Mieter waren davongegangen, um den Feiertag zu begehen; nur einer, der den Feiertag nicht hatte abwarten können, war dageblieben und lag schon einen ganzen Tag lang völlig betrunken da. In einer anderen Ecke des Zimmers stöhnte, von Rheumatismus geplagt, eine achtzigjährige alte Frau, die früher einmal Kinderfrau gewesen war, jetzt aber einsam im Sterben lag; sie ächzte, murmelte und brummte den Knaben an, sodass er sich schon fürchtete, ihrem Winkel zu nahe zu kommen. Trinkwasser hatte er irgendwo auf dem Flur gefunden; aber eine Brotrinde konnte er nirgends auftreiben und trat wohl schon zum zehnten Mal an seine Mutter heran, um sie aufzuwecken. Schließlich wurde ihm bange in der Dunkelheit: Es war längst Abend geworden; aber Licht wurde nicht angesteckt. Als er das Gesicht seiner Mama betastete, wunderte er sich, dass sie sich gar nicht bewegte und so kalt war wie die Wand. Es ist hier doch sehr kalt, dachte er, blieb noch ein Weilchen stehen, ließ unbewusst seine Hand auf der Schulter der Toten liegen, hauchte dann auf seine Fingerchen, um sie zu erwärmen, und ging, als er plötzlich auf der Pritsche Sein Mützchen fand, leise und tastend aus dem Keller hinaus. Er wäre schon früher gegangen; doch er hatte sich immer oben an der Treppe vor dem großen Hund gefürchtet, der den ganzen Tag an der Tür des Nachbarhauses geheult hatte. Aber der Hund war nicht mehr da, und so ging der Junge schnell auf die Straße.

O Gott, was war das für eine Stadt! So etwas hatte er noch nie gesehen. Dort in der Stadt, aus der er kam, waren die Nächte so schwarz und finster gewesen; auf der ganzen Straße hatte es nur eine einzige Laterne gegeben. Bei den niedrigen Holzhäuschen wurden abends die Fensterläden zugemacht, auf der Straße war nach dem Dunkelwerden kein Mensch mehr, alle schlossen sich in ihre Häuser ein, und nur Rudel von Hunden, Hunderte und Tausende, bellten und heulten die ganze Nacht über. Dafür aber war es dort so schön warm gewesen, und er hatte zu essen bekommen; aber hier – oh Gott, wenn er doch etwas zu essen bekäme! Und was war hier für ein Gerassel und Gelärme, und wie viel Licht und wie viele Menschen, Pferde und Wagen, und so eine Kälte, eine Kälte! Gefrierender Dampf quillt aus den heiß atmenden Nüstern der scharf angetriebenen Pferde; durch den lockeren Schnee hindurch hört man das helle Klingen der Hufeisen auf den Pflastersteinen, und alle Menschen drängen und stoßen sich so, und, oh Gott, er möchte so gern etwas essen, wenn auch nur einen kleinen Bissen, und seine Fingerchen tun ihm auf einmal so weh. Ein Ordnungshüter geht vorüber und wendet sich ab, um den Knaben nicht zu bemerken.

Und da ist wieder eine Straße – oh, wie breit die ist! Hier werden sie ihn gewiss zerdrücken und zertreten; wie sie alle schreien und laufen und fahren; und das viele Licht, das viele Licht! Aber was ist das? Ach, was für ein großes Glasfenster, und hinter den Glasscheiben ist ein Zimmer und in dem Zimmer ein Baum, der bis an die Decke reicht: Das ist ein Weihnachtsbaum, und an dem Weihnachtsbaum sind so viele Lichter, so viel Goldpapier und Äpfel, und ringsum sind Püppchen und kleine Pferdchen; und im Zimmer laufen Kinder umher, schön geputzte, saubere Kinder, und lachen und spielen und essen und trinken etwas. Da, dieses kleine Mädchen fängt an, mit einem kleinen Knaben zu tanzen; nein, was ist das für ein hübsches kleines Mädchen! Und auch Musik ist da; man kann sie durch die Glasscheiben hören. Der Junge schaut und staunt, und da lacht er auch schon; aber ihm tun bereits die Zehen weh, und seine Finger sind ganz rot geworden, biegen sich nicht mehr und schmerzen bei jeder Bewegung. Und auf einmal merkt der Junge, dass ihm die Finger und Zehen so weh tun, er fängt an zu weinen und läuft weiter, und da sieht er wieder durch ein anderes Fenster in ein Zimmer hinein, und da sind wieder Bäume, auf den Tischen aber liegt vielerlei Kuchen, Mandelkuchen und roter und gelber, und vier reichgekleidete Damen sitzen da, und jedem, der kommt, geben sie Kuchen; die Tür öffnet sich alle Augenblicke, und viele Herrschaften kommen zu ihnen herein. Der Junge schleicht sich heran, macht plötzlich die Tür auf und geht hinein. Aber oh weh, wie sie ihn anschreien und ihn hinausweisen! Eine der Damen tritt schnell auf ihn zu, schiebt ihm eine Kopeke in die Hand und macht ihm selbst die Tür zur Straße auf. Wie ist er erschrocken! Das kleine Geldstück aber fällt sofort klingend auf die Stufen: Er kann seine roten Fingerchen nicht zusammenbiegen, um es festzuhalten. Der Junge läuft ganz schnell weg, ganz schnell; aber wohin er läuft, das weiß er selbst nicht. Er will wieder anfangen zu weinen; aber er fürchtet sich und läuft und läuft und haucht auf seine Händchen. Und er wird so traurig, weil er sich auf einmal allein fühlt, und er hat Angst, und plötzlich, oh Gott, was ist da wieder? Da stehen die Menschen dicht gedrängt und staunen: Auf einem Fensterbrett hinter der Glasscheibe sind drei kleine Puppen in roten und grünen Kleidchen, richtig als wären sie lebendig! Ein altes Männchen sitzt da und tut, als spiele es auf einer großen Geige, und zwei andere stehen daneben und spielen auf kleinen Geigen und nicken im Takt mit den kleinen Köpfen und sehen sich an, und ihre Lippen bewegen sich und sprechen; sie sprechen wirklich, nur kann man es durch die Glasscheibe nicht hören. Zuerst denkt der Junge, sie seien lebendig; aber als er genau gemerkt hat, dass es Puppen sind, da lacht er auf einmal. Noch nie hat er solche Puppen gesehen und hat gar nicht gewusst, dass es so etwas gibt! Er möchte eigentlich weinen; aber er muss lachen, über die Puppen lachen. Plötzlich fühlt er, dass ihn jemand von hinten am Kittel packt; ein großer, böser Junge steht neben ihm, schlägt ihm unversehens auf den Kopf, reißt ihm die Mütze herunter und stellt ihm ein Bein. Der Junge fällt hin, die Umstehenden schreien auf; einen Augenblick ist er wie betäubt; dann springt er auf und läuft und läuft, er weiß selbst nicht, wohin; er flüchtet sich durch ein Tor auf einen fremden Hof und setzt sich da hinter das Holz: »Hier werden sie mich nicht finden; es ist ja auch dunkel!«

Er sitzt da, krümmt sich ganz zusammen und kann kaum atmen vor Angst; aber plötzlich, ganz plötzlich wird ihm so wohl zumute: Die Hände und Füße tun ihm auf einmal nicht mehr weh, und ihm wird so warm, so warm wie an einem Ofen; da zuckt er ganz zusammen: Ach, er wäre ja beinahe eingeschlafen! Wie schön es sich hier einschläft! Ich werde noch ein Weilchen hier sitzen und dann wieder hingehen und die Püppchen ansehen, denkt der Junge und lächelt bei der Vorstellung daran. Richtig als wären sie lebendig ... Und auf einmal glaubt er zu hören, dass über seinem Kopf seine Mama ein Liedchen singt. »Mama, ich schlafe; ach, wie schön schläft es sich hier!«

»Komm zu mir zum Christbaum, mein Kind!«, flüstert über ihm auf einmal eine leise Stimme.

Er denkt zuerst, das sei immer noch die Mama; aber nein, sie ist es nicht; wer ihn gerufen hat, sieht er nicht; aber jemand beugt sich über ihn und umarmt ihn in der Dunkelheit; er streckt ihm die Hand entgegen, und ... und auf einmal – oh wie viel Licht! Oh was für eine Weihnachtstanne! Aber das ist ja keine Tanne; solche Bäume hat er noch nie gesehen! Wo ist er jetzt nur: Alles glänzt, alles strahlt, und ringsumher sind lauter Puppen – aber nein, es sind lauter Knaben und Mädchen, aber sie glänzen so; alle küssen sie ihn, nehmen ihn und tragen ihn mit sich, und auch er selbst fliegt, und da sieht er: Seine Mutter blickt ihn an und lacht ihm freudig zu.

»Mama, Mama! Ach, wie schön ist es hier, Mama!«, ruft ihr der Junge zu, und er küsst sich wieder mit den Kindern und möchte ihnen gleich von den Püppchen hinter der Glasscheibe erzählen. »Wer seid ihr, Mädchen?«, fragt er lachend; er hat sie alle so lieb.

»Das ist der Christbaum«, antworten sie ihm. »Beim Herrn Jesus brennt an diesem Tag immer ein Weihnachtsbaum für die kleinen Kinder, die dort keinen eigenen Weihnachtsbaum haben ...« Und er erfährt, dass diese Knaben und Mädchen allesamt solche Kinder gewesen sind wie er, dass aber die einen schon in den Körben erfroren, in denen sie auf den Treppen vor den Türen wohlhabender Petersburger Beamten ausgesetzt wurden, andere bei den finnländischen Bäuerinnen umkamen, denen das Findelhaus sie zum Aufziehen übergeben hatte, wieder andere an den ausgetrockneten Brüsten ihrer Mütter starben (bei der Hungersnot in Samara), wieder andere in der verdorbenen Luft in Waggons dritter Klasse erstickten. Und alle sind sie jetzt hier, alle sind sie jetzt wie Engel, alle beim Herrn Jesus, und der Herr Jesus selbst ist mitten unter ihnen und streckt die Arme nach ihnen aus und segnet sie und ihre sündigen Mütter ... Die Mütter dieser Kinder aber stehen da, ein bisschen abseits, und weinen; jede erkennt ihren Jungen oder ihr Mädchen, und diese fliegen zu ihnen hin und küssen sie und wischen ihnen mit ihren Händchen die Tränen ab und bitten sie, nicht zu weinen, da sie es hier doch so gut hätten ...

Da unten aber fanden am andern Morgen Hausknechte hinter dem Holz die kleine Leiche eines Jungen, der sich verlaufen hatte und erfroren war; sie machten auch seine Mutter ausfindig; die war schon vor ihm gestorben; bei Gott dem Herrn im Himmel sahen sie sich beide wieder.

Warum habe ich nun eigentlich diese Geschichte ersonnen, die so wenig in ein gewöhnliches, vernünftiges Tagebuch hineinpasst, noch dazu in das eines Schriftstellers? Und außerdem hatte ich hauptsächlich Erzählungen über wirkliche Begebenheiten versprochen! Aber die Sache ist eben die: Ich habe dauernd die Vorstellung, dass sich das alles wirklich hat begeben können – das heißt, was in der

Kellerwohnung und hinter dem Holz vorging; was aber den Weihnachtsbaum beim Herrn Jesus betrifft, so weiß ich freilich nicht, wie ich mich darüber äußern soll, ob es sich begeben könnte oder nicht. Dazu bin ich eben Novellist, um mir so etwas auszudenken.

Zeitfracht Medien GmbH
Ferdinand-Jühlke-Straße 7
99095 Erfurt, Deutschland
produktsicherheit@kolibri360.de